时空 书信

ИСЬ
МОВНИК

[俄罗斯]
米哈伊尔·希什金

王笛青 著
译

中国出版集团 现代出版社

我还活着——一切只因为，我爱你。

翻开昨日的《晚报》，里面叙说着我和你。

有人写道，太初又将有道[1]。学校里仍在老生常谈，大爆炸发生了，随后万物消散。

一切似乎在爆炸前已经存在——所有不可言传的存在，所有可见、不可见的星系。沙子里孕育着未来的玻璃，沙砾——化作了明窗，窗外跑过一个小男孩儿，把球塞在 T 恤里。

这曾是热和光的凝结体。

而肉厚籽多的瓜果[2]，像学者说的那样，如足球般大，比方说西瓜。我们就像是里面的种子，成熟后鼓足力气挣脱出来。

"初始西瓜"爆裂。

种子四散、落地生根。

一粒种子萌发成大树，开枝散叶，将树影投在我们窗前。

另一粒种子埋藏在某个想成为男孩儿的女孩儿的回忆里——年幼时她在舞会上装扮成穿靴子的猫，周围所有人都想抓她的尾巴，直到把它扯下来，于是她不得不把尾巴攥在手上。

第三粒种子早在多年前破土，顷刻已成少年。他喜欢我帮他挠背，他还憎恶谎言，尤其是当人们开始迷信死亡不存在的时候，文字记录——就像是某列驶向永生的电车。

------

[1] 此为作者基于基督教圣经《新约·约翰福音》开篇第一句话第一部分所做改编。原句为"太初有道，道与神同在，道就是神"。

[2] 原文"ни окон ни дверей полна горница людей"为谜语的谜面，谜底指西瓜。

根据德鲁伊占星术，他就是"小胡萝卜"[1]。

在点燃自己的所有手稿和日记之前，他写下最后一句。极其可笑的是，"天赋弃我而去"——我仅来得及读到这儿，本子就被你从我手中夺走了[2]。

我们站在篝火旁，从灼热中抬起双手，凑近脸细细观察，火光透过指缝，指骨隐约可见。灰烬飞絮缓缓落下——烧焦的纸张还带着温度。

啊，差点忘了，随后一切存在重又画上了句点。

沃夫卡[3]——小胡萝卜[4]，你在哪里啊？

怎么搞成这样的？小傻瓜尤利娅[5]尽力寄信给他，而"高冷"的圣普乐[6]写些短小的玩笑回信敷衍，有时候写诗，押着不着边际的韵脚，诸如"鲱鱼和瑞典女人""弹药和提纯""搞砸了的得分和蒙娜丽莎的微笑"（对了，你明白她在笑什么吗？我好像懂了），"肚脐和上帝"[7]。

我亲爱的！

你为何要这样做？

---

[1] 根据德鲁伊教，一年有13个月，每个月均由一种树木命名。其中不包含"胡萝卜"，此处为玩笑，且带有昵称。

[2] 此处人称为"你"，既指第三粒种子——记日记的少年，也指收到女孩儿这封信的男孩儿瓦洛佳。

[3] 该读音无实意，仅在俄语中与"小胡萝卜"押韵，表达亲昵戏谑。

[4] 呼应上文人称"你"，以"小胡萝卜"称呼收信的男孩儿。

[5] 法国作家卢梭的书信体小说《新爱洛伊斯》中的女主人公。

[6] 法国作家卢梭的书信体小说《新爱洛伊斯》中的男主人公。

[7] 以上带引号名词词组均为俄语读音押韵，可理解为玩笑。

剩下的仅仅是为自己选择一场战争。但很显然，这并不难。如果对我们这个国家来说，有一种像家常便饭的东西的话，那就是——在翻开报纸的工夫，我们就已经对亲和友好的国家发起进攻，婴孩死在刺刀下，老妇也惨遭强暴。当王子身着水兵服被杀害时，由于某种原因，人们通常对此感到格外惋惜。倘若死去的是妇女、儿童和老人，人们则习惯于把他们当作耳旁风。

"退休山羊的鼓手"令人振奋，雾霭笼罩着钟楼，祖国母亲在召唤。

征兵处呼吁：每个人都需要一场"奥斯特利茨"[1]。

非常需要。

医务委员会的军医士——顶着凹凸不平的大秃头——盯着我的眼睛说道："你轻视所有人。知道吗，我也是这样的人。当我第一次在医院见习时，自傲的程度和你一样深。后来有一天送来了一个被车撞了的流浪汉，还活着，但是伤得太重了。我们没费多大力气抢救他，毕竟谁也不需要这个老汉，谁也不会来看他。恶臭、污秽、虱子、脓疮。总之，被晾在一旁，以免脏了地方。由着他自生自灭。而我负责打扫、清洗，把这具躯体送去停尸房。其他人都走了，留下我一个。我上门外边点着了烟，思考着——我做这些事儿是为了什么？这个老头儿算我什么人？谁会需要他？我抽根烟的工夫，这

---

[1] 指拿破仑战争中的奥斯特利茨战役；此处出自列夫·托尔斯泰的小说《战争与和平》，主人公安德烈·保尔康斯基参与此次战役，并在战后深刻思考了生命的意义。

个人就咽气儿了。我擦着血迹、脓液——草草了事，好尽快送去冷冻停尸房。在那儿我想到，他，有可能是某个人的父亲。于是端来一小盆热水，开始帮他擦洗。这具苍老的、无人照管的、卑微的躯体，多少年无人抚摩。我就这样擦洗他的双腿，他严重扭曲的指头，几乎没有指甲——全都被真菌吞噬。用海绵擦拭他所有的伤口、疤痕——悄悄跟他说话：嘿，生活让你受了不少苦吧？不容易呀，尤其是你还不得人爱。还有，到你这个年纪是怎么在大街上过着丧家犬般的生活？好在如今一切都结束了。安息吧！现在一切都好了。天堂没有疾病和痛苦。我就这样帮他擦着、聊着。我不知道这对他的死有什么帮助，但却对我的生活起了很大的作用。"

我亲爱的萨申卡[1]！

---

[1] 是大名萨沙的昵称，表达亲昵之情。

瓦洛津卡[1]！

我望着落日的余晖。想到，也许你现在，在这一瞬间，恰好也在欣赏这晚霞？也就是说，你与我同在。

四周悄然无声。

天色如画。

那儿有株接骨木——它也在感知世界。

这些时候，树木似乎知晓一切，只不过无法言传罢了——恰如你我。

突然间，你非常敏锐地察觉到，事实上，思想和语言正由这种本质构成，这样或那样的霞光，只不过或是倒映在水洼里，或是映在我的手臂和缠着绷带的手指上。我多么希望你现在也能看到这一切！

你想象一下，我拿来一把切面包的刀，设法把长着指甲的那截骨头切下来。之后草草包扎一番，又在绷带上画了两只眼睛和一个鼻子。于是就有了手指小人。整个晚上我都在跟它谈论你。

重读了你的第一张明信片。对！对！对！就是这样！句句押韵！细细品读，这才叫韵脚！世界可见，而这——倘若闭上眼——是不可见的。时钟的指针，其韵律——在尘世间被用来盛烟灰的海螺。松树伸展着枝丫，织补天空——架子上放着药草，益于祛风。这是

---

[1] 是大名瓦洛佳的昵称，表达亲昵之情。

我绷带缠绕的手指，如今，似乎，永远留下了伤疤，而它的韵——即是手指，只不过早在我生前和身后，这似乎，是一回事儿。世间万物押着世间万物的韵。这些韵脚连接着世界，将世界钉在一起，像钉子，被钉帽穷追猛打，防止它消散。

最令人惊讶的是，这些韵脚已经永远存在——亘古以来它们不能被臆造，正如无法捏造出最普通的蚊虫或一朵来自"漂流层"的云。你明白吗？再多的想象力也无法虚构出最平凡的事物。

是谁这样写道，人类——幸福的渴望者。说得真好！要知道我——渴望幸福的姑娘。

我还注意到，我模仿着你的举止，学习你说话的样子，用你的眼光观察，像你一样思考，像你一样写作。

无时无刻不在回忆我们的夏天。

我们往烤面包上涂抹黄油的晨间画稿。

你还记得我们摆在丁香花下的桌子吗？桌布上有个棕色三角形也许是熨斗滚烫的烙痕？

还有你不会记得的，只属于我的：清晨你走过草地，留下了阳光下闪闪发光的足迹。

还有花园的清香！这般浓稠、馥郁，一直停驻在空气里。舀来一杯也好，免了沏茶。

周遭所有中只有一件事在我脑海里：你漫步在田野或树林，万物用力生长，传粉，播种。袜子上沾满了草籽。

你可还记得，我们在田间发现的兔子被刈草机割断了腿。

眼睛深棕色的母牛。

小路上——遍布羊粪球。

我们在河边拦出的小水洼——底部泥沙沉积，塘水变绿，里面聚集了很多青蛙卵。几只鲢鱼冒出水面接触空气。你从水里爬出来，摘掉身上的水草。

我躺着晒太阳，脸上盖着背心，风吹过时沙沙作响，像浆过的亚麻。忽然感觉肚脐痒酥酥的——睁开眼，原来是你握着一把沙子，细细一股撒在我身上。

走回家时，大风考验着树木和我俩的耐受力。

我们捡拾落地的苹果——第一次时，酸涩无比，统统被我们丢进糖水里——糖渍落果。

落日勾勒的森林边缘呈现出锯齿状。

夜半时分被弹起的捕鼠夹惊醒。

我亲爱的萨申卡！

看来我得给这些信编上码，好知道哪一封不见了。

对不起，我只能写些小便条——完全没有属于自己的时间。我睡眠严重不足，眼睛都睁不开了，站着就能睡着。笛卡儿因早上五点钟天还没亮就必须起床而被杀死，为的是给瑞典女王克里斯蒂娜讲授哲学。我依然坚持着。

今天在司令部看到镜子中身着制服的自己，我感到不适，穿着那样的衣服做什么？自己被自己吓了一跳：这怎么能是我——一个兵？

你知道吗？在这一层面上总归还是有点什么的——活着，就是最重要的。

跟你讲个船形帽的故事吧。小小的一顶船形帽，我的那顶被偷了，在队列中起立时不戴帽子是违反军事条令的，说白了，就是犯罪。

我们的指挥官暴跳如雷，保证能让我扫厕所扫到地老天荒。

"用舌头给我舔干净了，浑蛋！"

这种话都说了。

嗬，军事演讲中确实有些振奋人心的东西。我好像在哪儿读过，司汤达 [1] 通过研究拿破仑的军事命令，学会了简洁、清晰地写作。

遥远的萨申卡呀，这里的厕所，有必要说明一番。想象一下，

---

[1] 司汤达是法国 19 世纪现实主义代表作家，受拿破仑影响，与拿破仑相联系的代表作品为《红与黑》。

肮脏地面上的一个个小坑。不，最好别想！更何况似乎每个人都不想把粪便拉进坑里，而是在边缘，溅得到处都是。总之你的胃会非常难受。在这个离家甚远的地方不知为何我总是胃痛。无法理解，如果所有时间都蹲坐于深渊之上、倾泻而出，怎样才算是献身于胜利之道？

后来，我对他说：

"我到哪儿搞一顶帽子？"

他回：

"你的被偷了，就偷一顶回来！"

于是我打算去偷帽子。这事情可不简单。确切地说，甚至非常复杂，毕竟每个人都尽可能提防此事。

于是我只好来回踱着步子。

忽然想道：我是谁？我在哪儿？

于是我便去清扫厕所了。整个世界好像都轻松了起来。

只有在厕所里待过，才能学会理解简单的事情。

你明白吗？粪坑里没什么是肮脏的。

夜里写信给你。刚才我在被窝里啃了一个面包，这会儿被面包屑搞得睡不着，它们撒得床单上到处都是，真扎人。

仰头看窗外夜空繁星点点。

银河斜挂在夜幕之上。你可知道，就好像一个巨型分数。分子——半个宇宙，分母——另外一半。我一直讨厌分数，数字要么是平方，要么是立方，这样那样的方根。所有这些都是无实体的，不可想象的，完全无法接受的。它的根——是树木的根。强劲如它，穿行，深扎，破土；顽强如它，吮吸着的，不可阻挡的，渴望着的，活生生的它。但那些用复杂写成的乱七八糟的东西，他们竟然也称它为——根！

还有减法要怎么理解？减去窗户——还是什么？窗户还能往哪儿去？还是那个窗外。

或者减去我？

这是不存在的。

我仍旧是看得见摸得着的人。

闻一闻。

多闻一闻。就像小时候爸爸在睡前给我读过的书那样，里面存在形形色色的人。有的人一生都在拼搏；有的人只有一条腿，却走得坚定不移，有些人脚掌那么大，甚至可以遮挡炎热的阳光，供他们纳凉休息，就像在室内一样；还有一些人，仅靠果实的气味活着，当他们需要出远门时，就带上这些果子，倘若闻到了腐败的气味，就会死去，就像我一样。

你知道吗？所有活着的东西都带有气味。不管怎样，至少有某种味道。而所有这些分数，甚至包括所有我们学的——都没有味道。

有个夜猫子这会儿正在街上晃悠，把空瓶当足球踢来踢去。玻璃瓶贴着柏油路在空旷的街道上叮当作响。

碎落一地。

夜半时分倍感孤独，甚是想要当作某种缘由，迫切地想和你在一起！拥抱你，依偎在你身旁。

你知不知道，如果用窗外的星空分子除以分母等于几？二分之一宇宙除以另外二分之一是多少？我懂了。而你与我同在。

今天我看见一个姑娘从自行车上摔了下来——擦破了膝盖，坐在地上痛哭，弄脏了齐膝的白色长袜。这是在沿岸街上，那里的狮子——嘴里塞满垃圾、包装袋、雪糕棍儿。随后在回家路上我不由得想道，所有伟大的书籍，统统无关爱情。不过是装出一副关于爱的样子，读起来仿佛很有趣，事实上却是关于死亡。在书中，爱是一面保护盾，更确切地说，不过是障眼法罢了。好让人看不真切，好让人不那么恐惧。

我不知道，和这个从自行车上摔下来的姑娘有什么联系。

她哭了一会儿，也许，早已忘了这件事，然而在书中她膝盖处的擦伤将会存在，直至死亡以后。

或许，所有书籍都不是关于死亡的，而是关于永恒的，但只有永恒在其中不是真实的——它是某一片段、瞬间——如同琥珀里的苍蝇。它只是坐下来，搓了搓它的后腿，结果就是永恒。当然，他们选择各种美好的时刻，但这并不可怕——处于永恒的、瓷器般的状态——就像牧童总想亲吻牧羊女。

但我不需要什么瓷器般的永恒。我只要一切鲜活的，此时，此地，你，你的温暖，你的声音，你的身体，你的味道。

此刻你如此遥远，我一点儿也不怕告诉你一件事。你可知道，你不在时我常常去你家里。嗅着所有气味，你的肥皂、你的古龙水，打开你的柜子，嗅着你的毛衣、衬衫袖子、领子，亲吻扣子。我俯身在你的床上，把鼻子贴在枕头上。我是如此幸福！但这还不够！快乐，需要见证者。只有当你得到某种确认时，你才能真正感到快乐，如果不是从一个眼神，一个触摸，或者一个存在，至少是在你不在场的时候。以枕头、衣袖、衣扣为证。有一次差点儿被你捉住了——我几乎没有时间跑出门厅。你发现了我，朝我头发上丢苍耳。那时我冲你发脾气，可现在，我什么都愿意付出——朝我头发上丢苍耳。

我记得你，世界被分裂——在第一次之前和之后。

我们在公园纪念碑旁的约会。

我剥开橙子——我的手掌粘在你的手心上。

你刚从牙科诊所赶来，牙齿里充满了新鲜的填充物，口腔里散发出牙科诊所特有的味道。你默许我的手指——触碰它们。

我们在乡下小屋粉刷天花板，拿旧报纸盖住家具和地板。光着脚走路，报纸总是粘在脚上。浑身都弄得脏兮兮的。我们互相为对方刮掉头发上的白色涂料。吃过稠李的舌头和牙齿黑乎乎的。

随后我们挂上纱幔，各自站立在一侧，我多么希望你能隔着薄纱亲吻我。

你喝着茶，一下烫到了自己，不停哈气好凉下来。你小口抿着喝，嗫嗫有声，全然不以为不雅，不像我小时候被规诫的那样。我也开始小口嗫茶。毕竟不再是小孩子。想做什么都可以。

然后是在湖边。

我们沿着陡峭的斜坡向被水浸泡的河岸走去，感觉到脚下的小路潮湿而松软。

我们涉水到开阔的水域，没有浮萍。河水时而昏暗，时而明亮。冰凉的水不断从泉眼涌出。

在水中，我们的身体第一次亲密接触。在岸上，我不敢碰你，但在这里，我扑向你，把我的腿缠绕在你的大腿上，试图把你拉入水里。小时候，我常和父亲在海边这样嬉闹。你一边挣扎，一边想要扯开我的手，我没让你得逞，使劲儿想把你按下水。你的睫毛湿漉漉的，粘在一起，呛了好多水，你哈哈大笑，一边吐水，一边低吼，鼻腔里发出呼哧呼哧的声音。

之后我们坐在阳光下。

你的鼻梁脱了一层皮，身上也晒得斑斑驳驳。

我们一同看着对岸钟楼的倒影在水波中摇曳。

我几乎赤裸着身子坐在你面前，但不知何故，我只对我的脚和脚趾感到害羞，我把它们埋在沙子里。

我用手里的烟烫地上的蚂蚁，你却帮它们逃走。

我们径直穿过田野走回家。蚱蜢在高高的草丛中跳来跳去——赖在我的裙子上不走。

在露台上，你把我抱在藤椅上，俯身帮我抖落脚上的沙，就像父亲那样。以前我们从沙滩上回到家，他就是这样仔细帮我清理干净脚趾间的沙砾。

周遭的一切都变得这般明了，这般简单，这般必然，这般盼望已久。

我起身站在你面前——穿着潮湿的泳衣，双手下垂，双眼望向你。你抓住了带子，把泳衣脱了下来。

这一刻，我准备了好久，等待了好久，仍是害怕，可你比我担心得还要多，这一切早该发生了，只是那时，春光尚早，你可还记得，我牵着你的手，把它拉下来，但你猛地把它拉回了。此时，你完全变了一个人。

你知道我害怕的是什么吗？疼痛？非也。并不痛，也没出血。我心想：也许你会觉得，你并非是我的第一次。

到晚上才想起来，忘了把泳衣挂起来晾干。它就躺在那儿，被人遗忘，潮湿，冰凉，结成一块。散发出水藻的味道。

我紧贴着你，亲吻你脱皮的鼻梁。屋里没有旁人，可我们仍轻声细语。我第一次能够不畏惧、不羞涩地观察着你的眼睛——深褐色的眼珠上有胡桃色和绿色的斑点。

总之周遭的一切都改变了——片刻之前还难以接近的、不属于我的一切忽然都变得触手可及。片刻之前还属于别人的——如今变成了自己的，仿佛我的身躯变得高大，与你融为一体。现在我只有通过你才能感觉到自己。我的肌肤只存在于你所触摸的地方。

夜里你已入睡，可我还清醒着。想哭，却害怕吵醒你。我起身走进浴室，哭了个痛快。

清早站在洗脸池边，看见漱口杯里我俩的牙刷——交叉站立，四目相对——不禁傻乐。

哪怕是最平凡的事物都能让我幸福得要死。你可还记得，在城里那次——你把自己反锁在卫生间里，我去厨房时刚好经过，没能忍住，便蹲在门口对着锁眼悄声说道：

"我爱你！"

先低声私语。然后提高音量。可你却没听懂我在说什么，含糊回答着：

"我马上好，马上。"

你以为我要用卫生间。

我要的是你，是你！

你坐在烤箱前，一手拿着勺子，一手拿着一本摊开的食谱。你突然找到了什么，说你一个人全都可以搞定，让我不要添乱。我却故意跑到厨房里，装模作样地东翻西找，其实只是为了看你一眼。你还记得吗？你正忙着捣肉泥，我忍不住把手伸进锅里——和你一起揉着气味浓烈的牛肉，感受肉泥在指缝穿梭，多么奇妙！

总之，大汤勺、隔热手套、平底锅一类和你相处得并不融洽——它们在你手里都变得顽劣无比，竭力逃脱、掉落、溜走。

所有的所有我都记得。

躺下来也难舍难分——随后枕在你臂弯里睡去。

我们双腿交织在一起，双脚紧贴，亲热着，搽过油的光滑的手臂缠着彼此的身体。

坐电车时人们都转过脸看我们——你的拳头贴着我鼻尖，我亲吻着小指骨节，它代表着七月 [1]。

我们上楼去你家里，感觉电梯爬升得格外慢。

椅子下放着你的皮鞋，鞋里塞着袜子。

早上起来我找不到小短裤，不知丢到哪儿去了，到处都找遍了，还是没找到。我这会儿才想到，一定是你把它拿走并藏了起来。我只好这样出门。在路上走着，风溜进我的裙摆，有一种奇异的感觉，像是你无处不在。

我知道我是谁，可我无时无刻不需要证明和接触。失去你的我，就像空落落的睡衣，被人随手摆在椅子上。

因为你我开始珍视自己的双手、双脚、躯体——因为你亲吻了它们，因为你爱着它们。

我望着镜子里的自己，发觉自己有这样的想法：这就是他爱的那个人，也因此喜欢上了自己。我从前从未喜欢过自己。

我闭上眼，想象你就在这里。

可以触摸你、拥抱你。

亲吻你的眼睛——嘴唇也开始看得见。

好像用舌尖舔过你的骨缝，像从前那样，一直延伸到你那里，向下，来回，好像新生婴儿一样，你就像缝在一起的两半。

我好像在哪儿读过，人身上最靠近心脏的地方最芬芳。

我刚关掉了灯，蜷缩成一团准备入睡。在我给你写信的时候，大片的云遮住了天空，就好像有人用一块脏抹布把黑板上所有东西

---

[1] 来源于通过握拳按顺序从食指开始数关节分辨大月（31天）、小月的记忆方法。

都擦掉了，只留下白色的污渍。

　　我感觉，一切都会好起来。命运——不过恐吓，但仍守护人类免受这场灾难。

萨申卡，亲爱的！

我看着神气十足，可实际上如果没有你，没有你写的信，我也许，哪怕没死，也早就不是我自己了——我不知道，哪个更惨。

我给你写了我们这儿的施虐者，人称"康茂德"[1]，这是他的绰号——就像你猜的，跟皇帝马可·奥勒留的儿子没什么关系。今天他格外卖力地跟我解释什么是生命。不想跟你说这些。真想忘掉自我，想一想外边的事情，想一想马可·奥勒留。

我不明白，在马可·奥勒留和我之间有着怎样的联系，一个死于几千年前，世人皆知，一个正坐在公家的带刺衬裤上，籍籍无名。

但从另一个角度，他写道：一个人只有认识到自己是幸福的，他才会幸福[2]。（没有一个自认为不幸的人是幸福的。）

也许是这句话将我和他联结在一起——两个幸福的人。他死于某时和我仍在此处又有什么差别呢。和我们的幸福比起来，死亡似乎微不足道。他跨过死亡向我走来，如同跨过一道门槛。

有这种幸福感是因为我明白：周围的一切都并非真实。真实——就如那时我第一次去你家，在浴室洗手时看到你的海绵，感觉如此敏锐，它触碰过你的乳房。

---

[1] 康茂德是公元二世纪末罗马帝国的皇帝，是著名的哲学家皇帝马可·奥勒留的儿子，但他执政的十二年间不受元老院与人民的爱戴，同时代的史学家卡西乌斯·迪欧将其视为暴君的典范。

[2] 引用自马可·奥勒留所著《沉思录》。中文译文非原文。

我的萨申卡！我们曾朝夕相处，可我到了这里才真正领悟这一点。

此时我一边回忆，一边诧异于自己当初的不珍惜。

你还记得吗？你们家乡下小屋的保险丝烧坏了，你举着蜡烛替我照明，我站在椅子上用自制的保险塞子修理。望了你一眼，半明半暗中你是如此特别，烛光在你脸上跳动，烛火映在你的眼睛里。

另有一回，我们在公园里散步，你总是从柏油路往下跑，采些花花草草，一会儿让我看一穗花蕊，一会儿换另一个：

"这是什么？它叫什么名字？"

你的鞋跟上沾满了泥巴。

你可怜的脚指头还是青紫的——穿凉鞋乘电车时不知被谁踩伤。

我看见了湖泊。

湖水黏稠，生满了浮萍、水绵。

你来到湖边，提起裙子走下去，水刚没过脚踝——试探着。大叫着：

"水好凉！"

你伸腿划过水面，就像是在抚平涟漪。

我全都看得见，仿佛这不是从前，而是此刻正在发生一样。

你褪去衣服，绾起辫子免得头发散开，潜入水中，时不时检查头发扎得够不够紧。

你翻了个身，仰面划水，粉嫩的脚跟在水花中时隐时现。

上岸后你摊开手脚，躺成大字状，解开辫子，长长的秀发四处散开。

后来，在岸上，我偷偷地，趁你不注意，瞥向你两腿间。

现在，我看见了你的房间。

你正在脱鞋——先俯身向一侧，再是另一侧。

我亲吻着你的掌心，你却说：

"别这样，手还是脏的！"

你两手圈住我的脖子吻我，噘我的唇。

突然叫了一声。

我吓了一跳：

"怎么啦？"

"你胳膊肘压着我头发了。"

我们躺着，忽而一阵穿堂风拂过双腿，甚是愉悦。

你的背部有细腻的汗毛和被竹席编线硌出的图案。我用手指抚摩过你突出的椎骨。

我从桌上拿起一支水笔，将你背上的胎记连接在一起。你感到痒酥酥的。你抽身走到镜子旁，扭头看着我的杰作。我想帮你洗掉，你却说：

"别擦！"

"你想一直留着它？"

"嗯。"

你两腿搭在墙上，忽而在墙纸上踩了几下，拱起身子，手肘支在席子上，双脚朝上立住。

我要离开了，你送我到门口——只套了件小短袖，下面什么也没穿，你害羞得连忙扯着下襟儿。

我们在一起的最后一个夜里我醒了，听着你的鼻息。

你习惯了睡成"茧形"，把头包在被子里，只留下一个小孔呼吸，我躺着看着这个洞。你真是好笑——睡觉还把巧克力糖噙在嘴里，在脸颊上鼓出一个小包。嘴角淌着融化的巧克力。

我就这样躺着，守护着你的气息。

细细听着你呼吸的节奏。想要跟你保持同一频率。呼——吸，呼——吸，呼——吸。

缓缓地，缓缓地。如此往复。

呼。

吸。

你可知道，我过去从未如此舒适、惬意，如同此刻，我看着你，这般美丽，这般安然的熟睡的你，几缕头发从棉被里露出，我抚摩着它们，多想保护你度过漫漫长夜，保护你不受窗外醉汉的叫喊声惊扰，保护你不受任何欺负。

我的萨申卡！睡吧，安心地睡吧！我在这里，与你同呼吸。

呼。

吸。

呼。

吸。

呼。

吸。

瓦洛津卡！

往信箱里望了一眼——还是没有你的来信。

我得准备明天的研讨课了，可脑袋里空空如也。随它去。煮了杯咖啡，盘腿坐进椅子里，准备跟你讲话。听好了。

你可还记得，交流童年趣事真有意思。我还有那么多小时候的事没跟你讲过。

我现在咬着笔杆，不知道从何说起。

你可知道，我为什么叫这个名字？

我们家餐柜底层的抽屉里收藏着各式各样漂亮的小匣子、小妆奁，我小时候可喜欢它们了，我挨个儿打开，把妈妈放在那里的手镯、胸针、纸牌、明信片——全部都掏出来。在其中一个盒子里，我发现了一双童鞋——小小的，瘪瘪的，很精巧。

原来，我有个哥哥。三年前他病了，被送到医院，说是病入膏肓——医不好。

我父母随即决定再添一个孩子，作为替代。

女儿诞生了，即是我。

妈妈带不了孩子，喂养不了，不想看见我，后来我才听人说起。

我是父亲带大的，他又要照顾我，又要照顾妈妈。

我的小床边的木制围栏被去掉了三根，这样我就能爬出去了。但这是他的婴儿床，那个孩子的。我那时还不能理解，这对他而言是个门洞，方便他钻过去。我喜欢上了从那儿钻进钻出，但事实上我不过是在重复他的动作。

于我而言那个小男孩儿停留在我出生前的某种无法想象的生活中，如果这样的生活存在过，那也早已汇入某种史前时代，可是对妈妈来说他就在此处，在我身旁——一直都在，从未离开。有一天我们搭小火车去郊区小屋度假，对面坐着老奶奶和小孙子。小孩儿就是小孩儿，尖着嗓子，调皮捣蛋，鼻涕不断，口齿不清，总是跟自己的祖母讨要东西。她无休无止地教训着他：

"你就不能消停一会儿！"

我还记得，当老太太喊道：

"萨沙！我们下车！"

妈妈一下子慌了神，蜷缩起来。

我们下了火车，妈妈在站台上转过身，疯了似的在手提包里翻找，可我却看到，她眼里涌出大滴的泪。我吓得哇哇直哭，她转过身，湿润的嘴唇亲吻着我，安慰我说，没事儿，就是小虫子飞到眼睛里了。

"现在一切都很好！"

她擤了一把鼻涕，补涂了睫毛膏，拍了点儿粉。我们就这样走到了度假小屋。

我还记得，我就是那时心想：还好，那个孩子已经死了。否则哪还会有我？我一边走一边在心里默念妈妈的话："现在一切都很好！"

我是不能不出生啊。周围的一切，过去、现在和将来的一切——都是简单且充分的证明，可以是一扇哗哗作响的天窗，抑或是阳光投在地板上的剪影，或是咖啡杯里牛奶凝结成的乳渣，甚至还有这面掉了色的镜子，整日和窗户对视——谁能多看谁一眼。

我还是个小女孩儿时，常常和镜子里的自己对视。为什么是这双眼睛？为什么是这张脸？为什么是这个身体？

万一这不是我呢？眼睛不是我的眼睛，脸不是我的脸，身体不是我的身体。

会不会我——这双眼睛、脸庞和身影的主人——仅仅是某位老夫人的回忆，某天老去的我的回忆？

我时常杜撰，实际上有两个我，就像孪生姐妹，我和她，就像童话中一个骄纵，一个善良。我——乖巧懂事，她——离经叛道。

我披散着长发，妈妈总责备我，让我把头发梳起来。她一手拿着剪刀，一手故意抓起我的辫子。

我们在乡下小屋里演话剧，所有人都是主角，当然，她负责表演，我只负责幕起幕落。剧中她应当自尽而死。想象一下，她手里握着刀讲出最后一句台词，然后扬手砍在自己头上，鲜血直流。把所有人都吓了一跳，她静静地躺着死去——既按照剧本，又忘乎所以。只有我知道，她把甜菜擦碎，在鸡蛋上钻了小孔，吸出里面的蛋液，再从妈妈那里拿来注射器，把甜菜汁灌进去，最后把蛋壳藏进假发里。她从"甜菜血"里一跃而起，兴奋得大喊大叫，好让所有人都听到：

"他们信了！他们信了！"

你不会知道，所有时间都依附于她意味着什么。你不知道，一辈子都在捡她旧衣裳穿意味着什么。她，这个离了豌豆的公主，总买新鲜的漂亮玩意儿，而只有等她用旧了、厌烦了才能轮到我。

暑假过后大家都打扮得漂漂亮亮去学校——她有新鞋穿，我却得套上她的旧风衣，口袋都漏了，翻领上还有污点。

整个童年她都随心所欲虐待我。我还记得，我拿粉笔在地板上画了一条白线，把我们的卧室分成两半。她把线擦掉重画，只允许我沿着床走到桌边或出门。跟妈妈抱怨是没用的，毕竟在大人面前她是小甜心，可我们单独在一起时，她又咬我，又揪我的头发，警告我休想打小报告。

我永远不会忘记——我收到了一个漂亮的玩偶，好大一只，她会眨着眼睛说话，还会走路。我刚转身离开，她——我的魔鬼——就剥光了我的娃娃，感觉少了什么——就动手画了上去。我号啕大哭，跑去找父母——可他们只觉得很好笑。

跟她谈条件是不可能的！我想提个建议，她却跺脚叉腰宣布：

"这儿只有我说了算，全部都得听我的，否则就什么也别想要！"

眯着眼睛，目露凶光，甚至上唇抽搐，露出尖牙，恨得牙根儿痒痒。

我还记得，我害怕极了，这时妈妈问道，我在和谁说话。我谎称：

"我一个人。"

我现在懂了，这一切发生在我需要被爱的时候。在我需要争取他人的爱时，她屡屡出现。也就是说，她总是存在——甚至是我单独和你在一起时，当然也有例外——有爸爸在时。和爸爸在一起时一切都不一样。

他唤我和唤妈妈的称呼是一样的——兔兔。也许，他习惯了这样喊：

"兔兔！"——两个人同时答应，一个在厨房，一个在儿童房。

当他快回到家时，我第一个去开门，当然，为了防止陌生人，我总会问：

"谁呀？"

他答道：

"既会缝衣服，又会耕地，还是吹笛子的能手[1]。"

他从玄关地毯上滑跳而过，像舞了一曲。

他总喜欢给我们带些新奇的玩意儿。说着：

"猜猜看！"

猜是肯定猜不到的。要么是把扇子，要么是个茶碗，或者是长柄眼镜、茶叶罐、细颈瓶、古董相机，他还曾戴过日式戏剧的假面。他甚至不知从哪儿搞回来一条真正的象腿，里面是空的，用来放雨伞和拐杖。妈妈不停地责备他，可我却因为他的礼物感到格外幸福。

他能没头没脑地来一句：

——忘掉你那些功课吧！

我们在家里开了场音乐会。最喜欢摩擦烟卷纸包裹的小梳子，好让嘴唇极度发痒。包装蛋糕的纸盒被当成手鼓。他掀开地毯的一角，跳起了踢踏舞，趁楼下的邻居还没找上门来。或是抓起一盒象棋打起拍子，里面的棋子哗哗作响。

他要求我跟他一起下棋，总是将我的军，赢了就高兴得像个孩子。

他会跳世界上所有的舞蹈，还教我一起跳。我不知为何格外喜欢夏威夷草裙舞，我们跳着舞着，两只手一直插在兜里。

有一次，他在饭桌上叫我不要胡闹，否则就把一整杯酸牛奶淋

---

[1] 俄语俗语，指一个人样样精通。

在我头上。

我回敬：

"你才不会淋呢！"

话音刚落，我浑身就淌满了酸奶。妈妈吓坏了，我却高兴得不得了。

他的爱是我从来都不用奋力争取的。

可爸爸不在时，那个她，另一个我，永无止境地追寻自我。

我总为自己的皮肤问题所困扰，可她却有着光洁无瑕的肌肤。皮肤——毕竟不是盛放内脏的口袋，它就像世界的触角，世界通过碰触皮肤，碰触到我们。皮肤问题不过是一种保护自己免受碰触的方式。你蜷身坐在椅子上，宛如藏在茧里。她，也就是另一个我，对此毫不知情。她不知道，我什么都怕——最怕的是和其他人相处。她还不知道，我竟会在聚会时把自己锁进卫生间，穿戴整齐地坐在里面，门外，所有人都沉浸在欢声笑语中。她更不会知道，我明明背会了勾股定理[1]，站在讲台上张着嘴却说不出一句话，那一刻我仿佛元神出窍，灵魂游离在上空，俯视那个可怜、无助、眼神空洞的自己。关于毕达哥拉斯在我的脑海里只剩下这样的场景，在他还小的时候，父母在书桌上教他认识各种图形，念出他们的名字：球体、棱锥体、立方体、苹果、蜂蜜蛋糕和瓶装红酒，好让他在人前表现自己，小毕达哥拉斯听完这些掀翻了桌子。

作文我总是按时交给老师，但每次都不及格。女老师在班里当

---

[1] 又称毕达哥拉斯定理。

众宣读我的文章，感叹道：

"萨申卡，你以后的日子会很难哪。"

又打了不及格，因为我总跑题。老师出了三道作文题，任选其一完成写作即可——我写的文章却和题目风马牛不相及。要知道我心里有好多更重要的话想写。

我曾是腕足动物门、羽鳃纲、苔藓动物门组合而成的怪胎。她却是玛哈念跳舞的天使，双眸宛若希实本都城巴特拉大门旁的水塘[1]。我还记得，体育老师上课时注视她的目光深深击中了我。

有天放学后，我正换着衣服，忽然发现对面屋里有人躲在窗帘背后，拿着望远镜偷窥我。我吓得连忙蹲在窗台下，可她倒好，反而开始卖弄身姿。

我还小的时候，她晚上吓唬我说，她其实是一个女巫，统治着全人类。为了证明给我看，她睁大眼睛——左边是蓝色的，右边却是棕色的。她还说，自己长了好几个瘊子，那天我们在朋友家过夜，她用那间屋子里的毛巾擦洗自己，瘊子便消失了，重新出现在那家人的孩子身上。不过，最主要的证据当然是眼睛。她说她可以用目光诅咒任何人。女孩子们并不是很怕她，但这还不算要紧。她确实会念咒疗伤——舔一下伤口，低声咒念，血便止住了。

她至今还在折磨着我。你永远不知道，她什么时候又会出现。偶尔会消失一阵子，接连几个月都不见踪影，有时又突然出现——她又来了，想不到吧？

---

[1] 玛哈念、希实本、巴特拉均出自圣经故事。

她嘲笑着我，只因我从图书馆借的尽是些被人遗忘的书——仅仅是出于对那些名不见经传的或是已逝作家的怜悯。虽说，我本身邋里邋遢还粗枝大叶的，但对于书中令我感兴趣的观点总要一一标注、整齐罗列。她摆出大姐的架势，教训我说："你不能懦弱地活着，要想方设法出人头地！小妹，你记住，米利都的泰勒斯[1]的第十七条规矩：引起嫉妒胜过被人怜悯。"

她是怎么嘲弄你的！

你可还记得，我们坐在露台上吃草莓——酸掉了牙，于是蘸着白砂糖吃。她却想要蘸着蜂蜜吃。她自个儿往小碟子里淋了些蜂蜜，舔着勺子。望向你，又望向镜子里，审视着自己的眼神。我太了解这样的眼神了，愉悦和邪魅充盈着她不同色的双眸。

她舔完了勺子，两根手指捏着勺柄把玩，忽而向身后一甩，勺子便飞出了窗。

她看着你。

"捡回来！"

我想要对你大喊："住手！别听她的！"可我却一个字也没能说出口。

你起身去捡勺子——那儿灌木丛生，尽是悬钩子和覆盆子。你回来时身上好几处划伤，手上也扎满了刺。默默把勺子放在桌上，上面沾着泥巴、干草，转身离开。

---

[1] 常被称为泰勒斯，是古希腊时期的哲学家和科学家，亦是希腊最早的前苏格拉底哲学学派之一，米利都学派（亦称爱奥尼亚学派）的创始人，希腊七贤之一，被后人称为"科学和哲学之祖"。

她对着脏勺子撇了撇嘴，接着吃她的草莓，蘸着蜂蜜咂着嘴，仿佛什么也没发生过一样。

我忍不住跑到你身边，抓起你的手，想学着她的样子，舔一下伤口，施法止血，可你一把将我推开。

"滚！"

——看我的眼神还带着一丝轻蔑。

你骑上车离去。

那时我好恨你！

确切地说，恨她。

恨你们俩！

我多希望你遇上点什么事儿，就在此刻，甭管什么坏事，骇人的、凶险的事。

我告诉自己，绝不会去找你。

然而第二天我就跑去了。

现在这一幕又在我眼前上演，又亲身感受了一次：从早上就开始淅淅沥沥落着雨，雾霭爬上了篱笆，积水没过小路。我撑着伞走去找你，经过山沟里的那座桥时，雨越下越大。

我们两家之间隔着一片树林，林子里的小路泥泞不堪，不知名的野草长势正好，只有你才能叫得上它们的名字。

我从拐角处的邻居那里经过，看到篱笆里的月季开得正盛，压弯了树枝，在雨中越发芬芳怡人。

我不敢径自走进门廊，于是便折起伞，蹑手蹑脚走近露台，躲在窗边。踮起脚尖，透过被雨水打湿的窗，我看见了你。你躺在沙发上，缠着绷带的腿架在靠背上，捧着厚厚的书卷，读得入神。

这不，想你遇上点儿坏事，你这就骑着车摔进沟里。

现在你知道为什么那天晚上你扭伤了腿躺在床上了吧。

我站在雨里看着你。你感觉到了什么，抬起头，对上我的目光，莞尔一笑。

萨申卡，亲爱的！

是啊，乡下度假的萨申卡，离那时已经过去了好久，回想起来仿佛完全是另一种遥远的生活。

就这样躺着在日记里胡言乱语感觉真是太好了，听着雨滴落在屋顶上的簌簌声，还有蚊子在露台上嗡嗡作响。你探出身子向窗外看——院子里的苹果树像是浮在云雾中。晾衣绳上的夹子被打湿，滴滴答答淌水。

下雨天光线不好——你一早就开着灯。

我在腿上放着一卷莎士比亚的巨著——方便垫着本子写字。

修长的一对松针被用作书签。

你知道我那时在写些什么吗？我在写哈姆雷特。确切地说，写我自己，我的父亲死了，也可能没死，母亲也改嫁他人，还是个盲人，但令人费解的是，为什么所有人都要互相毒害，再用利器刺穿身体，同时舞台上还不会留下一滴血。如果所有人都死得明明白白，自顾度过一生，不必经历任何臆造的暴行和阴谋——这叫什么，就不会有哈姆雷特了吗？还有更可怕的！想想看，父亲的冤魂，孩子们的噩梦。

当然还有灌进耳朵里的毒药！

为什么一切都从他回到父亲的城堡开始，那在这事前他就不是哈姆雷特吗？一切还没发生，大幕尚未开启，伯纳多和弗朗西斯科还未发生口角，尽管章程已有明文规定——但他已经是哈姆雷特了。

但这也是最有趣的一点——在遇上鬼魂、下毒事件和藏在地毯下的愚蠢的戏剧特效之前，在他身上都发生过什么？

他兀自活着——同我一样活着。不带任何临终独白的诗篇。

应当描写他此前的生活。比如，小时候怎么扮演邮差——捧着一堆旧报纸，分别塞进各家信箱。学校里课间休息时他是怎么拿了本书藏在更衣室或图书馆里——就连最懦弱最胆小的同学也嘲笑他——把对别人的怨恨撒在他身上。对了，你知道我对文学第一次感到失望是在什么时候吗？我读到了中世纪的小丑是如何向自己的领主提一些棘手的问题，而那些尽力回答的领主每次都陷入窘境，我于是决定下了课去问那些坏孩子一个狡猾的问题，可他们还没听完——就给了我一记耳光！

关于哈姆雷特我还有很多话要说，有天他在湖里游泳，一个大叔游到他旁边说："孩子，你游得不错呀，但你的姿势不太对。看我给你示范！"这位游泳教练脚下踩水，手不断从腹部划开。

还有鸽子窝的事。小时候，我们还住在老房子时，邻居在院子里养了一窝鸽子，每当他等鸽子回巢时，不是看向高处，而是低头望着盆里的水，据他所言，这样看天空能看得更真切。

我还写了，我想成为自己。现在我还不是我自己。我不可能是现在这样子。真想摆脱时间的束缚。

这不，脱开身了。

还好你看不到我现在身处何地，我周围都是些什么。我无法描述这些，它们好像根本就不存在一样。

你的书架上放了好些从海边捡回来的漂亮石头，你还记得吗？

有一天，你手持一块浑圆的卵石，举在自己眼前，好像举着单目镜。我从你手中夺走了这块卵石，它现在正静静躺在我家窗台上，时时刻刻望向我。忽然我明白了，这是一个人的瞳孔，它注视着我。不仅仅是我，而是——所有的一切。因为在这块鹅卵石面前——它甚至来不及眨眼——一切稍纵即逝，我，这间屋子，还有窗外的这座城市都会消失。那一刻我感受到，所有我读过的书、所有我写满的笔记本都变得毫无意义，我感到难受。一种焦虑席卷而来。我突然意识到，事实上恰恰相反，这瞳孔不仅看不到我的房间，也看不到我，即使它再怎么渴望也完全看不见，因为于它而言，我只是一闪而过，以至于它根本来不及注意。它——真实的存在，而我，对它来说难道真的存在吗？

对于我自己而言，我真的存在吗？

存在——为何物？去认识，你身为何物？凭借回忆去证明自己？

于它而言，我的双手、双脚、胎记、为了消化大麦咕噜直叫的肠道、咬坏的指甲、阴囊算是什么？丘脑算是什么？我儿时的回忆算是什么？新年时节，清晨我醒过来，光脚跑到枞树下，查看礼物。屋子里满是熟睡的客人，新年枞树下却空无一物——礼物买倒是买了，只不过——因为喝了太多香槟和伏特加——忘了放在树下。我走回屋里，在厨房里哭了一场，那时妈妈还没起床。是不是挺蠢的？

也许，为了变得真实，必须存在于别人的意识之中，而非自己的这种不可靠的、易受影响的意识，比如说被梦境影响，做梦时你自己也不知道，你是生是死。并且不是随便谁的意识都可以，而是认识你是谁这一点对他来说很重要的那个人。我知道，我的萨申卡，你是存在的。你也知道，我是存在的。正是如此我才在此处，这里一切都是颠三倒四的，真实的。

我还小的时候，奇迹般地逃过了一劫——就在我晚上起来上厕所时，书架连着上面所有的书倒下来，砸在床上。

不过我第一次真正开始思考死亡还是在学校的动物学课上。有位老教师，带病上课，他提前告诉我们说，万一他突然倒下不省人事，一定要记得从他兜里掏出药丸喂他吃下去。药虽然吃下去了，却没有见效。

他总是用领带擦拭眼镜。

起先他教我们植物学，我那么爱上他的课，收集了无数植物标本，还下定决心要成为一名鸟类学家，就像他那样。

他曾为各种植物、鸟类的灭绝感到悲恸欲绝。

他站在黑板前，厉声讲话，好像我们犯了错一样：

"哪个是暗影水仙？哪个是松散的莎草？哪个是泽苔草属？夏季雪片莲属呢？矢车菊呢？怎么都不吭声？鸟类呢！鸟类是哪些个？哪个是黑雕？哪个是胡兀鹫？哪个是彩鹬？我问你们呢！红腿朱鹭呢？狭嘴鸭呢？褐耳鹰呢？褐耳鹰是哪个？"

提问的时候，他自己仿佛也变成了一只羽毛蓬乱的鸟。所有老师都有自己的绰号，我们给他取的绰号就是褐耳鹰。

你知道，我幻想过什么吗？我所幻想的是，某天，或早或晚，我能和父亲重逢，他对我说道：

——给我瞧瞧你这块头！

我弓起手臂，绷紧了肌肉。爸爸一把握住我的肱二头肌，惊讶得连连点头，说道，练得不错！好样的！

至于看不见的世界，我全部都懂，记得夏天时祖母总在福利院帮忙照顾失明儿童，把我也带在身边。

我从小就习惯了，祖母家有各种各样的盲人用品。比方说，她分摊开的纸牌的右上角都打了特殊的针孔。我生日那天收到她送的象棋——也是特制的，其中不同的棋子大小各不相同——白子比黑子个头大。我还听到她悄声对妈妈说：

"福利院的孩子反正也玩不过来。"

起先那里的生活让我感觉有点奇怪，后来却渐渐喜欢上了——我突然觉得，自己好像变成了隐形人。

有一个男孩儿走来，手里拿着喷壶，用脚轻轻试探着人行道路缘，我从他身旁经过，他未曾看见我。不过，只是我以为他看不见罢了。他们经常朝我打招呼：

"是谁在这儿？"

事实上，想要逃过盲人的眼睛是非常困难的。

早上是他们的晨练时间，之后一整天都要上课，或是游戏。起初看到他们跑操的方式会觉得很不习惯，一个挨着一个站成纵队，一只手搭在前排肩膀上。

院里的笼子里养着一群兔子，常常受到他们的照顾。万分不幸的是，某天早晨突然发现笼子里空空如也——兔子全部被盗。

我常常和他们一起唱歌。不知为何，我总觉得盲人似乎都拥有非凡的音乐才能，尤其是格外敏锐的听力，好像他们全部都是天生的音乐家。当然，这只是我的一派胡言。

他们每天都学习做泥塑。有个小女孩儿捏了一只站在枝头的小鸟，就像椅子上坐了一个人一样，栩栩如生。

总之，他们的课程安排和我们学校里的完全不一样。还记得，当我看到他们在课上要把手伸进水族箱里摸鱼时，我都惊呆了。简直酷毙了！后来趁着教室里没人，我站在水族箱前，闭上了眼。卷起袖子，把手伸进水中。美丽的金鱼摸起来竟然黏糊糊的，有点恶心。就在那一刻我感到害怕——实实在在地害怕，某一天我也许会双目失明。

可是对他们来说失明——没什么可怕的。盲人怕的是双耳失聪。怕的是听觉世界的无边黑暗。

一般来说，有视力的人才会盲目。

对一个盲人来说，是什么就是什么，他就是这样生活的，生来便是如此，并非凭空而出。人很难会为不曾拥有过的东西而难过。毕竟我们看不见紫罗兰的颜色，也没什么关系。倘若我们感觉自己是不幸的，也不是因为看不见。

祖母疼爱他们所有人，他们也常常依偎在她身边。有时我觉得，她爱他们比爱我还多。当然，是我胡思乱想，可我也希望，她能像对他们那样抚摸着我的后脑勺，将我的脸贴在她的宽阔的胸膛上，温柔地感叹道：

"啊我的小小鸟儿！"

她从来不会用树枝鞭打他们，可我却总挨她的揍。

我一直想问她关于父亲的事，但不知为何，我总是害怕开口。

她很少谈起父亲。当我长大后，只听她讲过一段家族故事。

她的祖母还是个小姑娘的时候便生了个孩子。她坚持说，自己是清白的，可是没有人愿意相信她。那时候谁也没听说过孤雌生殖。恰好那时河面上满是浮冰。夜里她来到河边，在冰上放下一个布袋。

我记得，这幅画面在我脑海里久久挥之不去——深夜，浮冰随波逐流，袋子里时不时发出啼哭声。

多年后，当我读到马可·奥勒留[1]才得以平静下来。他在书中写道：初生的猪崽被带走用作牺牲，猪崽挣扎着发出嘶叫。为什么它要发出嘶叫？

纵观世间万物，只需要去倾听，生命的嘶叫声无处不在——每一棵树、每一个过往行人、每一汪水、每一点响动。

---

[1] 俄语原文为 Марк Аврелий，指马可·奥勒留，全名为马尔克·奥列里乌斯·安东尼·奥古斯都。拥有恺撒称号的他是罗马帝国五贤帝时代最后一个皇帝，也是罗马帝国最伟大的皇帝之一。他不但是一个很有智慧的君主，同时也是一个很有造诣的思想家，有以希腊文写成的著作《沉思录》传世。

瓦洛津卡!

我多么想紧紧依偎在你胸前，随便讲点儿什么傻话，或是蜜语甜言。

我还记得，父母第一次带我去看海——也可能，不是第一次，但就在那时，我第一次记住了那种一下子淹没在惊涛巨浪之中的感觉，整个人都被浪头裹挟，而后那一整个夏天——都浸没在海浪里。

我也清楚地记得，我们沿着弯弯曲曲的小路往下走，海平面越涨越高，像抬起手肘拨开地平线，阳光普照万物，海风拂面，空气里夹杂着盐巴、海藻、原油、腐烂和辽阔的气息。

我飞奔至栈桥上，海水从激浪中挣脱——直直拍在我脸上。

滨水的桥面是木制的，由于常年浸渍海水，几近透明，如同天上的窟窿，木板上还倒映着海鸥。

防波堤泛着白，是堆积的鸟粪。

海藻丛生——腥臭无比。

树木枝干被海水打磨，一遍又一遍。

船帆与海浪齐平。

海滨浴场的每一日，有海风张开双臂拥抱我。

多么愉快呀！在浅滩上撒欢，溅起水花无数，在阳光映照下散发出点点金光。

卵石被晒得滚烫，一个浪头打过，喳喳作响。海浪拍打过脚踝，又退回海水深处，时而没过双腿，试图将人掀翻在地，拖进水中。

黑头苍蝇敏捷地穿梭在一团团海草中，这些海草不久前刚被风暴抛上岸。海浪时不时不怀好意地悄然来袭，惊得成群的苍蝇慌慌张张、抱头鼠窜。

透明玻璃瓶——大海的冰糖——海水将其吞没又倾吐到别处。我捡起这些瓶子，换了些钱好犒劳父母。

爸爸开始和我一起用卵石、沙子建造城堡，我们挖出一条护城河，搭起城墙、塔楼，他多么享受这样的时光，兴奋得忘我。

我想用贝壳碎片、糖纸做的小旗子装饰塔楼，他大喊着叫我不要碍手碍脚。我冲他使性子——因为这是我的城堡，是他为我建的。然后突然一个浪头打来，城池瞬间陷落。我直掉眼泪，爸爸也垂头丧气。他满心不悦地想把仅存的断壁残垣都毁掉。我也加入了他。我们在城堡遗址上跑着跳着，又开始没心没肺地笑着。他把我搂在怀里，拖入大海，我们双双跌坐在海浪中。他同我嬉闹着，在海上浮潜，扎入水中之前双手合十，仿佛是在祈祷。

海水这般清澈，连脚趾上鲜红的指甲盖都清晰可见——我涂了妈妈的指甲油。我捏住鼻子，将头埋入水中，爸爸从旁托住我，我游动着，两只耳朵都灌入了海水，我身下是蔚蓝色的深渊，在深渊的底部，石头上生满了柔软的绒毛，在水波中摇曳。

我们游到木制栈桥边。桥墩在海水中浸泡多年，生出了无数海草，像浓密的胡须一般——吓退了成群的鱼苗。

我总是想要游到离海岸更远的地方，潜向大海深处——可爸爸不允许，我于是把他按到水里，我抓他的肩膀，扯他的耳朵、头发——他巧妙地脱开身，抓着光滑的桥墩，浮出水面，用鼻子吸了几口气，水珠在他的睫毛上闪闪发光，他爽朗地笑着。我们爬上栈桥，走在桥面上，小心翼翼不让脚底扎上木刺，脚下是粗糙的、久经海盐侵蚀的木板。我们跑向妈妈，俩人都哆嗦着，裹在毛巾里，牙齿直打战。

爸爸总是问我：

"现在几点？"

他送我的小手表——儿童玩具，连指针都是画上去的。我看一眼表，骄傲地宣布：

"两点差十分。"

指针永远都是两点差十分。

晒着太阳时不时地拨弄皮肤上的盐粒。

妈妈躺在长浴巾上日光浴，肩带散开着，好让肩膀晒得均匀，还让父亲帮她解开乳罩搭扣。旁边的卵石上恰好躺着一个男人，踢过足球的大腿紧实又强壮，目不转睛地盯着她看。

妈妈装作对周围的一切毫不知情的样子。

男人两肘支起身子，好透过压皱了的毛巾窥见她的乳房，圆润、饱满、挺立有致。

我那时还什么都不懂。

确切地说，我那时对一切都已了然于心。

父亲注意到了这些目光，他眼里流露出大丈夫的得意神色。拥有着别人梦寐以求的东西，他感到十分愉悦。

好多次，我们都在沙滩上看见一对不同寻常的情侣。他们年轻、美丽，彼此相爱。姑娘失去了半条腿。我还记得，她躺在沙滩上日光浴，两腿叉开——恰似指针走到两点差十分。当他抱起她走到海边时，整个沙滩的目光都被他们所吸引。他们在海边嬉水、尖叫，游向远处，直抵浮标。当他们游回海滩、浮出水面时，她大笑着，挣出他的怀抱，单脚跳着去拿浴巾。人们愣在原地，看着他俩，或是惊恐，或是艳羡。

我，刚从水里出来，准备扑向妈妈的怀抱，浑身都冻僵了，还沾满了沙子，爬到她身上，冰凉的短裤在她滚烫的背上来回蹭着。妈妈尖声叫着，扔下我起身去游泳——小心谨慎的样子，正如她做其他事情时那样。她把双臂弯在背后，不急不缓地系上胸衣。理了理肩带，戴上白色橡胶泳帽，花了好长时间才把头发都掖进帽子里。慢慢走进水中，每一步都小心翼翼。我在她身旁不住地扑腾，溅起无数水花，她尖叫、大喊，让我停下来，想要拍我屁股。戴上泳帽后她的头突然变得特别小。

我还记得，她浮在水面上，柔软的手臂划动水波——在水下，纤细灵巧的四肢仿佛无骨动物一般，忽然，在清澈的海水中，我看见她在撒尿。当时我出于某种原因对此感到很怪异，但我却不敢说些什么。

她游得很远，那顶橡胶泳帽在海浪中一起一伏，像乒乓球在弹跳。

我和爸爸坐在水边看着妈妈。一切都很美妙！我坐着，伸出手指划水，海浪冲开了双腿。四周只有快乐的人儿，快乐的呼喊，快乐的浪涛，快乐的双脚。

我晚些时候才明白，父亲其实根本不会游泳。每当妈妈游开很久时，我都很为她担心，可爸爸只是笑笑说：

"我们家的游泳选手小兔子躲哪儿去了！再深的水也淹不死她！"

妈妈游上岸，擦干身体——那个男足球运动员又开始盯着她，看她用毛巾吸干泳衣上的水，擦干胸部、小腹、腋窝、两腿间。

妈妈又趴了下来，散开肩带，自顾读着一本书。我坐在她身边，用她的头发编辫子玩。

海水渐渐被风干，在她的皮肤上留下白色结晶。

头顶上海鸥成群掠过，我想，它们大概是在编织风影。

而后，我躺在妈妈身旁，闭上眼睛。潮起潮落的声音——仿佛有人在无休无止地翻动一本大书。

逐渐进入甜蜜梦乡。

一个惊雷将我唤醒。周遭天色阴暗，寒冷，狂风大作，暴风雨将要来临。人群四散，逃离沙滩。急促的雨点打在赤裸的身体上，犹如飞沙走石一般。

我们赶忙收拾东西离开。劲风掀翻了一排躺椅，沙滩上半裸的游人四处乱窜，忙着找回被风刮走的遮阳伞、浴巾、短裙。海水变得灰暗、狰狞，不时掀起一排排巨浪。就在我们快要赶回家时——下起了倾盆大雨。妈妈带着我一起冲澡——她解开我的辫子，一点点洗去头发上的盐巴。我紧紧贴着她冰凉的皮肤，毛孔因为寒冷而收缩，汗毛也根根分明。

而后坐在沙发上，裹着小被子，等爸爸念书给我听，此刻他正一边洗澡，一边念着不知名的独白。

那时爸爸还是指挥。

我从没觉得这有什么特别之处。

他向我讲过，他的父亲，我的爷爷，是位小提琴手，时常在家中排练，那时小小年纪的爸爸，拿着两根木棍当道具，在他父亲演奏的时候，学得像模像样。

我还记得，当我还特别小时，格外喜欢坐在螺旋椅上转圈，那时爸爸经常和我一起弹琴：低音部在踏板的延长下描绘出云霭缭绕的景象。断断续续的高音，在踏板的捕捉下，被罕见的雪花融化在空气里。而夏天的雨要这样演奏：伸出食指——一手掌管黑色琴键，一手掌管白色琴键——两手同时拨过所有琴键。他的手指如此修长——覆盖了一个半八度。

在我印象中还有一次，他打开盖子，向我展示里面那件乐器并说：

"你看，多么奇妙的构造——每一处复杂的、令人费解的机关都蕴藏着至简的原理——我们不过是用毡制的小锤敲敲打打罢了。"

他总是强迫我练琴，直到最后我甚至恨起了我们家那台Rönisch[1]。

我在家不停地练习，弹了无数的音阶和琶音，可他却对我说：

"不要蹙眉！"

不断的压力让我的眉心长了皱纹——和他的一模一样。

当父亲不在家时，我就偷懒耍滑：在乐谱架上摆上一本小说，读得津津有味，小说盖住了谱子，我便盲目地乱弹一气。有天突然被他撞见，他狠狠地批评了我。他开始在屋子里踱来踱去，厉声斥责我，说我完全没有音乐细胞，为什么老天爷要这样惩罚他。他说，天赋只会眷顾那些天才儿童。听了他的话我开始抽抽噎噎，琴也弹得更差了。以前他从不冲我大喊大叫。我心里暗想，爸爸一定是被

---

[1] 指德国公司 Karl Rönisch，主要生产钢琴并出口到俄罗斯，是德国最古老和最著名的键盘乐器制造商之一。

人暗中调换了，这一定不是他。那时我还无法理解这一切。而他只是刚进入角色还不能从中走出。

当我演奏时他总是蹲在一旁，方便检查我的手掌是否松弛，或是因为弹错音而抽搐、痉挛，好像咬着舌头那样。有一次，我没有按照谱子上标的四指和五指来，而是用二指和三指弹奏了颤音，心想，他应该发现不了，然而他为此大发雷霆，差点没用翻烂了的车尔尼教程[1]暴揍我一顿。

最后，妈妈往我们屋里看了一眼，额头上还搭着湿毛巾，要求我们保持安静。我不知道，到底是偏头痛折磨得她受不了吵闹，还是她以这样的方式救了我。

我还记得，有天晚上他回来得特别晚——气呼呼的，吹胡子瞪眼，不住地抱怨说，整场音乐会都被鼻炎所困扰。还担心道，应观众要求再来第二遍时出了点差错。就连他演出时穿的燕尾服，被妈妈挂在阳台上的那件，也无法安静下来，仍不住地在风中摇摆。

我还记得，他在家中排练，身上只穿了一条内裤，留声机里放着某张交响乐唱片。我透过门缝观察他的一举一动，他挥舞着指挥棒，面对一众桌子、椅子、书架、窗户，餐橱化身为打击乐器，墙上的挂毯——管乐器，餐桌上吃剩的早饭和茶杯——小提琴，他把棍子戳进了沙发，一下就回响起男低音，扬手指了指台灯——便奏起了遥远的号角。他就这样挥舞双臂，颤动身躯，密密的汗水沁满他的额头，沿着鼻尖大滴落下。

---

[1] 卡尔·车尔尼，为奥地利作曲家、钢琴家、音乐教育家。

妈妈探过头来对他说，让他最好赶紧把枝形吊灯上烧坏的灯泡换掉，然而爸爸翻了个白眼，仍继续跟着节奏摇头晃脑，还当着她的面，啪一声关上了门。

一曲将终时，爸爸挥手将所有音符握在掌中，一切戛然而止。他站在枝形吊灯下，就像站在舞台中央。

当他不在家时，我偷偷拿走琴匣，找到了他的指挥棒，把音乐声开到最大，学着他那样指挥。我来到阳台上指挥着我们家院子、邻近的房屋、树木、水洼、一条腿搭在树上的小狗、云彩。但我最喜欢的还是曲终时挥手、攥拳、收音。

之后坐在钢琴旁，重新奏上一曲门德尔松的《无词歌》，还总是在那几个地方弹得磕磕绊绊。

后来爸爸当上了极地飞行员，我更喜欢他这份工作。

他那件黑色的长襟连袖大衣所散发出的皮革的味道是多么令人愉悦！

皮制飞行服，高筒靴，通信头盔，让他看起来好像变了个人。我拿过靴子，两只脚伸到同一个筒里，在屋子里蹦来蹦去——就像他给我讲过的独脚人那样。

他给我们带过用海象牙齿雕成的小人，把牙齿串成一串的装饰物，还有云莓果罐头、驯鹿皮。

他让我躺下睡觉，跟我诉说，他小时候多么希望成为飞行员——有一天他还看见了一架飞机在村边的田野上紧急迫降的全过程。

他，一个平凡的乡下小伙子，想要实现梦想并不容易——有太多东西需要学习。总的来说，生活在飞行学校——就是他口中的职校——苦涩无比。临近还有一所步兵学校，休假期间，他们在镇上总免不了互相干上几场恶仗。皮带胡乱鞭打，上面的搭扣差点没把爸爸的眼珠打掉——因此他的额头上留下了一道疤，我心疼地抚摩着那道暗白的丘壑。

有一天他在职校被关了禁闭，原因是他做口型。冬天时他要持械站岗守卫飞机。有一次在仓库里巡逻，黑暗中他感觉到，有个人影一闪而过。四顾无人，漆黑一片，解冻时节，冰雪消融，到处都湿漉漉的，洋溢着生命力。他把手指扣上扳机，警惕地在拐角处巡视，忽然被人闷头一击，随即触动扳机，只听砰的一声，子弹射出。每个人都惊慌失措，首长受到惊动也赶来现场——然而，事实上，只是停机棚顶上的积雪逐渐融化，就在雪块滑落那一刻，爸爸恰好探过头去。

他教我飞翔——我们也嬉闹玩耍，可我感觉到，这一切都是实打实的。我们不是坐在家里的沙发上，而是待在驾驶舱里。技术员抓住螺旋桨，用力旋动桨叶。

"收到请回答！"——他大声呼叫着从引擎上跳开。

我鼓足劲儿呼喊着回复：

"收到！"

发动机先是哼哧了几声，喷出一团黑烟，蓄上了劲儿。机身下方的轮挡被移除。我们准备向起飞线滑行。起机信号员挥舞着白旗。爸爸给足了油门。螺旋桨鼓足了涡流，机身颤抖，终于向前挪动。飞速滑行，速度越来越快。在不算平坦的跑道上机翼时不时因为地面突起而来回晃动，就像走钢丝的人时刻用双手保持平衡。

爸爸熟练地把操纵杆拉向自己，机尾离开地面，然后拉平。再用力拉向自己——飞机已行驶在空中了，我浑身上下都感觉到我们爬升得越来越高。地面被远远抛在脚下，胸口开始发冷。

低头可以看到，飞机的影子紧紧跟在我们后面。发动机的轰鸣声也逐渐减弱，夏日田野上的停机棚和车库变得越来越小，看起来就像散落在地上的积木方块。

爸爸踩下踏板，将操纵杆一会儿向右旋，一会儿向左旋，飞机随之开始盘旋，一会儿向右侧下倾，一会儿向左侧斜去。似乎不是飞机在盘旋，而是天空和大地在绕着机身打转。

我们爬升到云层之上，迎着光芒万丈的太阳，连阴影也很难跟得上我们，不得不潜浮在云海里。

我看着爸爸，看他如何聚精会神地在仪表盘间自如切换，看他如何满怀自信地驶入层层叠叠的云霭之间，我意识到，他是这世上我最爱的人，我爱他胜过爱妈妈，甚至胜过爱我自己。

爸爸跟我述那些死去的战友的故事。

他说：

"每个人都想活下来，但不是每个人都能从飞机上活着下来。"

他的几个朋友驾驶飞机在空中盘旋时发动机突然出故障。机舱里陷入可怖的沉默。眼前明晃晃的螺旋桨推进器停止运转，三片桨叶像木杆似的直直杵在那里。距离机场太过遥远，飞行员们决定寻找合适的着陆点。驾驶员向领航员问道：

"你觉得呢，老大，能回得去吗？"

回答道：

"必须行！不然就浪费了我的剧院门票。"

降落是无处可降了，是时候跳伞了。可四周全是村落，里面还住着不少人。飞行员倒是可以得救，可谁知道飞机会坠毁在哪里？

驾驶员示意领航员可以跳了，可后者不愿丢下自己的朋友。最终他们谁也没有跳，只是尽可能把飞机开到远离住宅的地区。

直到第二天飞机残骸和机组成员的遗体才被找到。散落一地的碎片，极度扭曲的机翼，弯折的螺旋桨叶片，翘上天的机尾。显然，升降舵出了点毛病。两个人都紧紧攥着舵轮，试图拉平机身，不过是徒劳。

爸爸载我去了一趟墓地，在那里，许多坟墓上竖立着的都是螺旋桨而非十字架。桨毂上放着的照片是一张张年轻俊秀的脸庞。

有一次，爸爸接到一项特殊任务——紧急行动。在一个偏远的气象站里，有位妇女难产，需要载上她去医院。途中他们遇到了一场暴风雪，不得不紧急迫降在冰封的河面上。此外，飞机的一侧雪橇还发生了故障。爸爸比画着向我展示，他是如何在只有单侧雪橇的情况下成功降落。飞机滑行在冰面上，像是在做燕式平衡。速度开始减慢，引擎声听着越来越糟，机翼失去了支撑，耷拉下来划在冰面上，飞机在原地快速打转，就像绕着轴心的圆规脚，最终停了下来。风暴夹杂着雪花向他们袭来，爸爸借着机翼搭了一个窝棚，他们俩困在那里两个昼夜，搜救队才赶来。女人不住地号叫，很快就要生了，爸爸不得不为她接生。

每次临飞时，爸爸都会把我的旧手套塞进口袋，当作他的护身符。他说，那次任务中，当他们被困在河面上等待救援并且不知道是否会有救援时，是我的手套救了他。

他执行任务的时候，我每看到天上的飞机，都会在心里想——这会不会是他那架？便远远地冲着飞机招手。飞机挂在天上，就像蜘蛛悬在一张无形的大网上。

我从未替他担心过——有什么好担心的，反正有我的手套在。手套会拯救他，保佑他。

他还用生动幽默的语言向我描述了埃文基人[1]的生活。该族人自称是"卡夫赤夫"——鹿人。他几次被迫降落在鹿皮圆庐[2]附近，他惊奇地发现，这群鹿人可以在任何地方落脚，只用鲸鱼骨架和鹿皮就能快速地搭建一座温暖舒适的棚屋。

我记得，当父亲讲到，那时候他不得不在冻土带的鹿皮棚屋里过夜，被住家盛情款待，啃的都是鹿骨生髓。

有的时候爸爸会离开家好久，但凡他在家的时候，每天晚上都会给我讲睡前故事。我最喜欢的书里记录了各个神奇国度的传说，其中最精彩的一本书是关于神父伊万的王国。这本书我一遍又一遍听爸爸讲了好多次。

爸爸讲故事时，完全变了一个人，仿佛他正在念的不是一本普通印刷读物，而是刻在棕榈书简和山羊肩胛骨上的古老文字。他用我的短衫当作头巾系在头上，摆出土耳其式坐姿，换了一副嗓子说道：

"是我，神父伊万，智者之王，所有领主的头领，一切统治者的主宰。我居住在万都之都，生活在聚居区和无人区所有土地中央

---

[1] 埃文基人，是俄罗斯西伯利亚东部的一个少数民族，旧称通古斯人。

[2] 指棚屋，是西伯利亚东北部某些民族的游牧住所，比如楚科奇人。

的城市之中，我的宫殿——一座奇高无比的塔楼，每天夜里总有占星师攀爬而上，试图预知未来。我在领地间到处巡游时有母象驮轿子载我。这里的河流白天朝一个方向流动，到了晚上又会变换成另一个流向。"

他讲故事的时候不需要看书，一切早就烂熟于心，所有故事经他改编过还会更生动离奇——每次我都屏住呼吸生怕漏掉哪个神秘又不同寻常的字眼。

"在我的王国，繁衍、生活着双峰或单峰的骆驼、河马、鳄鱼、独角犀、长颈鹿、黑豹、野驴、白色或赤色的狮子、喑哑的蝉、格里芬[1]和拉米亚[2]。这里居住着不朽之人、独角神兽、学舌鹦鹉，生长着乌木、肉桂、胡椒和芬芳的芦苇。我还有个女儿，女王之王，众生之主，我的王国即是她的王国。"

当他讲出这些话的时候，周围的一切——我们家屋子、灯泡总处于烧坏状态的枝形吊灯、窗台上的一叠报纸、窗外喧闹的城市——皆为虚幻，只有伊万神父的神奇国度是真实的，神父伊万是真实的，他已经不是坐在我的床沿了，而是在母象背上的轿子里环视疆域，目光炯炯，一派王者风范。

目光所及之处，领土不断向四面八方延伸，这就是神父伊万的王国，还有生活在那里的众多不朽之人和喑哑之蝉。

---

[1] 指古代东方神话中一种幻想的狮身鹰首兽。

[2] 希腊神话中的人首蛇身怪。

我的萨申卡！

不要生气——实在是没时间写回信。

这不，终于没人再要求我干这干那了，可以跟你待上一会儿。

为什么人们总是在信的末尾才写上亲吻？

吻你，此刻，海角，天涯！

好了，说正经的。

昨天有打靶训练，当我在距离目标四百步开外连发五枪，记分员表示，有三枪命中目标头部时，连"康茂德"也惊讶得张大了嘴，你简直无法想象他滑稽的表情。

怎么能不考虑偶然性呢？

毕竟这世间的一切都是由巧合而来。为什么我们偏偏生在这个世纪，而非，譬如说，三十四世纪？为什么住在最好的星球上，而非，譬如说，最坏的那个？也许现在，就在这一刻恰好有人坐在某处读着一本关于敲钟事业的书？为什么子弹不是飞向过去或未来，而是瞄准了那个不幸目标布满弹孔的头部？毕竟……

好吧，我亲爱的萨申卡，时间有限，没法详聊，但我迫不及待地想告诉你，我如今不是随便某个谁！已经是自己人了！我很快将要在司令部，负责清理军装、文书和殡葬事宜。长官的举动着实让我吃了一惊。他自顾自说道，既然我受过教育，就派我去司令部干文书吧。我站得笔直，一肘开外——落日的余晖映在沾满灰尘的窗户上，指尖紧贴裤缝儿：

"报告长官！"

"你有什么话要说？"

"无法胜任。我的字迹难以辨认。"

可他说：

"大胆写，孩子，要的不是一手好字，而是踏实肯干！听明白了吗？"

随即倒上一杯。

递了过来。

"入职顺利！"

我接过酒杯一饮而尽。

他为我准备了鲱鱼配黑面包夹洋葱下酒。

"孩子，在我还像你这么大的时候——就突然明白了一切。往后余生我都在试图理解，我那时到底明白了什么。你吃点儿荤油，这可是上好的荤油。你记住：写得好不如做得好。至于殡葬的事——不必担心。你的上一任书记员就总是提心吊胆的。有次他喝了很多，靠在我肩膀上，哭得像个孩子。"

瓦洛津卡！

你猜，我这会儿在哪儿？

在浴缸里。

你是否记得，国王大卫来到泳池边，忽然看见自己身体赤裸，一丝不挂。

此刻我也赤裸身体，一丝不挂。

我躺在水中，观察自己的肚脐。

多么美妙！

你的肚脐是个小结点，我记得。

而我的是个小圆环。

妈妈的也是小圆环。

小圆环处于无穷的链条之上。可以得出，这个圆环将我悬挂在人类生产链上。准确地说，这条链子还在向远处延伸。两端同时延伸。万物皆悬于其上。

多么奇怪，我肚子上这个小圆环就是大地的肚脐。所穿过那条链子——就是宇宙中轴线，全世界都围绕着它——现在正以百万光年每个冬天的速度运转。

不，这是他——赤裸身体，一丝不挂。而仅仅是在我的一个肚脐上就贯穿了整个世界的始末。

我还记得，我小时候患水痘那次，浑身布满了小丘疹——这时爸爸说：

"瞧瞧，就像满天星斗！"

我也戏说，肚皮上的疹子——是星座，肚脐眼儿——是月亮。多年以后，我看到了古埃及天空女神努特[1]的画像，就像我患水痘时那样，满身星辰。

突然间，我很想看见，我和你的孩子诞生在这穹顶之下。是不是很傻？为时尚早？

沉浸在幸福的回忆里，我曾与你同处在这浴缸之中——你还记得吗？面对面，勉强才挤得进来。我把头发当作丝瓜络，揉搓着你的双腿。而后你抬起我的腿，咬我的脚趾，跟爸爸一模一样，我还小的时候他也这么捉弄我，低吼着吓唬我说；

"我要吃了你！"

同时不停地咬我的脚指头。我又痒又怕——万一真把我吃下去呢！

然后我钻到你背后，两腿从你腋下穿到胸前，你用海绵替我细细擦洗，还揉搓脚跟、趾缝，我分外享受这种触觉。

我还很喜欢，每一寸肌肤都被你打上沐浴泡沫。

我的爱人，为何你此时不在我身边，也无法看到我身上金色的体毛在水中摇曳闪烁。

对不起！我太傻了。

想象一下，妊娠第六个月到第八个月期间胎儿浑身都长着绒毛，之后才逐渐脱落。我们在医院里就看到过长满胎毛的早产儿——真是可怕！

---

[1] 来源于埃及神话，天空女神名为努特。

你可知道，为什么人们褪去了胎毛变得赤裸裸？医生在课上这样说过，要知道胎毛——对人是有益的！看看猫咪！绵软，舒适，温柔，可爱！想象一下光溜溜的猫咪？简直是灾难！所以说，原因还是在于大洪水[1]。关于挪亚的一切都是童话故事——事实上无人生还。有些猿猴得以幸存是因为他们开始在水中生存。千百年来我们都是水生猿类。因而，我们的鼻孔——是向下的，而非朝天。和我们一样失去皮毛的，还有海豚、海豹。

正如此刻的我——水猴子——坐在浴缸里幻想，倘若你此刻前来，便又能共浴一池水。

我观察着自己，担心着，我的体毛会不会过于茂盛。你曾说，你喜欢就好，可我这会儿觉得，你只是不想伤我的心罢了。你就说吧，要是一个人这儿那儿的，甚至那里，身上到处都生有浓密的体毛，怎么能讨得别人欢心？

我坐在那里用镊子将体毛一根根拔掉。好痛！

于是便想象有位穴居的姑娘，用两片海贝壳代替镊子，把身上的汗毛连根拔起。还用燧石或兽角制成的刀片刮去腋窝和腿部的毛发。

扬卡[2]是幸运的，她的毛发颜色很浅，也很纤细。

我的爱人，我在说些什么？何必呢？净是些胡言乱语，你也只好忍着。

代扬卡送去问候，她昨天刚来过。

---

[1] 来源于圣经故事。

[2] 是对扬娜的爱称，表达亲昵之情。

她跟我讲了她新任情人的各种趣事。想象一下，一个老头子爱上了她还向她求婚！

他对她说道：

"小宝贝儿，我醉心女色那时候，你父母都还没出生呢！"

扬卡描绘着，他是如何在她面前单膝跪下，请她嫁给他，紧紧抱住她的双腿，依偎着她。可她低头望着他那光秃秃的脑壳，一边替他难过到快要流泪，一边极度想要弹一下他的脑壳。她险些没按捺住这股冲动。

她，理所当然，拒绝了他，还扬扬得意，仿佛得了什么奖章。

他一生都在从事雕刻工作，为了逗她开心，还跟她讲过那些年他被要求在手表、烟盒上刻下过各式各样的文字。

想想看，他给她送过什么礼物？拿出一个漂亮的盒子，就像装着戒指一样。她打开一看——是米粒儿！他在这粒大米上刻下了想对她说的话。他说道：

"我的扬娜奇卡 [1]，我已经把我最珍贵的东西送给你了。"

而后她回家找了一个放大镜，打开盒子仔细辨认，那上面到底写了什么，一不留神米粒儿从指缝滑落，不知落在何处。她找哇找，还是没能找到。到底也不知道，他在米粒上刻了些什么。

他们都喜欢扬卡什么呢？她长了一对兔牙，还有一对招风耳，总是用头发遮住耳朵。

这会儿我已经在房间里了，裹着一条毯子，蜷在沙发里。

---

[1] 是对扬娜的另一种爱称，表达亲昵之情。

你是第一个夸我漂亮的人。当然，除了爸爸以外。但我不相信他。我更相信妈妈。她曾说过：

"我家丑丫头。"

她穿着丝质睡袍。我们盘腿坐上宽大的旧沙发床，舒舒服服窝在一起小声交谈。我们无话不谈，她把一切都告诉了我。比如，她生我的时候——我赖在她肚子里不想出去，最后她不得不做了剖宫产手术。我用手指试探着她小腹上坚硬的疤痕，一想到我是从这儿出来的就感觉很不可思议。至今都觉得很不可思议。

我们还聊起了彼此的第一次。

"第一次应当是幸福的体验，"她说道，"而且只能跟真心相爱的人发生。最重要的是，你不会为已经发生的事感到悔恨。即使你不会嫁给他，即使你们最后分手了——毕竟世事难料，当你日后回想起那一夜，不会感到后悔就好。"

至于说我是个丑丫头，她的话还是比父亲可信，尽管她总是责骂我，还断言，我压根儿就没有一点品位，衣服不能像我这么穿的，言谈举止很没有教养，笑起来还不顾形象。和她在一起我总是羞愧难当。我从来没有在心里想过，她是不是对我太过严苛或是不公平。在父亲眼里我是宝贝女儿，可在她那里———无是处。

爸爸从来没有动过我一根手指头，可她在我小的时候对我不是皮鞭伺候，就是扇耳光。

有次他们俩吵架了，我走过去从背后抱住她，那时她拿着药瓶往外倒，我不小心碰到了她的手肘。药全撒了，她便冲我动手了，使劲揍我还不肯停手。爸爸一把抱过我。

他们又因为我吵了起来。

爸爸吼道：

"你干吗总对孩子动手？"

她回答道：

"不教训她等她长大了能成气候？"

她不知去哪儿待了几天，回来之后，又大闹一场，说是她不在时家里一点打扫过的痕迹都没有。下次我赶在她回家之前把所有垃圾都清理干净，家具也擦得锃亮，可她没有表现出丝毫喜色，甚至还更生气了。也许，她是觉得，没有了她，我和爸爸也一样过得很好，这个家就算离了她也照转不误。

她总是重复着不知从哪儿读到的这段话：人生——不是长篇小说，不会总是花团锦簇、欢声笑语，人一生中不能只做自己想做的，毕竟人生在世并不是为了享乐。

她不喜欢我外出玩耍，也不喜欢我的朋友，她最讨厌的就是扬卡。在她看来，我身上的所有坏习惯——都是跟扬卡学的。

爸爸总是替我说好话：

"她必须得多交朋友！"

结果到最后，总是妈妈哭着说：

"你永远都站在她那边！"

她感觉到，爸爸对我的感情，比对她还深。大概，对父亲而言，女儿比妻子更重要，我们俩对此都有所察觉。

有天我忽然理解了我不喜欢她哪一点。她——一个在生活中要求绝对正确的女人——一切都必须顺遂她的心意——绝不容许任何忤逆行为。她永远知道自己想要什么，以及要怎样达成目标。料理家务如此，和人打交道亦如是。她上学的时候就一直是优等生。她身边的朋友可倒霉了，总要一直听她讲人应当如何生活。她暗自在心里鄙视他们，觉得他们什么都不会，他们都算不上是人。她会把我们每次度假的照片整理成册，相册里记录了所有幸福时光。她想让我和父亲也加入她的相册。可是不能如愿。

父亲被邀请拍照的次数越来越少。他又担心，又沮丧。他在家滴酒不沾，可是却越来越频繁地在外面喝到醉醺醺才回家。我问他：

"爸爸，你醉了吗？"

他答：

"没呢，兔儿，我做做样子。"

他们大吵大闹，好像不知道狠话一旦说出口就难以收回，难以忘却。他们不知道，人们吵架时往往将对方伤得体无完肤，即使和好后仍还会心存芥蒂，所以每次吵架消耗一部分感情，直到最后变得越来越脆弱。或许，他们其实知道，只是无能为力。

可我却困于他们的争吵之中，因为他们不爱了而心如刀绞。

照镜子时简直糟透了。甚至无法直视自己这张脸，这双眼，这双手，还有乳房——从未被碰触的——理应长在那儿，可还是平平无奇。

我不明白，我怎么是这副模样，妈妈——美人一个，而我——就这般。

我觉得好奇怪呀，这副躯壳就叫作我。

多么不幸啊——还得成为这个人。

扬卡早就有过初恋，第二任，第三任，而我早就认命，永远也不会和任何人恋爱。我无声怒吼，死死盯着墙纸。

这时，他出现在我们家。他和爸爸年轻时就认识，两人成了朋友。他现在做导演，还让爸爸出演他的电影。

他头发火红，睫毛也是火红的，又长又密，就像褪成红褐色的针叶。总之，体毛野性生长，浓密又旺盛。席间有点热，他解开衬衫，挽起袖子，露出二头肌，强壮有力，布满晒斑，火红的胸毛从衬衫门襟儿挤出头来。

我记得，那时他说他刚从海边回来，不过肤色仍旧透亮，一点也没晒黑，只是微微泛红。

他开始频繁登门。

爸爸给我看了一张照片，是他们玩闹时拍的，俩人都头朝下倒挂在横梁上。那时我看着照片上的两个男孩子，心想——在成为父亲之前，我爸爸就已经是我的爸爸了吗？那这个红发的男孩儿就是那个人吗？那个人又是谁？

他是个老光棍了，爸妈总是开玩笑说，他该结婚了。有一次他说道：

"女人的乳房只要看过一次——就知道全天下女人的长什么样。"

妈妈却反对说，怎么能一样，女人的乳房——就像雪花一样，永远也找不出两片相似的。他们都开怀大笑。这一切对我来说既陌生又令人不悦。

他称呼我是记事簿萨申卡。在他面前我完全迷失了自己。更确切地说，我再次自我分裂，留在此处的是那个胆小害怕的我，而另一个天不怕地不怕的我，总是在最需要她的时刻不知去向。

他走到我跟前，看着封面，询问道：

"特洛伊怎么样啦？还在等候时机？还是已经拿下啦？"

我鼓起勇气，问他打算拍一部什么样的电影。他回答道：

"打个比方，你，喝了一口酸牛奶，嘴上便留下一圈白色的小胡子，而在外面街上——昨天的《晚报》上有条报道——公交车冲上站台，候车乘客多人伤亡。牛奶小胡子和这次伤亡之间是有直接联系的。世界上其他所有事物之间也是如此。"

我无可救药地爱上了他。

他来做客时，我悄悄溜到玄关，嗅着他长襟外套、白色围巾和帽子上面的味道。他用的是某种独特的古龙水——气味令人心醉，略有点呛鼻，男人味十足。

我无法入睡。如今又因为爱情心如刀绞，时常抱着枕头彻夜哭泣。在每一篇日记里都写下好几页：我爱你，我爱你，我爱你。

我伤心难过，我不知所措。

妈妈看在眼中，疼在心里。她不知道该如何帮助我。她把我搂在怀里安慰我，抚摩着我的头，就像小时候那样，试图开导我：

"你还是个孩子。你既渴望被爱，也渴望主动去爱。这一切都很美好。但是要去爱谁呢？这个年龄段的少年才刚刚放下手里的小兵。所有这些伏案哭泣、忌妒、心血来潮、幻想、对命运的怨言、对全世界的愤恨、对周围人的不满，都是有原因的。好像一切都错在身边最亲近的人。那时你就会开始为自己创造一切。"

她试图让我相信，现在说爱还为时尚早，当下的任何感情皆是虚空。我带着哭腔对她吼道：

"那什么是真实的？"

她说：

"唔，就像我和爸爸。"

这时爸爸走进来，坐在床头，不知为何，他抱歉地笑了笑，好像一切都是他的错。好像我大病一场，他却不能给我任何帮助。他叹了口气说道：

"兔儿，我很爱很爱你。为什么这样还不够？"

我对他们开始感到心疼。

我开始给他写信，每日一封。我不知道，该写些什么，只不过简单地把那天的我的一部分装进信封寄给他——诸如电车票、羽毛、购物清单、丝线、草叶、花萤虫。

他有几次回复我了，信里写了些风趣幽默、无关痛痒的话。后来也开始寄些愚蠢的小玩意儿：破烂鞋带儿，报废的电影胶片。有一次我从信封里掏出了一张餐巾，里面裹着他头天晚上拔下来的一颗牙。餐巾上写着，牙齿寄托着希望，倘若我曾经爱过，事到如今也该成为过去了。牙齿确实挺吓人的，可我还是拿它摩挲着脸颊。

有一次他来了，关上门和爸妈聊了很长时间，随后他来我房间找我。我站在窗前整个人都动弹不得。他想走近，我却一把拉过窗帘，躲在后面。

他说道：

"记事簿萨申卡！恋爱中的小姑娘，我的小可怜！竟然可以爱上这么个怪人？听着，我应该跟你解释一件重要的事，不过我也相信，躲在窗帘后的你其实什么都懂。你根本不是爱上了我，你只是想要去爱。这完全是两码事。"

说完便离开了。

我在家的时候他再也没来过，也不再回复我的信。

有一天我没去上学，就是单纯地不想去，于是就没去。我没留意到天气变化，不得不在雨中游荡，简直就是注意不到天要下雨的笨女人。

手插在口袋里，紧紧攥着他的牙齿。

我只记得，垃圾烧焦的气味在鼻腔里挥之不去，照相馆的橱窗被雨水打湿——甜蜜的婚纱照依稀可见。

冻僵了，湿透了。拖着沉重的脚步回到家。

打开门进屋——一把巨大的雨伞撑开晾在门口地板上。

感觉到，一股熟悉的味道弥漫在玄关。衣架上挂着的是长襟儿大衣、白色围巾、帽子。

从浴室里传来水流声。

卧室的门敞开着。妈妈探头看向客厅——头发乱糟糟的，光着身子，只裹了件睡袍。惊恐地问道：

"萨沙？发生了什么？你在这儿做什么？"

今天指挥员长官叫我过去，说：

"请坐，起草军令。"

我坐下。提笔听令。

"兄弟姐妹们！战士们！我们的祖国正四处开疆扩土，就像雨水打湿的吸墨纸一样到处漫延。我们无路可退！必将勇往直前！哇，看那儿！瞧见了吗，她的屁股长什么样？不，不是那个！她已经拐过墙角了。关于屁股的画掉。我们说到哪儿啦？噢，对了！是这里。在头顶中央编上一条鬈曲的辫子，辫子向下垂成一条。男士不可戴假发。鬈发得整齐贴着太阳穴，就像现在部队里规定的，理成一束长辫子，还要反复梳理整齐，不能看起来像个冰溜子，严寒时节要把头发往两侧梳理，以便保护耳朵。这项练习将持续进行，必定是所有士兵恶作剧的来源。看来这个理由足以让一名士兵持续操练。靴子应当按照每个人的尺码来，不能过于肥大或狭小，严冬季节好往里面塞些稻草或是棉花，靴筒也不能太短，免得行军时磨伤脚指头和脚后跟，士兵在战斗中跟不上行动速度，就是被磨破了脚造成的。应当始终保持靴子清洁、干净、油光锃亮，每天把一只靴子从一只脚换到另一只脚上，以保护靴子不被穿坏，行军或战斗时也不磨脚。刮胡子也别忘了。不能理解这一点的人我会这么解释：留着胡子可能意味着输掉决斗，因为对手很方便抓住胡子并击败他。我们明天出发，路还很长，夜晚很短。云都睡了。"

他停顿下来，歇口气儿，松开领口的扣子，走到窗边。拉过窗帘擦了一把额头上的汗，从口袋里摸出一盒烟，夹着烟卷在盒盖上弹了弹。潮湿的盒子折断了一根火柴，接着拿出第二根，划到第三根才点着烟。狠狠深吸了一口。再对着窗外呼出一股浓烟。

某一瞬间他忽然觉得，这一切似曾相识：就在这间屋子里坐着一个小伙子，身上染了墨水儿，让他不由得想起自己早已死去的儿子。乳臭未干，尚不知女人为何物。那时屋子里就摆着这只茶壶，壶嘴儿打掉了一半，壶里的茶也早就凉了。一切皆如当初那样：墙纸上有细碎的红色小花——斑疹一般——仿佛因为穿堂风染上了水痘。这不，窗户插销上还系着根绳子穿过鱼眼，晾了串干鱼。那个过路人，在窗外拖着脚走路，上衣两侧口袋鼓鼓囊囊，塞满了瓶子。还有对面的招牌，不知被谁用泥巴糊住了半个字，变成了"驻军澡堂"。从不远处的角落里传来孩子们嘈杂的声音，小树枝拍打木头栅栏的噼啪声。手掌摩挲着下巴，只听，胡楂沙沙作响。如从前一般——摩挲，簌簌。

心想，似曾相识的奥秘，也许，是因为一切发生过的，书中皆有记载，哪怕只写过一次。一旦有人重又读起从前读过的那一页，一切皆会重现。到了那时，这些糊墙纸，沿着木栅栏生长的嫩枝，挂在插销上、散发出气味的干鱼，簌簌作响的胡楂，冷却了的茶炊，仍保持神秘的女性，所有这些都会重新焕发生机。

也就是说，只不过恰好某个人此刻读到了这一页——便是此种既视感的全部奥秘。

长官动动手指弹了下，烟头便翻了个筋斗飞出窗外。沿着破碎的壶嘴儿嘬了口冰冷的苦茶，抬起袖子擦擦嘴角。

他开始继续口述指令：

"下一点，很可能也是最重要的一点——不是必须杀的就别杀。记住，他们也是人。伙计们，这将很难。必须走得足够远，直到世界尽头。那里就连马其顿帝国亚历山大大帝也没能抵达，他只走到了边界就命人立起一根大理石柱，上面写了一句：'我，亚历山大，到过此处。'不相信？我这就给你们看。那儿连仙人掌都很警觉，百姓都是裸体智者[1]。当亚历山大大帝见到他们时，非常惊讶地说：'想要什么就说，我赏给你们就是！'他们回答道：'请赐予我们最为渴望的永生，其他财宝我们不需要。'亚历山大对他们说：'我等凡人怎么能赐你们永生？'可他们回答他：'倘若你认为自己是肉体凡身，又为何四处征战，作恶多端，为害四方？'你瞧，他们简直是口无遮拦。你稍稍转过身子，脑后便飞过一枚子弹。我们先沿着铁路走，然后再走海路。对了，还有一点，切记，请勿向司令部书记员的粥碗中吐痰。总之，让这个傻小子清静清静吧！嗬，想想吧，被自己写的阵亡通知单的边角划伤了自己。他碍着谁啦？是他不愿为希律王祈祷吗？那谁又愿意呢？"

---

[1] 此处典故为亚历山大大帝与印度裸体智者会面。"裸体智者"指的是印度禁欲主义哲学家，他们蔑视衣服的存在，认为用衣物覆盖身体会阻碍其达到精神上的完美，因此拒绝任何衣物，保持裸体。

从医院回来后，仍然无法镇静下来。

我去那儿是要学医，是为了将来能够救死扶伤，可教的却是刮除术[1]。

最初我本想成为一名兽医，但是，当我看到，人们给小狗做了绝育手术，竟然只是为了给主人行方便，我便愤然离开了。

我现在打算坐下来写封信给你。但愿你知道人应该信仰什么。

你觉得，人为什么要穿衣服？想象一下，既不是因为寒冷也不是因为羞耻心。是因为直立行走！用后腿站立以后，就不得不遮盖生殖器官了。但绝不是因为感到羞耻——动物本身并没有羞耻之心。对于猴子来说，必须采取特殊的姿势才能向同类展示生殖器官、表达交配意愿。而人类，实际上一直都处于这个姿势。恰恰是他们才需要遮挡，以表明自己尚未准备充分。

所有一切都自有解释，知道这一点实在是令人不快。譬如，母爱。你可知道，为什么在人类世界母爱强于一切？因为和猴子的幼崽相比，人类的婴儿出生时远没有发育完全。倘若想要达到与小猴崽同等的发育程度，人类就必须怀胎二十个月！也就是说，出生之时恰好满周岁。如此一来，婴儿出生后妇女仍处于怀胎状态，只不过怀着的小生命从体内来到了体外。之后便再也无法割舍。孩子长大了，可母亲仍想要留住他，不愿与他分离。

---

[1] 刮除术，指妇科刮除手术。

当我还是个孩子的时候，我简直无法想象，等时候到了，我会迫切地想要从母亲身边逃离，弃她于不顾。

当家里没人的时候，我拿着相册，把她那些华美的照片一一取出，撕成碎片，再冲进马桶。

我开始吸烟——只是因为母亲不允许。

我从外面回到家，她都要逐一检查。她很清楚，哪些地方该闻。她不会说："呼气！"——不，她知道，吃了糖以后嘴里什么气味也没了。她会闻双手，如果有人在我边上吸烟，衣服和头发上往往会沾上烟草味儿，而手上——只有自己夹着烟抽才会有味道。

我也不遮不掩——当面儿抽烟，惹她生气。

爸爸偷偷对我说：

"闺女，你为什么要这么明目张胆？藏好你的烟，就这么揣在夹克兜里，大半截都露在外头。"

妈妈不住地责骂，我却对她说：

"我很糟糕是吧？不错，我还能更糟！"

就这样互相发难，气得流泪，歇斯底里。也许，出于某种原因我需要这样——眼泪、尖叫、踩脚、撕破枕套。有一次我把自己锁在屋子里拼命撕扯窗帘，甚至折断了窗帘架，一瞬间全部轰然塌下。她不断拍打房门，尖声说道，她是我的母亲，我起码应当尊重她。我厉声回敬她，我又不是自愿投胎到她肚子里，我也没请她把我生下来，所以我不欠她的。

还有一次她责备我，说我用完了她的修甲套装不给她放回原位，我却琢磨着，要是让她知道我开始偷她的钱，她会做何反应。我本来也不缺零用钱——父亲总会给我钱让我买烟或是干点儿别的什么。但我那时就是觉得应该做些出格之事。

我反感她的一切，厌恶她的衣着、妆容。透过她紧张、躲闪的眼神，我总能猜得到她打扮成这副模样是要去哪儿。

脑海里想象着，她是如何在自己的情人面前褪去衣衫——一件接着一件小心地脱掉，摊平了，再仔细叠好。

那年我十六岁，毫无预兆地，在某个瞬间剧烈蜕变——忽而，从一个孩童长成了女人，茕茕孑立。

于是我决定离家出走。叫嚷着，再也不会回到他们身边，然后便砰的一声摔上了门。却发现无处可去。只好留宿在扬卡家。她恳求父母留我住上一晚。扬卡和妈妈、祖母一起生活，她们就是她口中的"父母"。

父亲四处寻找，直到深夜，尽管他一下子就猜到我跑去了哪里。他到了扬卡家，要求我立刻回家。当着扬卡"父母"的面有诸多不便。我只好对他说：

"好，我现在就回。但是，我再也不爱你和她了，又该怎么办？我看不起你们——怎样？"

我做好了挨打的准备。他却迟迟没有动手。回家的路上谁也没有开口，沉默到只能听见彼此的呼吸。

不知为何，此刻回忆起这一切。

我多么想念你，我的唯一！

你的每一封信我都反反复复读了好多遍，每个句点都被我逐一吻过。

我向来是数着你的来信过活的。

路上经过我们从前常去的公园，纪念碑仍矗立在原地，可我们又在何处？

为何你此刻不在这里，为何你不能伴我左右，我总要挖空心思才能找到说服自己的理由。不是解释，而是辩白。若是事实已经如此，又何必为之辩解。我忽然想通了。这就像小的时候——如果拥有某物，就一定要分享此物。你有了大把的糖果，而别人却没有，于是就不得不与之分享。毕竟他们也可以从你手中统统夺走。因此，人的一生都不得不分享自己最珍贵的东西。而且，越是珍贵，越要献出去。若是固守心爱之物，到头来定会落得一场空。

吻你，我亲爱的！保重身体，千万小心，我的甜心！醒时梦时所思所想全部都是你。

若是你不在了，我定会淹没在内心深处，挣扎于一片虚空，了无所依。

整日提心吊胆，生怕你出了什么事。

忽而想起，你曾经提到过一种鸟，格外喜欢飞翔。我有点想不起来，它叫什么名字呢？

你可知道，在这世界上我最想要的是什么？怀上你的宝宝，长相随你——嘴巴、眼睛、肚脐、手掌、皮肤、毛发，所有身体部位，都随了你的模样。

列车抵达。四十人，八匹马，一只仓鼠。多么不同寻常的组合！人可以迅速以凶狠的姿态对待他人，戴上一副残忍、冷酷的面具——也可以缓和下来，转而对口袋里的小生命施以温暖、疼爱有加。当手指在它背上来回抚摩的时候，就好像变了个人。

车厢中无比漫长的一天。

方才驶过的，也许，是神父伊万的国度。

数不清的电线杆、桥梁、木质营房、砖厂、垃圾填埋场、备用线路、库房、粮仓，大片田野、森林，随后又是备用线路、仓库、水泵。

军用专列缓缓前进。铁路道口横着的栏木卡了一辆大车。身怀六甲的调试员收起手里的绿旗，搔了搔后脑勺。旁边拴了头山羊，一切都被它仔细看在眼里。

行驶到开阔地带时，蒸汽机车的烟雾便沿着地面扩散，紧紧贴着干枯的草地。

昨天在某个车站还发生了一起事故——有个挂钩工人不幸被缓冲器辗轧。

列车又开始提速——不时撞击铁轨——哐当哐当。

一群人正在寻找证据以证明地球是绕轴旋转的——这不，就在窗外。

驶过一处村庄，有那么十余户人家，炊烟袅袅。

心里想着关于母亲的种种。我走的时候，她和继父乘车赶来送行，尽管我再三说过让她不必送。

忽然有个念头在脑海里闪过，恐怕只有在她死后，才能好好地爱她。是谁曾经说过，最遥远的便是血缘关系？多么残忍而真实！

回想起他们离开时的样子——他每跨一步她都要走两步才能跟上。

一个奇怪的词——继子。

妈妈是经过祖母介绍认识了我的继父。那时我才多大，八岁？他来过我们家几次，妈妈招呼他喝茶，在餐桌上还默默地示意我乖乖坐着、好好表现，否则够我受的。这个男人从一开始就令我厌恶至极。

他跟我说话时总是带着一种轻快的、玩笑的语气，就跟招呼小孩儿似的，还用毛茸茸的耳朵看着我。我用沉默对付他那些愚蠢的提问，妈妈却柔声说道：

"乖儿子，说句话呀，人家正问你话呢！"

那温柔的嗓音中藏着一个谎言，这谎言我们两人心知肚明，这谎言伤我至深。

为了惹恼他，我故意嘟囔了些蠢话，他面露怪相，像是做了个鬼脸——他笑起来就是这样，这样的笑容真叫人难以习惯。

萨申卡，我亲爱的，给你写这些不影响吧？毕竟我从来没有跟你提起过他。

你可知道，当我试图去想象他的世界时，我感到很不自在。他是个盲人，他的生命在我看来就像泼妇的生命，自黑暗之中迸发出来，这黑暗浓密又沉重，如同潮湿的黏土一般，其一生犹如水貂奋力穿行于地道之中。他所置身的黑色空间被打上了这些痕迹。其中之一便是——妈妈和我。尤其是到了晚上，我一闭上眼，他和他空洞的双眼便向我袭来，任由我怎么努力，也无法将他从脑海中驱除。

我还记得，妈妈的话那么突然，令我措手不及，她说她打算嫁给他，她深爱着这个人，希望我也能喜欢上他。"喜欢"这个字眼击中了我。喜欢上他？在我的意识中这根本就无法理解，她怎么能把一个古怪的陌生男人带回我们家，这男人眼窝深陷、牙齿突出，还泛着绿。

妈妈还要求我允许继父摸一摸我的脸。即使这么多年过去了，我只要一想到那一刻，就会立刻感觉毛骨悚然。

你能想象吗？我当时甚至还做了个疯狂的计划，尽管幼稚，但我确实打算破坏他们的婚礼——把妈妈的婚纱剪坏，往蛋糕里面塞泻药，还有各种能想得到的伎俩，然而我以为的婚礼根本就不存在。他只是搬过来和我们一起生活。

我怎么也想不通，妈妈何必跟一个残疾人在一起。还有他周身散发的味道。你也许会懂我。从他身边经过时，总有一股大汗淋漓的气味扑面而来，压得人喘不过气，我无法想象，妈妈怎么忍受得了，难道她感觉不到吗？我简直无法相信，她会察觉不到这种气味。

有时他会给我带一些礼物。我还记得，有次他从甜品店带回一个小盒子，里面装着各种点心，其中有我最喜欢的——"沙糕"，两块巧克力沙散发出诱人香气。我多想把它们一口吃掉！但我却偷偷拿起它们跑到卫生间，趁人不注意时全部冲进马桶。

我们家有一盒盲人象棋，就是祖母送给我的那套，当他得知时，喜出望外，但我是断然拒绝和他下棋的，即使在此之前我都准备好放一面镜子自己和自己玩了。

当我们三人一起上街时，频频引人围观，我感到羞愧难耐。我记得，只要一有机会，比如，当他们在橱窗前驻足或是进商店里转悠时，我便尽力装出一副独自逛街的样子。我想过各种蹩脚的借口，就是为了不和他们一起出现在公共场合。

当他们带我去看电影时，妈妈总附在他耳畔，小声讲解，引得别人时时"嘘"止她，我还被迫带他去上厕所。他的肾不太好，几乎每个小时都得上一次洗手间。

最令人恼怒的还有各种小事。东西再也不能随手摆放——每一个物件现在都有了自己明确的位置。门也不能半开——要么彻底关上，要么就得敞开了。当他躺下休息的时候，家里的一切都要保持安静。他在洗手间里放了个盒子，每次如厕后他都要燃一根火柴还要求每个人都这么做。

我无法直视，他是如何用双手在餐桌上摸索着寻找糖罐或油瓶。

他思考的时候，总是头向后仰，用大拇指按压眼球。

此时我看到，他正在过道里蹭着地走动，手指在身前试探。

每天晚上妈妈替他脱下袜子，揉搓他那关节粗大的、苍白的双脚，这令我感到不悦。更令我不爽的是，妈妈总唤他作巴弗里克 [1]，像哄小孩儿似的。

我有时候觉得，他一点也不瞎，什么都看得见。有一次我刚好瞥了一眼敞开的门——继父刚从街上回到家，换下衣服，脱了鞋，踩着鞋跟，突然冲我大喊：

---

[1] 巴弗里克是对巴维尔的昵称，表达爱意。

"开门！"

当妈妈脱不开身时，就拜托我带他出去。继父总是握住我的小臂。他第一次对我说：

"别怕，这不传染！"我怔住了。

所有人都盯着我们看，我无法忍受那些同情的目光，还有那些窃窃私语："太可怜了！"或是"老天保佑！"牵引他时要保持平稳，不能动作剧烈或是猛冲，否则他便对我破口大骂，还会用力钳住我的胳膊。帮他还得要会帮。当有人出于同情心想要帮助他而去抓他握着拐杖的那只手时，他就气得发狂。下雨天的时候，牵他绕过水洼走动试试。

继父总是随身带一块带盖的铁板，上面有很多方格。走在路上时他会突然想到什么要记下来，我们便停下来，等他用一把钝头锥子在厚厚的纸上穿孔。常被路人围观，我羞愧得想找个地缝钻进去。

同时，凭借他有名的隧道式步法他自信地独自行走。

与此同时，他自信地独自走在他著名的隧道专道中，伴着白色拐杖敲打人行道的声响。

我们家的阁楼里堆放着旧物箱，妈妈有时会把它们重新整理一番，有次她找到了一件大毛衣，便递给我说，等我长大了就可以穿这件。我意识到，这是我父亲留下的。后来，这件毛衣突然穿在了继父身上。不知为何，正是这件事令我大为光火。

他们在公园的池塘里泛舟游玩，继父划桨，妈妈掌舵。他们不理解，觉得所有人都喜欢划船，为什么只有我特殊。他们正在兴头上——他扬起船桨，水花溅了我们一身，妈妈先是惊叫，随后哈哈大笑，我浑身湿透了，很是生气。水里生了绿藻，泛着黑色，我舀起一捧脏水泼在他脸上，妈妈厉声责骂我，一巴掌打在我脸上。在这之前她从未舍得扇我耳光。

她想让我向他道歉，我固执地说：

"凭什么？我做错什么啦？他不也溅了我一身水！"

妈妈放声大哭，继父擦掉脸上的浮萍，又作出鬼脸式的笑容：

"没关系，妮娜奇卡[1]！没关系。"

但我知道，他心里是恨我的。

一群学生划着船经过，其中一人吹了声口哨，说：

"瞧呀，卡戎[2]！"

他们纷纷笑得前仰后合，差点儿没把船掀翻。

我后来才知道，谁是卡戎。也不由得笑出声来。

后来，我们单独在一起时，妈妈对我说：

"好儿子，请你原谅妈妈！试着理解妈妈。我也是心疼你。"

我那时觉得很是奇怪，我没什么需要妈妈可怜的，反倒是我心疼她才对。

至于那记耳光，我无论如何也不能原谅她。

有一次他独自离开，在路上摔了，回来的时候浑身是血，蓬头垢面，衣衫褴褛。妈妈泪流满面，连忙翻箱倒柜找药膏和碘酒，血水顺着继父的伤口滴落在镶木地板上。我还记得，我对他生不出一

---

[1] 妮娜奇卡是对妮娜的爱称，表达亲昵之意。

[2] 卡戎，又译作卡隆，是希腊神话中冥王哈迪斯的船夫，负责将死者渡过冥河。被称为冥河渡神，是五大创世神的黑暗神厄瑞玻斯和黑夜女神倪克斯的儿子。

丝怜悯。

每到礼拜日妈妈总是严格禁止我一大早叫醒他们，而她总是心满意足地从卧室里走出来，还哼着小调儿，脖子上有不少红点——都是被他的胡楂刺激的。继父的胡子长得如此之快，有时赶上他们晚上还要出门的话，他一天就得剃上两次。他不需要开灯，常常一个人坐在黑暗中，胡子也是摸黑刮的——靠触觉和听觉判断哪里还能剃出沙沙声。

有天夜里，闷热无比，我躺在窗边仍无法入睡。夜色静谧，街上的动静听得一清二楚。他们屋里估计也开着窗，自信只要卧室门都关着什么也不会让我听见，可他俩交谈的声音依然透过窗户传到了我耳畔。他喃喃说道，双乳丰满，乳头硬挺如钢帽。还说她腋窝下温热潮湿。她咯咯笑着，很享受这一切。

那一刻我恨他入骨，也瞧不起她。

然后床铺便开始吱吱作响。真想跳起来做点什么让他们难堪。用花瓶砸墙，或是大声叫嚷，或者，我不知道还能干什么。然而我只是躺在那儿，听他们如何喘息，听汗水如何在他们的身体之间发出刺耳的啪啪声。还有她开始压低声音叫着：

"啊！啊！啊！"

而后她迅速冲向浴室，光脚拍在地板上发出清脆的声响。

旁边是某个小站。列车抛锚了。还能再写上几行。

萨申卡，我怎么开始跟你讲继父的事啦？自己也说不清。去他的！

还是聊点有意思的吧。

好玩儿的是，在德谟克利特[1]看来，身体只能细分到灵魂——灵魂是最后的不可分的物质单位，就像原子。原子之间是虚空。"如果几个原子相互结合，那么它们就是可以被分割的，但根据定义原子是不可分的：毕竟结合只能发生在某些部位"。也就是说，身体可以结合，而灵魂之间总是隔着虚无，空洞。

想吃东西。

一群秃鼻乌鸦——羽毛乌黑光亮，好像蒸汽机车上的煤炭。

也许，人也被简单地分成几类，有的人能够理解，我去喝茶和地球自转同时发生在两点差十分，是完全可能的，就这一点不存在任何矛盾；还有的人，对此永远无法从根本上理解。列车停在水泵旁——发动机准备抽水。我靠窗坐着，盯着调度员的羊。

当机车在旁噗噗地喷汽时，送来股股热浪和滚烫黏稠的蒸汽。

天已经黑了，而我们还在原地。

这里的夜晚是真的冷啊，不得不裹上军大衣，免得冻坏了。

有个小个子沿着车厢走过，手里握了把长柄锤头，挨个敲打轴套活塞。他能判断出某些除了他谁也听不出来的异常响动。

备用车道的铁轨上锈迹斑斑。

突然间，我明白了一个非常简单的道理，就这个小车站，这盏灯，锤子撞击着轴套，炸蜢在电报窗口鸣叫，烟雾的味道和机车头所喷出的蒸汽和燃油的味道，还有这架引擎的呐喊，嘶哑的，疲惫的——

---

[1] 德谟克利特，古希腊唯物主义哲学家，原子唯物论学说的创始人之一。他认为，万物的本原是原子和虚空。原子是不可再分的物质微粒，虚空是原子运动的场所。他甚至认为，人的灵魂也是由最活跃、最精微的原子构成的，因此它也是一种物体。

就是我。其他任何地方都没任何一个我，也不会有。所有关于永恒轮回的信仰——全都是瞎话。一切都仅有一次且就在此刻。如果我们此刻启程——小车站则逐渐远去，我也将消失。

蒸汽机车同时发出呜咽声。或许，我们马上就要上路了。

又或许，它们只是相互呼唤——如同雌性与雄性——声音自炉膛喷薄而出。在暗夜里将彼此寻找——机车式爱情。

此时有人独自深情呼唤但却无人应声。也许，在它们听来，这嗓音温柔至极。陀思妥耶夫斯基笔下的格鲁申卡[1]有着傲人的身体"曲线"。我一直在想——那会是何等身段？

---

[1] 格鲁申卡，全名阿格拉菲娜·亚历山德罗芙娜·斯维特洛娃，是小说《卡拉马佐夫兄弟》中主要的女性角色。格鲁申卡对于异性有着难以解释的吸引力。她年轻时曾被波兰军官抛弃，后被一个残暴的奸商鬼包养。同时，老卡拉马佐夫和德米特里都为她倾倒，这对父子的情敌关系推动了故事发展。

亲爱的，我好紧张。

恍惚之中——冒出这样的念头，有什么事情将会发生在你身上。忙定下神来——我知道，一切都会好起来的。

你离开我的时间越久，便越与我相像。有时甚至连我自己也分不清楚，何处是你的结尾，何处又是我的开端。

发生在我身上的一切都是真实的，只是我在考虑如何把它们写下来给你。离了这些，即便是在感觉良好的时候，我也无法体验到快乐。只有与你分享的欢愉，才叫作欢愉。

比如，昨天我和扬卡说好了去找她，但是我去的时间稍微早了点儿，他们还没下课，于是我决定进去等她，免得站在街上，这儿的夏天一点也不像夏天，微冷，有风。那里正在装修，脚手架的入口处刚好钻出几个油漆工，其中有个人鼻头就像尚未成熟的大草莓，他冲我眨了眨眼睛，做了个滑稽的动作，假装要打翻油漆桶。我忍不住笑了起来。诚然，所有那些令我感到快乐的、可以稍后讲给你听的瞬间，少之又少。你能明白吗？要么，就是完全没有。草莓鼻头的油漆工人不算数，打翻的那桶赭石颜料也不算。

在走廊里踱步，坐立不安，风从窗户吹进来，油漆味到处都是，还夹杂着厕所里的阵阵恶臭。我按照课表找到了那间教室。往里面看了一眼，他们正在素描模特。我脚下一滑，坐在了地上，甚至都没人察觉，全都专注于笔下，极力表现。台上站了一个女人，赤裸身体，而周围一众青年却仿佛视而不见。莫如说，所见已不再流于表面。

寂静中，只听见削尖铅笔的声音，笔尖摩挲纸面的声音。其中一人总是竖起一支铅笔，伸直手臂，眯上一只眼，对着女人比量。

教授在学生之间来回走动，手上拿一把大门钥匙，时不时敲一下画稿，像是在说，这儿画得不对，那儿修改一下。跟某个学生再三强调：

"把握好中间色调！"

对我看都不看一眼。

扬卡说他是——"我们的恰尔特科夫[1]"。

女模特的面前放了一台暖风机，不过看得出来，她仍然很冷——感冒了似的直吸鼻子。

她站着的样子也没什么女人味儿——手脚叉开。眼神空洞，像一个花瓶——身体留在这里，心早已飞去远方。

在这里所有东西在某种程度上都不那么真实——无论是这个没有女人味的女人，还是这些不够男人的男人。然后，那个油漆工突然出现在窗口。他看见了她，一下子怔在原地，手里还握着滚筒。

她也注意到了他，连忙遮遮掩掩。极具女性特色的姿势——一手捂住这儿，一手挡在那儿，一下子变得真实了许多。

让我也忍不住想把她画下来。

这时所有人都开始收拾东西，她匆忙披了件睡袍便一溜烟钻到

---

[1] 恰尔特科夫是果戈理在他的中篇小说《肖像》第一部中所塑造的一个年轻画家的形象。在该作品中，果戈理深刻地刻画了这个年轻的艺术家一步一步走向堕落的过程，从而对那个摧毁艺术及艺术家的腐朽的社会现实做出了有力的揭发和抗议。

了屏风后。

而我还在那思索着，怎么把这些都讲给你听。

这不，讲完了。

今天早上从睡梦中醒来，闭着眼睛躺在那儿，听着周围的各种动静，这般生机勃勃，这般朴实，这般家常——不知谁家一大早就踏起了缝纫机，电梯上上下下，大门砰砰作响，街道尽头有电车当啷当啷，还有只小鸟在窗口叽叽喳喳。要是你在的话，看一眼便能叫出它的名字。

难以置信，某个地方仍深陷战争泥淖，过去一直如此。未来仍将如此。那里有数不清的摧残和杀戮，以及无尽的死亡。

相信我，亲爱的，可爱的，热爱的，你不会有事的！

粮食补给队抵达港口：糖十九普特[1]五磅[2]六十所洛特尼克[3]；茶叶二十三磅三分之一所洛特尼克；烟草七普特三十五磅；肥皂八普特三十七磅。

架线四营两名水兵和十四名士兵患病。底舱吃水深度五英寸。同一天午后。微风，晴朗，割盘高度，三十点零一，所属区域，十三又二分之一。运输上岸物品数目：弹药箱——一件；桶装肉类——四件；线麻二十五普特；黑麦面粉二十九普特；谷物四普特；箱子（位置）——一件；弹药两千一百六十件；铸铁锅三口；绳索五普特二十磅；铁皮五十张；渔网一张；马一匹，公牛两头。十二点钟底舱吃水深度二十四英寸。

出海天数一百九十二，抛锚天数一百零二。今天队里分到了生了蛆的肉——有什么关系，吃了个精光。一句怨言也没有。

四个月后，我们抵达一座岛屿，大概一海里见长，平原地貌，我们纷纷下船准备做饭。刚生了火，整个岛就自动下沉，我们奋力跑回船上，食物和锅灶都被留在了那里。后来我们才听说，那不是岛，而是一种名为"塞康利斯[4]"的岛鱼，它察觉到有人生火，便带着我

---

[1] 普特，为俄国旧重量单位，1普特等于16.38千克。

[2] 此处指俄磅，1俄磅约等于409.5克。

[3] 所洛特尼克，为俄国旧的重量单位，1所洛特尼克等于4.266克。

[4] 该巨岛海怪出自中世纪的北欧传说《圣布兰登航海冒险记》，其名为塞康利斯（Jasconius），该背部露在海面上就像岛屿，登"岛"的水手生火做饭，惊动它下沉，很多水手便丧命于此。

们的物资沉入水中。

我们继续向北航行，六天之内走过了两个山头，无一不笼罩着浓雾。快接近岛屿时，我们看见了各种珍奇动物和一丝不挂的林中野人。等我们顺利登岛，发现那里生活着一群犬头人[1]，还有不少猿猴，同长了一年的小牛犊一般大小。由于天气恶劣，难以继续航行，我们不得不在岛上滞留了五个月之久。该岛的原住民长着犬一般的脑袋、牙齿和眼睛。凡是外来人口，一不留神，就会惨遭捕食。当地的水果也跟我们的不一样。

岛上气候极其炎热。烈日灼人，简直无法忍受。要是你把一个鸡蛋扔到河里，等不及打捞——就已经煮熟了。岛上生长着大量乳香，但不是白色，而是棕色的。还有大量的龙涎香、一种名叫班巴希纳的棉布，以及其他各色商品。那里居住着大象、独角兽、鹦鹉，盛产乌木、紫檀、腰果、丁香、巴西木、肉桂、胡椒，还有喑哑的蝉和芳香的芦苇。还有一种孔雀，比我们见过的更大、更美丽，看起来完全不一样。还有禽类也跟我们的不一样。

在这个世界尽头的小岛上还有许多生姜和丝绸。这里的山珍海味之多，令人大开眼界。只要花一个钱就能买到三只野鸡。当地民风尚不开化：偷盗和抢劫不被视作罪恶，也不存在嘲笑者和压迫者。偶像崇拜者也生活于此。他们用的钱币也是纸质的，人死后实行火葬。

---

[1] 犬头人（Cynocephaly），记载于《博物志》中的传说生物，被认为是住在印度安达曼群岛、爪哇岛上的兽人种。为披着兽皮，说话如犬吠，以爪子作战的种族。

他们物产富饶，吃的却是埃及猫鼬[1]。

他们崇拜不同的事物。一个人早上醒来后，第一眼看到什么，便拜什么。

在这里完全看不见北极星，但是如果踮起脚尖，它就会在水面上升高一肘[2]。

他们还会将尸体火化，据他们所言，这样做的原因是：如果尸体不火化，便会生蛆，蛆虫在肉体上贪婪地进食，最后将会掏空整副躯壳，等到吃无可吃之时便会死去，而尸体主人的灵魂将会背负沉重的罪孽，所以死尸一定会被他们烧掉。据他们说，蛆虫也有灵魂。

我握着船桨走在路上，过路人问道：

"你拿铁锹做什么？"

想象一下，我的萨申卡，先是遍地生长的巴西木，不一会儿就已经看到巴西了。

我走上甲板，船头上空无一人，便来到绞盘后避风。帆布套后面真是个好地方，还能在管套里抽会儿烟。

海和天——奇怪的是，在某些地方它们可以独立存在。

马上就要开始了。萨申卡，也许，我会被杀死。无论如何，总比瘫着回去要强。愿上帝保佑，如果我不得不自尽而死。

你懂的，我已准备好应对一切。

---

[1] 传说，古埃及人视猫鼬为最神圣的动物。他们为猫鼬制作铜像并且佩戴猫鼬护身符，甚至有些猫鼬和古埃及人一起下葬。传说神仙会化身为猫鼬帮助人们平息战争。
[2] 古时长度单位，约等于 0.5 米。

我看看海浪，看看云，脚下传来低沉的震动，还有引擎室的隆隆声。心里不由生出异样的感觉，我不知道，如何向你解释。

海风似乎想要将烟雾再塞回烟囱，都是徒劳。

海鸥在天上冻坏了，落在甲板上——若有所思的样子。然后想起了什么重要的事情，也许是带着残存的力气活下去，便如同闪电一般冲了出去。

我何必要欺骗你也欺骗自己？我完全没有做好任何准备！

一个废料箱被抛上甲板——引来海鸥狂欢。

萨申卡，你可懂得，大概，终究如此：世界可见的物质层面——物质——经过拉扯、盐渍、揉搓直到磨出洞来，本质便从洞里钻了出来，就像袜子破了洞钻出脚趾。

我心爱的，亲爱的，百看不厌的，独一无二的你！

听着，都发生了些什么！

我骑自行车去了我们那片森林，然后走到了废弃机场所在的地方。你还记得吗？

到处野草丛生，飞机起落场上遍地垃圾，停机棚里空无一物。杂物随意堆放。铁丝网上锈迹斑斑。

心想，我来这儿做什么？被荨麻划过后两条腿火烧火燎的。袜子上也沾满草籽。

太阳就要落山了。

我沿着原路返回去找自行车时，看见一捆生锈的铁丝网上爬满新生的滨藜，和我一般高。此刻，在夕阳的映照下，它泛着红光。像一丛灌木，正在燃烧。

突然它开口说道：

"站住！"

我停下脚步。

它沉默着。

我问它：

"你是谁？"

炽热的一捆说：

"你什么也没看见吗？我——阿尔法和欧米伽，歌革和玛各[1]，格尔达特和莫达特[2]，右手边和左手边[3]，顶梢和根茎，吸气和呼气，种子、火焰、头颅、乳房[4]，要是知道就再买，要是住就在索契。我在即我在。既会缝衣服，又会收庄稼，还是吹笛的能手，我样样精通。不用害怕我，我只是见不同的人说不同的话。毕竟我们生活在一个多元的世界，在这里就连一片雪花都是独一无二的，镜子实际不能反映任何东西，每一块胎记属于自己与众不同的主人。说话呀！"

我：

"你要我说什么？"

"就说：周围的一切——既是信息同时又是信使。"

我：

"周围的一切——既是信息同时又是信使。"

炽热的一捆：

"还有什么问题吗？"

我：

"他们所有人都试图向我解释，爱上一个人便不再需要其他。据说，柏拉图曾经说过：爱情只属于付出爱的人，而非被爱的人。"

---

[1] 歌革和玛各在《圣经》的《创世记》《以西结书》《启示录》中均有记载，广泛存在于各文化的神话和民俗中。他们有不同的形象，如人、超自然生物（巨人或恶魔）、民族团体或土地。

[2] 出自《黑马牧人书》，此书内容包含了五异象，十二命令与十比喻。格尔达特和莫达特出现于书中第二异象。

[3] 古词雅意，转意指代天堂（向右）和地狱（向左）。

[4] 四个单词的俄语原文读音押韵。

它：

"这都什么跟什么呀？谁说了什么又怎么样？你干啥非要听他们的？"

我：

"那我该怎么办？"

它：

"看看你的样子！"

我：

"很奇怪吗？"

它：

"我不是说这个。比如说你袜子上的草籽，这不就是信息和信使？紧急情报、性命攸关、胜利在望，这都是一回事儿。在这一生中失败者是不存在的，所有人——都是胜利者。"

我：

"可我想和他在一起！"

它：

"说出那个词！"

我：

"哪个词？"

它：

"你知道的。"

我：

"我？我从何得知？"

它：

"好好想想！"

我：

"嗯，加冕，是不是，上帝的奴仆沃夫卡——小胡萝卜和这个？还有踩在脚上，就为了在厨房掌事儿？"

它：

"不对，不对，不是这个！"

我：

"那我就猜不出来了！"

它：

"不用猜。你其实全都知道。看，蚊子，云朵，你长倒刺的手指和指甲上的伤疤。"

我：

"我好像，开始懂了。"

它：

"世界是可见的。然而——闭上眼——便不可见。"

我：

"懂了！"

它：

"当真？"

我：

"我全部都懂。"

我全部都懂！我们已结为夫妻，我们一直都是。你——我的丈夫，我——你的妻子。这是世界上最美妙的韵脚。

尊敬的名·父称[1]！

我怀着沉痛的心情告知您，您的儿子。

也许，您已经全部都知道了。

请您坚持住。

我懂，您此刻的心情。现在无论说什么也无法给您安慰。

请您相信，提笔写下这封信于我而言亦是沉重无比。但这就是生活、命运。没有"我不想"，只有"必须"。

愿您能稍稍感到宽慰，他不是白白死去，而是为了某项崇高而伟大的……的什么呢？为了祖国？

我明白。不是的。

总之，他在战斗中死去了。

在哪一场战斗？

只能说，您的儿子没能从其中一场战斗中活下来，就像诗人吟诵的，不知名的战役。有什么差别呢？

在哪一场不知名的战役中死去，又有什么差别？

我理解，重要的是您要知道，您的孩子是在哪个国家的土地上抛头颅洒热血？是否真的重要？

库图佐夫来是为了击败法国人，而您的儿子，就像我们低级士官玩笑话里说的，来到这里是为了给那里的人分鸡蛋。这就是结果。

---

[1] 俄语中对人以名字加父称称呼以表达尊敬，用于正式语体。

在收据上签字吧。

还有，我们这些神奇勇士的事迹已经见报啦！这不，昨天那份《晚报》的第三条："一个士兵成为乔治[1]的艰难道路！"

随函附上。

根据司令部文员专用书信大全所附指令，据此，在本次葬礼上应当概述您儿子的情况和死因，还有，完成了傻瓜指挥官分配的战斗任务，忠于誓言，表现出毅力和勇气，死去。或者，也可以说——完成了傻瓜指挥官分配的战斗任务，表现出毅力和勇气，身负重伤，不治而亡。如果您的孩子是因为枪支不慎走火而死，也可以采用这种方案，身患重疾或其他原因，比如说，因赤痢导致心脏衰竭，您自己也理解，毕竟您不能这么写——所以还是，完成了那个笨蛋下达的战斗指令，忠于誓言，身患重疾，不治而亡。

我来描述。

您的儿子死在一个港口附近。

或者说。

您的儿子已经死了，但他活得很好。

然而，一切都得按顺序来。

我们在港口卸下货物，那里已经被军队占领。

---

[1] 此处指圣乔治，著名的基督教殉道圣人。经常以屠龙英雄的形象出现在西方文学、雕塑、绘画等领域。

瓦洛津卡！

已经过去多久了呢？

刚才你妈妈给我打电话了，但她不能说话。你的继父接过电话。他全部都告诉我了。

我躺了整整两天都没起床。为什么要起床呢？

浑身冰凉。内心、双脚都凉透了。

然后我起身，出门去你家。

你的母亲看着很吓人。她的脸因为泪水而肿胀。她看我的眼神就像看陌生人一样。

我们坐在桌边。巴维尔·安东诺维奇[1]站在她身边，两手搭在她的肩膀上。然后他借口泡茶去了厨房。

她说：

"要是能见着棺材、坟墓就好了，可是却什么也没有——就一张纸……"

她把通知单递给我。

"这不，有张纸，有盖章，有签名。可我儿子在哪儿？"

说完便崩溃了，我也是。我们号啕大哭了一场。

她一直在重复着：

"为什么要打死？打死了图什么？打成残废都行啊，剁手剁脚，

---

[1] 此处为继父的全称，以表对长辈的敬意。

割鼻子都行，好歹留个活口啊。他毕竟——是我的儿子！他属于我！"

然后茶来了，还上了烤干的小面包圈儿。你的继父给所有人倒上茶，我注意到，他倒茶时，是用指尖掂量水位的。

你可知道，也许，疼痛是有限度的。人在某种情况下会失去意识，以免因悲伤过度而死去。悲痛到一定程度，就会突然感受不到痛苦。

你什么也感受不到，一丁点儿也感受不到。

你坐着喝茶吃干面包。

平常——周围还人来人往，一旦某天出了点什么事，他们便全都不见踪影。我忘记在哪本书里读到过，以前和寡妇或鳏夫说话都被视为禁忌，据说是因为悲伤会传染。大概，至今仍是禁忌。或许，它的确会传染。

今天步行穿过我们的公园。冬天就要来了，那里的雕塑全部都被木板挡了起来。一个个都像被钉入棺材一样。

其中一座雕塑摆出非常生动的姿势，好像看到画匠了似的。

我驻足注视，久久挪不开步，寒彻心扉。

被钉起来的人是我。

待在棺材里的人是我。

我的萨申卡!

我们卸货卸了一整天,直到这会儿才得空给你写信。

你知道,现在对我来说最困难的是什么?恰恰是向你解释最简单的事情——我周围的一切。简直无法用言语描述,色调、气味、声音、植物、鸟类——这里一切都截然不同。

今天还头一回做了死亡记录。有一名士兵死得太不值了,他站在绞车正下方,有东西滑落,他被活活压死在一堆箱子下。

我以为,会有些特别感想,可握着笔的手不听使唤,就这么寥寥数语一带而过,像是一切都不曾发生过一样。

也许,我真正想要的东西已经开始在我身上应验啦?

我这一生都在不停地问自己同样的问题。

如今我时常觉得,尽管还没有接近最终的答案,但我似乎多少有了些心得。

我极其痛恨且鄙视自己——那个我想要推倒的自己,就像狭窄又挤脚的鞋。我想变得像他们所有人一样——开朗、凶猛、有趣、可靠、不好发问——因此一切都简单明了。学会把握生命。跨越了所有不必要的、有条件的、被克扣的。学会不去考虑死亡的恐惧,或者说,拒绝思虑过重。学会在需要出手时重拳出击。已经拥有了便懂得知足常乐,不必绞尽脑汁思考,为什么需要这一切。

这不,写完了这个人的死亡报告,手也不冷了。真好。

再简单说说最初那两天的事情吧。

昨天抵达港口。停泊场里有大量船只，船上挂着各色各样的旗帜，但是海湾很浅，大船无法通过河口。因此，我们先是全体迁移至驳船，当看马匹依次被大船上的绞车吊起再降下的场景时，我感到一阵不适。它们在恐惧中嘶叫，脱离群体，好像已经屈服于自己的命运，四条长腿无助地在空中荡悠。

临近傍晚时我们才在河湾抛锚，然后一直装卸货物到深夜。天黑时分，所有船只都亮起了灯，桅杆上、横桁上，一片灯火通明。你可知道，这景色多么美丽！我第一次因为你没在我身边同赏此景而感到惋惜。黑水中倒映着反光的舷窗、船灯、船身。探照灯时不时闪过几束光，嵌在云层中，化作点点月光。我望着这光影想你念你。从岸上刮起一阵暖暖的微风，夹杂着一些新鲜的难以辨识的气味。莫名地感到愉悦，也略带一丝恐惧。光束时而闪现，时而消隐。想象一下，船只之间就是这样互相用云彩打信号实现交流的。

早在黎明时分我们就在河口上了拖船。两侧不断向远处延伸的是低矮的炮台。到处空荡荡的，一片死寂。这些炮台在几天前刚被占领，墙上有的地方还留有炮弹爆炸的痕迹。

我不知道，那条驳船之前都运过什么，里面又脏又滑，甲板还很黏脚。

你知道吗，原来，这条河的名字译过来的意思是——白色的。但它的颜色其实是棕褐色的，河水浓稠，泛出赭色。顺着河水漂流的还有从沿途几百座城市村庄带来的各种东西——垃圾、木板、瓜皮，等等。

萨申卡，我永远也不会忘记，当第一次有一具尸体从旁漂过时，所有人都沉默了，尸体紧挨着船舷，浑身肿胀，脸朝下，留着灰白色的发辫——甚至无法分辨是男是女。

芦苇，纤细的柳枝，浑浊的浪头，平坦的沙地延伸至地平线尽头。这片荒原上仅有的亮点就是成堆的海盐以及大大小小的土岗、土墩——后来我们才听人解释说，那里有坟墓。偶尔还能看到些空旷的村落。什么活物也见不着，除了一群野狗。从岸上淤泥地里挖出来不少黑色的猪，格外显眼。

很快就要到目的地了。从远处就能看到一片灰黄色的土坯房子，随后依次驶过的大型海关仓库、堆栈、作坊，以及散落着板条箱和包裹的码头。

整晚我们都在码头上往车厢里装货。现在我们已经上路了。不知道下次还要等到什么时候才能写信给你。

城市上空整整一夜都映着火光，空气中弥漫着烧焦的味道。整个城已经被烧掉一半了，然而火势并未减弱，因为没有任何人采取灭火措施。

你知道最难受的是什么吗？鼻子。现在空气中就有一种芦苇燃烧的恶心味道，还有风中夹杂着的某种诡异气息，令人频频作呕。我感觉我已经学会区分这种格外发腻的臭味了。

瓦洛津卡！

我的心上人！我亲爱的！

我被冻坏了，尤其是双脚——冻成冰块！

怎么跟你解释呢？我吃东西，换衣服，出门采购。但无论去哪儿——反正我都已经心如死灰。

还有急诊科接待室的实习——看也看够了。

今天是休息日，天色灰暗，寒风彻骨，一整天哪儿都不用去。暖气烧得不够，屋里也冷，窗户上都结了冰。我躺着，盖了两床被子，想念你。你在那里可好？过得怎么样？

然后强迫自己起来，随便做点什么家务事。我闻到垃圾桶里已经有味道了，便决定出门扔垃圾。

院子里已上冻，树上也结了霜，一张嘴就哈出一团白汽。

我出门走到垃圾站，垃圾桶也往外冒白汽。

肮脏的雪堆里扔了好几棵新年枞树，树上缠绕的装饰物都已破烂不堪。

无人问津。

我问道：

"是你吗？"

它：

"是我。"

我：

"信息和信使？"

它：

"是的。"

我：

"走开！"

它：

"你不明白。"

我：

"我全部都明白。走开！"

它：

"尚未迎来真正的曙光，却已是日落时分。看，这般景象难得一见！玉树琼枝，银装素裹，恰有一弯弦月挂在天边。你可听得到，从二楼那扇开着的窗里传来乐声、笑声——寒冷时节的盛宴。那儿的阳台上还有辆婴儿车，孩子刚刚醒来，哇哇大哭。一个人从一生下来就开始自不量力。你要知道，在这个世界上，钟情于你的那个人是我。"

我：

"钟情？在这个世界上，你就这点能耐？"

它：

"我知道，你现在不容易。"

我：

"你到底会干些什么？"

它：

"我知道所有事物的名字且什么也不能干。"

我：

"为什么？"

它：

"因为所以。你们上学的时候什么都没教过吗？你们难道就没有学过，过去、现在和将来吗？恐怕，上物理课时都在桌子底下看小说吧？一切皆处于光明中，一切皆源于光，还有热。而身体——是由光和热所凝结而成。身体持续释放热量，身体也可以失去热量变得冰凉，但热量仍旧是热量。你还不明白吗？比如你们有次约定好在纪念碑旁见面，但这其实并不是在纪念碑旁约会，而是纪念碑在约会旁边。即使纪念碑被拆除了，约会仍旧在原处。"

我：

"没有他我活不下去。我需要他。为什么他不在？"

它：

"你自己不也说了——需要分享。如果你得到了，就要主动献出去，方才能留得住。而且对你来说越是珍贵的人，越是要贡献出去。总之，只有过路人才会相信，所有危险都已成为过去。在一本厚重的小说里，就是你在桌子底下读过的那本，你记得，男主角和女主角总是待在附近某个地方，即使不见面也不会因为无法见面而感到难过，而后，等到终于相遇，才明白，他们从前只是还没准备好遇见彼此，并且他们还不曾经历过那些将要经历的磨难。所以，你们只是还没有准备好——还没有真正历经风雨。这只是看起来很复杂，

101

但实际上非常简单，就如同那些毡制的小锤。"

我：

"简单吗？"

它：

"不要纠结字眼，这不过是种译法罢了。你很清楚，言语，任何言语——不过是对原意的糟糕转译。一切都发生在一种不存在的言语中。而那些不存在的言语——是真实的。"

我：

"你想从我这里得到什么？"

它：

"看看四周。所有人都在不停地自我重复，一个劲儿絮叨同样的话，还想知道，他是如何成为一个波斯人的。很多人整整一生，都没有见过一个人，甚至也不曾活过，他就这样还没出生便已死去。你呢，难道想这样？"

我：

"不错。"

它：

"而且他们路过却不曾看到，积雪几乎快要堆到下巴尖儿了。"

我：

"但他们知道要紧的事。"

它：

"知道什么？知道人并不是非要幸福？"

我：

"没错，他们知道。可我不知道，我也想知道这一点。"

它：

"这是什么，造反吗？"

我：

"没错。"

它：

"别胡闹。"

我：

"我很厌倦做我自己。"

它：

"你只是还不知道，这是怎么发生的。你把雨伞落在咖啡厅，转身回去——生活便有了另一个转折。你还记得吗？你去了你们的那个公园。雪落，干冷，细小颗粒，跳跃打转。你以为，公园里除了你之外没别的人，好像整个公园只属于你。你走向长椅，戴着手套拂去积雪，然后坐下来。面前恰好矗立着那尊雕塑，被钉在木板里。在冬夜暴风雪的咆哮之下，它有的是时间思考做错过什么。站在自己的棺材里——一手朝这儿，一手指那儿——然后交换。变得更像自己本身。它知道，很快就能出去。有人会掀开盖子，它就和从前一样矗立在原地——一手在这儿，一手在那儿——正是本人！你们等到了吗？这儿少了我怎么行？你们这儿又新添了什么？特洛伊带来了吗？是一样，但不是同一个——过了一个冬天它多少有了些心得。这时有只西班牙猎犬向你跑来，嗅了嗅你，又搔了搔耳后，冲你摇起尾巴。你也闻了闻它——狗狗的味道真好闻。然后一个女孩拿着缰绳出现，并告诉你，她如今正在练习芭蕾，已经掌握了很多姿势，还说不准唐卡吃甜食，不然她就随身带着了。女孩耳垂连生，眼睛略微有些斜视。随后扬卡的教授出现了，你一眼就认出了他，但他不认识你。他的耳朵肥厚巨大，还有细密的汗毛，耳垂垂到衣领。你初步断定，这女孩儿——是他早熟的孙女，但他称呼她却是——女儿，就像你父亲称呼你那样。他握着一个儿童灌肠器。他随手一掷，猎犬便冲了出去，随着一声声吠叫疾驰至树丛。然后他坐在了旁边的长椅上，两手撑在膝盖上，他的手指强劲有力，但伤痕累累，曾被溶剂腐蚀，指甲缝里还残留着颜料。女孩儿追着狗跑开了，他说他已经很久不读任何书了，他认为真正的写作是要用尽毕生精力——要用眼泪、血液去创作，甚至要用到尿液、粪便、精液，而这些写手不过是用墨水写作罢了。那一刻你还在心里想道，他都活到这把年纪了，还说这种话，怕是老糊涂了吧。"

我：

"然后呢？"

它：

"命运的转折应当受到帮助。"

我：

"为了什么？"

它：

"树枝插在水瓶中就能生根。根茎无须依附于他物，它们相互缠绕在一起。"

我：

"我冻坏了。"

萨申卡！

我的挚爱！

我多羡慕他们，忙碌了一整天后全都睡着了。鼾声此起彼伏，在梦里见到自己的心上人。我也很累，但也要先写信告诉你，今天都发生了什么。

我们随车抵达下一个地点，路途才走了一半。仍旧没有收到任何电报消息。由英国海军上将所带领的一支由多国士兵组成的军队也音信全无。

…………

虽有条铁路，但路况很糟糕——枕木被焚毁，至于铁轨，都被村民藏了起来，要靠追踪器探测挖掘或是去村里搜寻。

部分被拆卸的道路勉强得到修缮。每每行至铁轨接头处车都会猛地一震。用于加固的枕木和道钉数量不够，一个能顶三四个用。铁轨歪歪斜斜，剧烈颤动。行车途中时刻都在担心脱离轨道。沿途的电杆被锯得只剩下木桩。水泵也用不了——蒸汽机车加水也不得不靠士兵从荒废的村庄里人力输送。

我的萨申卡，你甚至无法想象，这一切是多么令人痛心。举目所见皆是荒原——居民纷纷离家避难，房屋被毁，农田惨遭焚烧、践踏。

行程约莫过半，我们停了下来。前天晚上修缮完好的路段，过了一夜又恢复原状——铁轨四处散落，部分路段被完全拆除，枕木消失得不留痕迹。我们在某一站下车，确切地说，某个曾经是站台的地方。车站周边的所有砖材建筑不只被摧毁，就连底下的基石都被挖出来碾成碎渣。他们憎恶我们的一切。

我们一整天都在沿着路基列队行军，直到晚上。铁路线沿着河岸伸展。白色的河水在此处蜿蜒奔流，但从远处的树丛望去，河流一直都离我们很远。

我很口渴，却没有水。村里的水井都被人投了毒，河水也受到了污染。起先我们可怜的马儿到了河边也只是嗅嗅，并不喝，到后来干渴战胜了一切，如今他们早已对这泥浆习以为常，就像在喝果子冻。

因此，不得不珍惜每一口吃喝。

还要忍受当地小蚊子无休止的叮咬——我的手臂和脖子上满是红色肿块，奇痒无比。当然，这些都不值一提。

先头部队两次遭遇伏击，但没有造成死亡，仅多人受伤，部分伤员为轻伤。

当部队行经战场时，我第一次看到了战争的痕迹：死去的马匹，破损的步枪，废弃的军帽，血污的衬衣。

还有什么是我没看到的？还有吗？

我和一名借调到我们这儿的翻译官同行。他是彼得堡大学东方系的学生，姓格拉泽纳普。他的行军包里装满了书刊和告知书，随时随地都能掏出一本凑到眼前读起来。他的视力很差，眼镜片很厚。

在一个村里，我们进了一座庙宇，庙里破败不堪。士兵们为了找手纸撕了几本书，翻译官试图阻止这种野蛮行为，不过，自然是徒劳无功。

这幅场景令人难过——神坛上和屋檐下悬挂着的巨型彩灯，全都支离破碎。庙堂里供奉的神灵也都身首异处，散落一地。有人告诉我们，当地人有在神像里藏金子或宝石的风俗。

我一路看过来，都很震撼。庙宇里有的全身神像面目狰狞，分立于两侧。它们面前有几个小罐子是用来插蜡烛的。神坛里空空如也，主神倒在地上，摔断了脖子，神首仰面着地。我站在它面前，它半睁着眼，看着这个颠倒的世界，眼神里透露出博爱与仁慈。每根立柱上都有蓝色浮雕。

我很高兴，部队里能有一个这样的小伙子，他痴迷哲学与诗歌。在某种程度上，他就像凡尔纳笔下的雅克·巴加内尔[1]。也许，巴加内尔年轻时就是他这个样子——自信不足，笨手笨脚，但又怀着满腔热情想要知晓一切。今天他教会我们从河中取水喝，往略带咸味的混着淤泥的水里兑上伏特加。

好了，萨申卡，我现在要努力睡着，虽然蚊虫叮咬的肿块奇痒难耐。

我甚至不敢相信，明天可能就要上战场了，我就算不被杀死也会被打残。

你也知道，人的心理总是很奇妙，很容易就能相信周围所有人的死亡，唯独不相信自己的。

还有一件重要的事。我不知道，也许是因为对第一场战役有所期待，我对这里的一切都感觉异常敏锐，周遭的所有，以及整个世界，

---

[1] 雅克·巴加内尔，这一角色出自法国作家儒勒·凡尔纳的小说《格兰特船长的儿女》，书中该人物被设定为法兰西卓越的学者，优秀的地理学家。

都对我无比率直，或者说，更加成熟、果敢。万物在我眼中都变得清晰了许多，好像有一双手，掀开了一直以来罩在我眼前的面纱。我神经紧绷，敏锐地捕捉到隐藏在夜色下的各种声音——枝头鸟啼、草地虫鸣。头顶上空的星辰那么近，那么耀眼。仿佛我过去所置身的世界并非真实，而如今我方才开始趋于真实。

也许，离开了这种感觉，就永远也不会发生战争。

其实我想对你说，我对你的爱，历久弥坚。我只是无法用书信表达我的所思所感。假如我此刻在你身边，一定会捧起你的脸，亲吻你——我在纸上写下再多的字句也比不过相拥亲吻，何况言语从来没能准确传达我的情意。

我曾不止一次对你说过：我爱你。但我现在觉得，这是我第一次对你说出这三个字。因为此刻我对你的爱全然不同以往，换了一种方式。同样的三个字，对我而言意味越发深刻。

此时我感到轻松愉悦，因为我知道——有你在等我，无论发生了什么。

我爱你！

瓦洛佳！

我亲爱的！我的唯一！

有你在，我是如此幸福！

你自是知道，胎记——游移不定，时现时隐，它们可以大体上改变身体面貌。我在自己身上找到了你的胎记，你能想象吗？就在这儿，在肩膀上。多么神奇！

今天在城里四处奔忙，现在却无法入睡。你可知道，当你躺在床上辗转反侧，找到一处凉爽，然后逐渐焐热了，再换另一处，到最后一块凉爽的地方也不剩，然而迟迟没有睡意。

无论睁眼闭眼，有些片段不断浮现在眼前。夜里两点钟了依然如此——无论是可见还是不可见的世界。

也许是三点钟？

顺着时间节点回溯过去，就像奔跑在草原上。时间并不会均匀推进——其中有不少留白。就像走到饮马的地方，便会留下深浅不一的脚印。

无休无止地回忆起相同画面，甚至还都是些无关紧要的事。

在店里买东西忘记了找零，身后有人追出来喊道：

"姑娘，姑娘！您往哪儿去？"

在电车上有人坐在了我的裙摆上，我不得不将它拽了出来。

随后有一对老夫妇走进车厢，他不断摇头否定，而她则频频点头。

扬卡曾讲过，有一次她和未婚夫去餐厅用餐，留了些小费，可侍应生追着他们把钱扔了回来。

我走在街上，看到从窗户里伸出一只手，不知是招呼我过去，还是驱赶蚊虫。

想起小的时候，和爸爸一起在公园玩耍，鞋子上沾满泥巴，于是他在人行道和草地上来回磨蹭鞋底儿，某个瞬间我忽然感觉，他像是试图摆脱自己的影子。

妈妈特意为我做了我最喜欢的面包渣汤——把面包切碎，浸泡在一碗热牛奶中，再细细撒上砂糖，想到她将来有一天会死去，我的喉咙突然收紧，我所回忆的，正是她亲手为我做好面包渣汤，再撒上一勺砂糖。

受恰尔特科夫之邀，我参加了他一个钢琴师朋友举办的家庭音乐会。她个头很高，四肢修长，只得屈腿坐在钢琴前。我们恰好落座于她的身后，可以清晰看到她的双手反映在琴盖上，宛如她独自一人四手联弹。她的脸颊微微颤动。

这会儿，脑海中又冒出来在急救中心工作的情形。有个姑娘在挂窗帘时摔了下来，脚部骨折，而同一个地方已经反复伤到好几次了。另一个人烧篝火的时候，脚下一绊，摔倒在地——手部烧伤，皮肤像摘掉手套一般脱落。

第三个人因为裤腿卷进了链条，从自行车上跌落下来，脑袋磕在路缘上，导致眼睛在神经上晃动，就像穿在线上。

有个小孩儿吃冰棍儿的时候乱跑，绊了一下，木棍刺穿喉咙。

每天都有无数类似的情况发生。

怎样才能从这一切中获得解脱？

我和恰尔特科夫还有他的索涅奇卡[1]一起散步，她真是有趣——竟然为一只被人扔掉的旧鞋子感到惋惜，鞋子已经不能穿了，早就该扔进垃圾堆里，她却把它捡了出来，挪到一个靠近丁香花丛的地方。然后我们来到了工作室，她开始给我画侧面肖像。她让我侧身靠墙而坐，将灯光对准我，摊开纸张，拿起一支铅笔描摹阴影。

应该帮她纠正斜视的问题。我在她鼻子前竖起一根手指，让她一只眼睛盯着手指，另一只眼睛看向别处。

唐卡总是对着人的鞋带啃个不停。摸了摸它，手上也有了狗狗好闻的味道。

画室里颜料、松节油、炭笔、木头、画布的味道混杂在一起。画作统一正面朝墙，放置在角落，仿佛正面壁受罚。画架、画框、颜料盒，蘸了颜料的画笔、调色刀。各色颜料溅落，凝结在地板上。肮脏的水槽里堆放着待洗的碗碟。墙角散落着几粒老鼠屎。

当我第二次来的时候，他搬来板凳请我坐下，凳子上染了各种颜料，看起来脏兮兮的。他拿起炭笔开始作画，透过镜片看向我。吸鼻子，咬嘴唇，伸舌头，低语，哼唧，叹息，炭笔在画板上发出沙沙声。

窗外忽然传来铃声——对面是一所学校。

校园里有位老人拿着一把扫帚，他，就跟我一样，什么也不懂。

故作姿态——真是奇怪。你只是坐在那儿看着窗外，那些不必要的、转瞬即逝的——逐渐变成必需且重要的。

---

[1] 是对索菲亚的爱称，表达亲昵之情。

后来一群男孩儿跑到操场上，玩起了傀儡头球赛。他们各个长得瘦高。恐怕，翘了一节物理课——错过了重要的内容，比如宇宙早已不再膨胀，反而正以黑暗的速度缩小。傀儡头翻了个滚儿，撞在柏油路上，空洞、铿锵、欢畅。他们亢奋得甩起了辫子，嘴上说道，没事儿，我们就要爆发了，不到最后，决不放弃！

他开始讲起为奄奄一息的母亲画像的过程。

他说，油画的首要——在于人的面孔、表情。其次是身体。最后是心事。

伦敦议会大厦着火，多人死亡，而特纳[1]却试图用水彩画捕捉烈火的色调。尼禄[2]——不是艺术家，但所有艺术家——都是尼禄。

我们还聊起了约伯[3]。他——是虚构的，因为他实际上并不存在。人人皆是真实的。起先他拥有一切，而后全部被夺走。毫无缘由。

昨天我走进画室时，他在调色。好想把一条蠕虫活活摁死在调色板上。站着使劲摁。我伸出手指试了试。

他突然开口说道：

"不错，颜色要靠皮肤去感知。"

他在调色盘里抹了一把，糊满油彩的手伸到我面前。

---

[1] 指威廉·特纳，又译透纳，英国浪漫主义风景画家，水彩画家和版画家，其作品对后期的印象派绘画发展有相当大的影响。

[2] 尼禄，罗马帝国朱里亚·克劳狄王朝的最后一任皇帝。他在位期间，公元64年罗马城发生大火，原因至今不详，据传言与尼禄有诸多关系。

[3] 约伯，是《塔纳赫·约伯记》的中心人物，是亚伯拉罕诸教的一位先知。经文中，约伯是位正直良善的富人，在巨大灾难中失去了人生最珍贵的事物，包括子女、健康和财产。他努力理解苦难的缘由，试图理解这是为什么。

我的萨申卡！

不知道什么时候才有机会寄出这一封，但无论如何信还是要写的。这些天发生了那么多事，直到现在才有些许空闲与你对话。我想告诉你我的近况，但首先要说的是——你是我心头的宝贝。你我分别的日子越久，我对你的感情越强烈。

如此强烈地感受到你在我身旁的气息，我甚至觉得，你不可能察觉不到。

现在我们在新的驻地。我们在这里待了多久呢？总共三天，却仿佛过了三年，或是三十三年。

现在我尽力把这里发生的一切描述给你。

我们和阿尼西莫夫上校领导的支队合为一队，援军抵达之前，他们已在此坚持多时，死伤无数。幸存者的伤势惨不忍睹。

在围攻期间，饱受折磨的士兵终于得到解救，撤回野营地，远离炮火威胁。自部队从上一个驻地出发以来他们第一次有机会睡上一觉，吃上一口热饭，再洗个澡。他们在浑水中洗衣服时，是那样兴奋！要是你亲眼看到，定会觉得不可思议。

我们原本扎营在城墙外左岸的一块开阔的平地上，但随后频频有手榴弹向我方阵营掷来，于是不得不遵照指令向远处撤营。我们的帐篷扎在距离河流一俄里[1]的地方。

---

[1] 1 俄里 =1.067 公里。

将军所领导的军队至今仍然杳无音信。大约两千名军人随他一同进军。他们沿铁路出发，边修路边行军，途中遭遇围困，道路重新被切断、捣毁。这些人都还活着吗？

我还没有参加过真正的战斗，也不曾见过附近的敌人，或者说，只见过他们的尸体。很少有人能全套穿戴整齐地躺在那儿——看到的尸体通常都是半裸的。不知为何，全都张着嘴。从旁经过时，一群苍蝇轰然而起。

酷暑难耐，所有人都口渴至极。士兵们开始凿井，但水资源极度匮乏，伤员性命堪忧。

昨天一支医疗队转移到我们这里，之前他们就职于城里的医院。现在他们的帐篷就在我们旁边。我听到有人发出痛苦的呻吟，还有医生的责骂声。我们的医生姓扎烈姆巴，他时常斥责病人，但都是装装样子。他想表现得举止粗鲁，可实际上是个真诚可爱的人。他给所有人都看过自己妻儿的照片。他只是太累了。

每天都不断有伤员被担架抬着进进出出，似乎永远没有尽头。苍蝇见到他们便一哄而上。我见不到他们的正脸——全部包扎得严严实实。从那里他们只能看到天空。许多人因晃动而呻吟，其中有个人特别孩子气，总是牢骚不断：

"我的腿、腿，小心点！"

可怕的是，我随时就有可能像他们一样被抬着进来。

萨申卡，我也明白，没有必要事无巨细统统写给你，但就是没办法，请原谅。我曾见到一个男孩儿——他住进了法国医院，分到了一块干面包，他用缠着绷带的断肢紧紧把面包抱在怀里，慢慢啃着。

在我们的野战医院里，随伤兵一起调来的还有一位护士，她曾在法国医院看护他们。她来自巴黎，她的名字很简单——露西。非常可爱，朴素，干练，因为使用升汞消毒液而总是双手通红。她看起来柔柔弱弱，却能毫不费力地帮卧床的伤员换上新床铺。她的脖子上有一块巨大且不甚美观的胎记，她为此感到羞怯。总是不经意地用手去挡。我不知道，她是怎么来的。她几乎不会说俄语，但这里所有人都很喜欢她。

昨天夜里野战医院里的一名士兵突然开始声嘶力竭地叫喊。我们的帐篷紧挨在一起，觉也没法睡了，我起身走出去查看情况。发出叫喊的是个不幸的小伙子，前一天刚被截去了双腿。他们试图让他镇静下来，却适得其反，他奋力尖叫、挣扎，于是不得不强行将他捆住。给他注射了吗啡，却未能缓和他的状况，随后，所有伤员都被吵醒了。扎烈姆巴医生大为火光，离开时他说道：

"使劲儿叫吧。等嗓子哑了——就消停了！"

那时露西坐在他身旁，搂着他的脖子，用法语说着什么安慰他的话，然后不断重复着她有限的俄语词汇：

"是吗？不是吗？好！好！爸爸！妈妈！"

这个失去双腿的可怜小子，恐怕在妈妈之外，第一次感受到女人双手的抚摩，他疯了似的盯着她看，然后逐渐平静下来，默默地睡着了。

战地医院每天夜里都有人死去。他们被挪到一个单独的帐篷里，但这么热的天气尸体也存放不了多久。今天埋葬了八个人，其中两人我昨天早上见到时还活得健健康康，到了晚上就被抬上了担架：

一个被子弹击穿了喉咙，不治而亡，一个腹部中弹。前者晚上就死了，后者，波波夫大尉，苦苦挣扎到今天早上，他呻吟着，发出嘶哑的声音，时而失去记忆，时而清醒。他不久前才与妻子完婚。

没有木板做棺材，只好装在麻袋里下葬。士兵们把死者抬起来，拉下帽子掩住面部。其中一个麻袋体积特别小——经历战火之后只有肩膀、手臂和头颅完整地保留下来，其余身体部位早已支离破碎。

距离营地半俄里的地方有座小山坡，他们被葬在了那里。我们草草做了一个十字架，立在了所有人坟前。黏土很干燥，人埋得很浅——毒辣的阳光抽干了所有人的力气，连刨个深坑都很难。

萨申卡，你可知道，当我听到含混不清的安魂祈祷，看到战士们站在墓前一齐鸣枪致敬的时候，我的脑海里蹦出了极其不合时宜的想法。美洲大陆上的印第安人引弓向天，以求驱走邪恶的灵魂，而我们，在军事葬礼上鸣枪射击，美其名曰告别仪式，实际上与印第安人对着天空放箭是同一个仪式。而对那些被装进麻袋埋在地里的人来说，这一切都毫无意义。

回来的路上，所有人都沉默不语，心里想着的是同一件事：也许，到了明天，躺在麻袋里被抬过来，脸上扣一顶帽子，浑身散发着恶臭的人就会是自己。

萨申卡，对于这里的一切都不得不习惯。

这会儿终于安静下来，枪声、炸裂声不再。不时听到从医务室传来几声呻吟，还有隔壁帐篷里的阵阵鼾声。箱底有老鼠鬼鬼祟祟，偷食给养。

天色渐暗，暑气仍未消退，闷热无比，蚊虫又开始肆虐。我从头到脚被叮了个遍。我们家乡的傻蚊子跟这里的简直没有可比性，还没挨着人就已经用嗡嗡声暴露了自己。这儿的蚊子既看不见又总是悄无声息，不经意间——就被叮了一口。拿它们一点办法也没有，甚至还会被它们传染疟疾。今天发了特殊的纱网——格子细密。这会儿，士兵们坐在一起，每个人都忙着用两三张网给自己缝一顶帐子，好躺在下面睡觉。

亲爱的，我不是牢骚抱怨，别多想，只不过这段日子实在是太累了，毕竟白天所有时间都只有一个想法，活下去，同时还处于极度疲劳的状态——刚坐下一会儿就打起了盹儿，到了夜里，终于能躺下休息了，白天的场景却不断浮现在眼前。

我闭上眼睛——那个失去双手的男孩儿便在我脑海里挥之不去，我看见，他伸出残肢，接住了别人端来的一杯茶。翻过身，朝另一侧躺着，眼前又浮现出那座通向火车站遗址的桥。昨天我在那里看到，桥身向两侧分开，好让水流带走一夜之间积攒起来的尸体。我不知道河上游发生了什么，只有一具具死尸接连不断顺流而下。其中有一个人双手被绑在身后。我只看见了扭曲的手指，甚至有错觉它们还在微微颤抖，但其实只是水波作用罢了。

亲爱的，请原谅，我必须记下这些沉痛可怖的事情，毕竟我如今的生活就是如此。

我多想逃离这一切，躲起来，忘却所有——回忆儿时，回忆我的房间和书本，回忆我与你一起的时光，想点轻松愉快的事，想想家乡。

我把信重读了一遍，感觉很沮丧——我的心里对你满是柔情，写在信里却了无踪影。

现在才无比自责，当我们还在一起时，我有那么多机会可以向你表达爱意，可我却无动于衷。如今你离我那么远，我不能为你做任何事——不能抱你，不能吻你，不能任掌心抚过你的秀发。爱自是无须证明，却要懂得表达。好想送花给你，毕竟从未送过。只有一次，你记得吗？我在公园里为你采了一束丁香。还想陪你逛街，给你买各种没用的、女孩子的东西——戒指、胸针、耳环、帽子、手包。以前总觉得，这些东西傻乎乎的，没什么用处，现在才明白，它们的重要性和必要性。直到来了这里才明白，为什么这些不必要的东西是如此必要。

当我写下不必要的东西的必要性时，想起了我们家邻居，我小时候时不时能见着她。那时我感觉她就像个百岁老人。也许，的确如此。她的腿很粗，两条腿上都缠着绷带，因此她几乎不能走路，总是靠在椅背上。只有向前推椅子，再拖动双腿。妈妈说，她腿里有水，两条腿各有一桶。此刻，她的模样浮现在我眼前，灰白的发髻上别了几根簪子，眼里噙着泪，手指关节肿胀，微微颤抖，耳朵很大，耳垂因为戴耳环的缘故又坠又长，还流脓，因而上面总是粘着棉絮。我并不害怕她，她总会给我准备糖果或蜜糖饼，我去她那儿一般都是为了药水和药粉上取下来的医用橡皮筋——她特意把它们放在窗户把手上留给我，我需要用这些橡皮筋做弹弓，只需再加几根铅笔即可。

她挺奇怪的，总是说一些我不明白的东西。她缓缓坐在椅子上，面朝镜子，说那个镜子里的她不是真实的她，她曾经真实过、美丽过。

我点点头，但她看得出来我并不相信，于是拿出一沓老照片给我看。那些照片在我的记忆中只剩下一溜贡多拉尖舟。她讲述着，威尼斯船夫如何撑着贡多拉船驶过狭窄的运河，还有抬脚往墙根上一蹬，撑船离开沿岸房屋。

有一次她说道：

"不该忘的都忘了，但威尼斯船夫蹬墙的姿势却记得清清楚楚。"

她常常对我说些什么，过后再补充几句：

"你现在还不懂。你只要记住就行。"

因此，我记住了船夫的姿势，也直到今天才明白不必要的事物的必要性。

我还记得，我问了她些什么，她回答说：

"这就是原因！"

她把我拉到镜子前，脸颊贴着脸颊。

问题我已经完全想不起来了，她的回答却留在记忆中：我们两人都在照镜子——我看到了自己七岁的脸庞和她的皱纹，她苍老松弛的肌肤，唇周和下颌的汗毛，浓密的眉毛，感受到她令人不悦的老女人的气味，我想赶紧脱身，可她紧紧搂住我的头。

暑假结束后，我回到家，她已经不在了。听说，她去别处了。那时我信以为真。

忽然想到，她缠着绷带的腿上藏着的那两桶水现在去哪儿啦？也许，混在了河水的波涛之中。

重读一遍，不由想到，也许，除了我谁也不记得那个老太太了，她又是怎么出现在我写给你的信里？算了，这不重要。

重要的是，萨申卡，我们在一起。谁也不能将我们分开。

我理应对你负责！所以我不能轻易消失不见——毕竟还要有个人关心你，爱护你，想念你，同心同德，悲喜与共。因此，我无论如何也要活下去！

如今，与你隔着万水千山，我才意识到，亲爱的，我几乎不曾告诉你我有多爱你，你在我心中的分量有多重！视你如生命一般珍惜你。虽然这很难解释，但是，你要知道，我还活着——一切只因为，我爱你。

瓦洛津卡!

我想不到，该如何向你解释，但我相信，你一定能理解。

我要嫁人了。

今天他向我求婚了。

过程很好笑——我们去了一家餐厅，那里有个旋转门，到门口时他请我先走，我刚好有话要对他说，一回头便迎上了他俯身凑过来的脸，后脑勺撞到了他的鼻子。鼻血直流，太可怜了。随后的晚宴上，他全程仰着头，鼻孔里塞着带血的棉球。

他说他已经提出离婚了。

还检查了一番，确认花瓶里插的是真花还是纸花。然后问道：

"好吗？"

我点了下头。

起身去洗手间。

窗户开着，外面雨仍在下，从早上就淅淅沥沥。我洗了把手，心想：我在做什么？何必呢？

这时走进来一个女人，不到四十岁，开始化眼妆。还嘀咕着：

"我就不想冷静下来！"

然后是香水：她先从细颈瓶中喷出一团香雾，再径自立于香雾之中。

最后涂上口红，还在镜子里白了我一眼。大概是从我的眼神里读出了对她的看法——又衰老，又憔悴，涂什么颜色的口红都无济于事。

我回到餐桌旁，所有人都看着我们，特别是服务生——一副看笑话的神色。

他谈到没有房的问题，难不成还能找个车厢包房精心装修一下，而且只要在头号隔间里过夜就行？

我身上还散发着洗手间里的香水味，于是他决定晚饭后一起去挑一款香水，作为给我的礼物。他几乎把商店里所有的香水都试了个遍，先是喷在我的手腕上，后来索性挽起袖子在胳膊上试了个遍，然后是脖颈，最后只得在他自己身上试——每一次他都皱着眉头说道，这味道不像我，而是别的什么女人。到底也没找到一款称心的。当我走在街上时，浑身上下都罩着一层厚重的混合气味，我感到一阵恶心。

我还是没有写到重点——我有宝宝了，还想再写一遍。

我有宝宝了。

我无时无刻不在想象，它的模样——和南瓜子差不多，像耳垂，还只是个小不点，像袜子被揉成一团。长九厘米，重四十五克。我仔细看了书上的照片——脊椎已经清晰可见，甚至连节节椎骨都能数清。

妈妈说过，当她还怀着我的时候，特别想吃各种带苦味儿的，因此爸爸戏称她是——"能吃苦的人"。我擦了一根火柴，再张嘴去舔盒身上灼热的砂纸。我们小时候时常这样做。厉害不？我还吞食酥糖。刚拆开一包，一眨眼就只剩下碎渣。

然后我突然想到，正因如此才无法创造世界。我是说，比如我，或者说，住在我身体里的那个人，想要吸入擦着了的火柴的味道。为了创造这种味道，光靠想象力是不够的，还要有足够的认识。你明白吗？有的细节是无法凭空杜撰的。只有亲自体验、观摩，经历过才能懂。

我胃口极大，但孕吐反应十分严重。要么是早晨一小时一次，要么是在中午工作的时候。现在我总能感觉到口腔里酸腐的味道。有次还没跑到，忙用手捂住嘴，呕吐物喷涌而出，穿过了指缝；我羞愧难当，不过这有什么好难为情的？

雌性动物怀孕期间都没有呕吐症状，除了人类。总之我们人类是种失败的生物，在各个方面都是，甚至连怀孕也是。

浑身乏力，疲惫不堪，有时一躺就是几小时，床边时刻要备着盆子。几分期许几分害怕。

我积攒骨血，记录月相。

我感觉自己好像变了一个人，步履稳健、目光炯炯、睡梦酣甜、双眼直视内心。若是我不可见的内心世界日渐丰盈，何须在意可见的世界？正在逐步退却、藏匿的是可见的世界，而它即将让位于不可见的世界。

我有种异样的感觉，仿佛我正在参与构建一个新兴星球，等到了规定期限它将会从我体内分离出去，好像我——是生命的姐妹，还是所有树木的亲人。不过事实确实如此。我抚摩着唐卡的后颈，心想，我的狗狗，我们有着共同的蛋白质祖先，你明白吗？它懂！它有肚脐，我也有肚脐。我们通过肚脐连接在一起。我挠挠它的肚皮，它幸福地摇起了尾巴。我和它一样，拥有满满的幸福感，只是我没有尾巴，不能像它一样兴奋地拍地。

唐卡很好笑，傻乎乎的，你指向远处某物，它却只会盯着手指头看。当我从疲惫的双脚上脱下凉鞋躺下休息时，它特别喜欢挨着我坐下，舔我的手指头，酥酥痒痒，它的舌头不太光滑。

最重要的是，在我的身体中已然有一个崭新的生命日渐成熟，以及下一个，下下一个，无穷无尽。我所承载的是未来的生命！上学的时候我怎么也无法理解无限——此处，掌心之下，即是无限。

我看着周围的女人，觉得很奇怪，为何有身怀六甲的可能，她们却选择孑然一身。

不可思议的是，我变成了另一个人，可照镜子时还是老样子。还没有开始显怀。

夜里时常从梦中惊醒，大汗淋漓，生怕它出生时不得周全。躺在那里试图忘记，我们课上见过的长着绒毛和牙齿的肉团，或是双眼长在同侧的半人半鱼的畸形儿。

第二天清晨因为担惊受怕而憔悴无神。妈妈对我说着好话，她总有自己的一套说辞劝慰我：

"任何一朵花的意义——仅仅在于枯萎，而后留下一具盛满籽实的干瘪躯壳。"

父亲喝醉了，给我打来电话，叫我不要挂断，因为马上要当姥爷了而兴奋不已。信口说些胡话：

"瞧，我决定了，我也要生，到时候我外孙子就比我的孩子还要大几岁！你可要生个男孩儿啊！"

我说我没空，便挂断电话。

妈妈还送我一个特制的乳罩，有大号的肩带和带活扣的背带，可以随着周期推移调整松紧。

她常常给我各种建议：

"一旦发现尿液里有杂质，立马去看医生！我怀你的时候，就检查出了蛋白尿。"

我陷入沉思，不自觉咬起指头上的倒刺，她啪地拍在我手上，就像小时候那样。

奇怪的是，当她安慰我说一切都会好起来时，反倒让我更加焦虑。

他的画室如今成了我们的容身之处。

我常去那里，一切都得从头学起。这里有茶勺，这是茶壶，茶放在哪儿？准确地说，让这里有个家的样子。

我的蜜月旅行——餐柜抽屉间辗转来回。每过四十五分钟就会从校园里传来一阵铃声，还有时刻响起的敲打声——有位雕塑家正在隔壁工作室忙碌，一大早就拿着小锤子敲敲凿凿。他从我这儿借了书去读，还回来时就沾满了碎石粉尘。

索涅奇卡每周来找我们两次。他对她说，很快她就有弟弟或者妹妹了。她决定要个弟弟。每次她都会问：

"我弟弟在里面怎么样？"

我笑笑说：

"好得很！"

他常常送她去上芭蕾课。上一次我跟他们一起去。她拉着他的手，却不让我牵她。她问他：

"那么，你和妈妈再也不结婚啦？"

他向她解释说，以后都不会住在家里了。

而她问：

"爸爸，那你还是跟我第一好吗？"

"是。"

于是她带着胜利的喜色看着我。

我第一次随他们去芭蕾学校时尚是早春时节，风中有泥土和潮湿的气息，到了傍晚又上冻了。我们踩在结了冰盖的水洼上，发出清脆的嘎巴声。在碎裂之前，薄冰也曾哀怨不已。

我们从凛冽中走进舞蹈教室，芭蕾舞鞋也冻得冰凉。他把舞鞋凑到嘴边，不住哈气，想把它们焐热。

我突然也好想学跳芭蕾，为什么我小时候妈妈没有送我上舞蹈学校？

舞步轻盈，薄纱籁籁。女孩儿们齐齐坐在走廊的地板上，在丝袜上绷上羊毛护腿。教练——前芭蕾女演员——逐个迈过孩子的脚，径自穿走廊而过，丝毫不拖泥带水。父母长辈们裹着皮袄各自贴墙而坐。伴奏师将手放在暖气片上烘烤。他们开始了。

"高过下巴！绷直脚尖！脚尖！背挺直了！两腿伸直，呈圆规状！背！头！不许吐舌头！"

五种姿势，五组和弦。定格在第五个动作。

看着他们，我强烈地想要回到小时候，身体轻巧灵活，借助芭蕾扶杠练习基本功，从零开始，各种姿势，普里埃[1]，预备——起！

---

[1] 普里埃，芭蕾基本术语之一，带有蹲的动作，原义为屈膝。

我一定要让孩子练芭蕾。也许，会有个女儿。不过有什么区别呢！我已经深爱着他或她。

练功时他们所有人都特别喜欢行屈膝礼。

昨天他陪她在家学习，还跟她讲解了透视画法，他很擅长把一切都解释得清晰易懂：

"你看，世界是透视的，就像一幅画被人用细绳悬于钉子之上。要是除去钉子和细绳，世界就会摔个粉碎。"

然后我看到，她从杂志里选了一幅图画，手握铅笔沿着标尺在比比画画——全部汇于一点。细线始自座椅、鲜花、双手、双脚、双目、双耳，集结于同一个钉子之上。我走近她，对她说：

"画得真好！"

她却答道：

"你知道什么是吉卜赛手镯吗？"

"不知道。"

"想不想要？"

"嗯，行啊。"

她双手抓住我的手腕，使劲朝各种方向拧。痛得我差点叫出声来。皮肤灼热，道道红印。

我冲她微微笑了笑。

这是她与我之间因他而起的战役。

我的萨申卡！

当我在第一行写下你的名字——萨申卡时，心里一阵温暖、舒畅。

近来如何？过得怎么样？我无时无刻不在想念你。得知你时时刻刻也挂念着我，我高兴不已。

我知道，你想我，担心我。别怕，亲爱的！既然我还能给你写信，说明我一切安康。写信——证明我还活着。

什么时候你才能收到这封信呢？你是否能收到呢？不过你也知道，常言道："没有写的信，永远也寄不到。"

你也许正试图想象，我过着什么样的日子，我有什么变化，我每天伙食怎么样，睡得好不好，周围环境怎么样。这不，刚得了几分空闲，连忙写信告诉你我们这儿的日常生活。

早些时候，我在信里写过，这里战事频繁，如今有了暂时的平静，偶尔才能听到交战的炮火。

天气如往常一般，酷暑难耐，如今还刮起了狂风，卷起大量沙尘。细沙自戈壁滩来袭，万物皆蒙上一层黄土，尘土钻进帐篷，混入食物，咀嚼时石子直硌牙齿。眼睛、耳朵、衣领、口袋都进了沙子，真叫人难受。

我多希望能下点儿雨，可天公不作美。营地上所有人都盼着下雨，那样就能存些清水了。我们的士兵在河里洗完澡后，浑身起满了疹子。医生说，是尸水的缘故。开凿的水井出水量都很少，水质也很差。到了夜里，每口井要派兵守着——担心有人投毒。

常常有新的连队并入，我们的营地已经向外扩张了一俄里。部队分散驻扎在农田里，不过农作物早已被踏平了。

接着跟你描述周围的情况。

南边是大片已成废墟的村庄。村民们早就逃走了，大火过后，断壁残垣间时常游荡着猪呀、狗哇，士兵偶尔也会去那儿打猎。狗是最糟糕的，它们狂躁不已，暴虐地扑向所有人。总之，村子里又脏又差。

近景是几片小树林。苍绿的背景下整齐排列着的是白色的帐篷。马匹拴在马桩前，站成一长溜，晃着脑袋——头顶蚊蝇成群。

司令部帐篷里总是很吵。从附近破败的农家院里找到的草席被送了过来。运炮弹的板条箱被当作桌子使。茶才刚刚煮沸，据说这是熬过高温天气的唯一利器。

正对着我的就是野战医疗队。关于这个沉重的地方我已经给你写过不少了。

左边的帐篷之间，几个测距兵正在三脚架边上忙活，摆弄着棱镜双目望远镜。

在我右边稍微偏一点的地方，士兵们坐在帆布篷下清洁步枪。从他们那儿飘来一股润滑油的味道，伴随着通条和刷子穿过枪杆时擦出的金属声响。

再往远处就是行军灶。今天我在那里目睹了宰牛的过程。当我看到一大堆下水掉落出来时，惊叹牛肚子里怎么能装得下这么多。难不成人类也有这么多内脏？我肚子里也是这样？这些内脏连同眼睛全都被埋了起来。这头牛的眼睛大概有苹果那么大。

不过我们通常都是吃马肉。马肉的味道跟牛肉很像。

营地的最边上，稍远一点的地方，新挖了几个坑。不用猜都知道，肯定是野厕，一刮起风来那味道简直奇臭无比。

萨申卡，这些对你来说恐怕不是那么有趣。但如今这就是我呀。

在军营中间，炊事班还有军官用餐的大帐篷所在的地方，升起一座巨大的土丘，四周到处散落着低矮的土包。你可能会笑，但我们的确是住在土包里，千真万确。

那些长期在潜伏哨执勤的士兵说过，这里有很多蛇，但我暂时还一条都没遇见。我不记得我是否告诉过你，有个小伙计在林子里捡了一捧干树枝当柴火，结果里面藏了一条蝮蛇，啪的一声落在地上，迅速溜走了。从那之后，他怕蛇怕得要命。就算这儿没有爬行动物，各种各样的小状况也够我们受了——伸手去兜里找块糖，却发现早已聚集了一群蚂蚁。

唉，片刻的平静应当属于我们，而不是给了死神。埋葬工作照常进行，几乎每天都有尸体等着下葬，不过现在我们已经不竖十字架了，反而尽力掩盖挖坟的痕迹，以免被人察觉。上次我跟你提过的那些弟兄，白天才刚入土，夜里就被人挖毁坟墓，碎尸抛骨。可见他们对我们的深仇大恨。

加紧抢修铁路，以便尽快恢复载人运输功能。火车头全部严重受损，我们的铁路工人全力检修，重新装配。电报团队试图恢复通信，但物资紧缺，尤其是电线杆，连绝缘体都得用瓶子替代。

有时，执勤结束后，我会去找伤员们，坐下来听他们聊聊天。今天，我们在帐篷里谈论了炮兵的事。第二炮兵连指挥官安塞尔姆，肘部粉碎，鼻子被弹片打残。尽管他几乎失去了一条胳膊，还面目全非，却依然为得以幸免感到高兴。

令人震惊的是，一个人，脸上扎着绷带，从此终生毁容，遍体鳞伤，不仅不气馁，还能鼓足勇气笑对生活，支持鼓励其他伤员。不由自主地想道，若是我，能否做到这般？

哥萨克人因受伤的情况下超强的忍耐力而著称。有个阿穆尔州的军士，名叫萨文，下颌骨折，舌头剧烈肿胀，导致合不拢嘴，他仍然试图微笑，因为觉得自己被包扎得像个女人。

你可还记得，我跟你写过的雷巴科夫，他双足残废。有一条腿，自膝盖以下被截断。他说，还能感觉到它的存在。当我想起他时，不自觉地想象，也许，人死了以后仍能够感觉到自己身体的存在，尽管已经永远失去了它。

每天都有新的伤员被送来。今天——有幸破例。所有活人都还活着，并且安然无恙——重点是安然无恙。昨天夜里抬来一名奉遣通信兵，据说，他突然遭遇袭击——我们的侦察兵在黑暗中发现了他，以为是谍报员还吓了一跳。担架不够用了，可怜的家伙被抬在门板上，还是从被毁房屋中拆下来的。他腹股沟受伤，痛苦至极。剧痛的折磨坚定了人们的想法，也许，给他一枪来个痛快，好过死于敌人之手。大家担心，他迟早会血液感染。总之，死于血液感染的情况普遍多于伤口本身所引起的死亡。

扎烈姆巴医生每天都事务繁忙。这会儿他正在做手术——从工兵部送来了一名得了坏疽的士兵，他恳求留下他的脚。我听到，扎烈姆巴打断了他的话：

"我截肢从来不是白截的。"

并吩咐强制性涂敷氯仿药膏。

你可知道，前几天我出于好奇闻了闻药膏——淡而无味，微微温热，有种橡胶气息。

有时可以和露西简单交谈几句。前天夜里，她协助军医士做包扎，不得不撕掉粘在伤口上的绷带。伤兵因为疼痛钳住了她的双手。露西笑着让我看她的手腕——乌青紫黑。她为这些瘀青而感到自豪。

事实上，露西被迫成为护士。城市被围困后，她曾试图撤离，但运送难民的最后一班火车，于途中遭遇袭击，车厢中挤满了妇女、儿童和伤员，人群被迫撤回——铁路早已被摧毁。所有人都被围困在城里，忍受猛烈的轰炸。她不愿无所事事，志愿投身于医疗工作。如今她有机会与其他难民一同离开，但她决定暂且留在野战医院。其实，露西的温暖和柔情对伤者的帮助不亚于药物。

当你和她说话时，眼睛会不由自主地盯着那块丑陋的胎记，她注意到这种目光，一下子羞红了脸，很难为情地伸手去挡。

有不少人为她倾心，这是自然。众多男子背井离乡，远离亲人。每个人都渴望拥有一丝一毫的柔情、温暖、蜜语甜言。但露西对所有人都以礼相待，丝毫不曾逾矩。据我所知，她只会对基里尔·格拉泽纳普破例。我经常见到他们在一起愉快地交谈。她脸上洋溢着灿烂的笑容。这不，基里尔刚从她那儿回来，一进帐篷就倒在了床上，发出无声的叹息。他擦掉眼镜上的尘土，镜片如同酒瓶底一般厚。一天我戴上试了试——感到一阵头晕目眩。

这会儿天色很快暗了下来，很是压抑。蟋蟀、青蛙纷纷奏起了小夜曲。成群的蚊子依旧绕着人打转。四周不时传来咒骂声，伴着砰砰响的枪声。

寄希望于黑夜，盼望着哪怕稍微好受一点，却未能如愿，风平息了，大地释放出积攒了一天的热量，闷热到无法呼吸。

沙尘暴过后，到处都积了一层沙，动动牙齿都咯吱作响。我一直都想漱口，但最难熬的是——口渴。我几乎离不了水壶，然而，这种水只会越喝越渴。脸上、身上都淌满了汗。汗水混着沙尘，在皮肤上敷了一层黏稠的膜。好吧，抱怨够了。这一切都不值一提，相信我！

而且，萨申卡，我现在懂了，战争——不只是打仗、轰炸、负伤，不是的，还有无尽的等待，没有定数，枯燥乏味。和基里尔往来是我不可多得的乐趣。我们谈论世界上的一切，常常争论不休，甚至发生口角，惹恼对方，但没过多久就不计前嫌，像没事儿人一样，又开始谈笑风生。

我敢保证，你一定会喜欢上他。尽管格拉泽纳普有些习惯让我不太能接受，比如，说话时总是剧烈地挥舞手臂，拽着别人的袖子不放，但不影响我与他亲近、交好。我喜欢他睿智的嗓音，聪慧的双眼，尽管在镜片后小了一圈。他睡觉的时候，必须要枕着自己特制的枕头。他坚称，这种枕头对眼睛大有裨益。

他总是讲些好玩的事情。比方说，你觉得这个故事怎么样？一种贯穿并连接万事万物的生命能量被称为气。气能够受到音乐的影响。借助乐声可以判断气的饱和程度。早些时候，为了确认军队是否做好战斗的准备，会让乐师站在军队中，吹奏特殊的号角，根据声音得出结论。如果号声微弱，则士气衰微，预示前方战事不妙。遇到这种情况，统帅会下令让军队撤退，避免开战。你觉得好笑吗？

基里尔因为没能回家参加姐姐的婚礼而倍感伤心。他说，母亲不愿他离家，整日忧心忡忡，担心他。他说道：

"我一生中从未替自己担忧过，如今却为她的惶恐而惶恐。"

我没说什么。心里知道，我的母亲同样也在为我忧心。

在火车站告别的时候，她哭着凑上来亲吻我，我却浑身不自在，时刻想要从她的怀抱中脱身。

连继父也突然过来抱住了我。坚硬的胡楂擦过我的皮肤。

她向我告别：

"你就不想跟我说点什么？"

我却只能挤出一句：

"回去吧！我不会有事儿的！走吧！"

萨申卡，你可懂得，我无比确信，我不爱她。不，你当然不会懂。坦白讲，现在就连我自己也不是很懂。

闭上双眼，我看见我们家的老房子、墙纸、窗帘、家具、镶木地板。五斗橱上的镜子，我曾对着镜子里的自己扮过无数鬼脸。沙发上的靠枕上有孔雀图案，眼睛上的纽扣可以转动。靠枕是祖母手工做的。眼珠子时常松脱，当然，少不了我的功劳，过后又被重新缝好，因此孔雀的表情时常变化——或是惊恐地斜视，或是惊讶地瞪着天花板，再就是讪讪地讥笑。

我看到门框上的记号——记录了我的个头变化，从前妈妈总是拿一本书搭在头顶测量我的身高。但不管我怎么要求，她都拒绝接受测量。

你可知道，当我任思绪驰骋，远离酷热、伤痛、死亡，一切都变得如此美好。

在我印象中，我的床头挂着一幅巨型航海船剖面图，上面可以看见无穷无尽的船舱、舷梯、机械、舰桥、底舱，船上有无数小人儿，有的在甲板上散步，有的在餐厅的桌前用餐，还有水手、司炉各司其职，甚至还有一只小狗正在厨房偷食小灌肠。我确信，这幅图是爸爸挂在我床头的。我格外喜欢想象那种生活——船长拿着喇叭大声呼喊，爬上桅杆的红头发少年水兵向他回应。我还虚构出了水手们刷洗甲板时的对话。给乘客们编造不同的故事，给他们取些搞笑的名字。有时还会自己补充画上缺少的人物，比如，画一个水手，像猴子一样吊挂在绳上，还拿着一桶油漆，给船锚刷漆。

还突发奇想，对他们来说我又是谁？

他们能否猜测到我的存在？

当我们准备去乡下度假时，我小心翼翼地把画从墙上摘了下来，卷成一根细筒拿在手上，坐车的时候，把它像望远镜一样搭在眼前看向远处。妈妈把这幅画和我小时候的涂鸦保存在一起，直到很久以后，全都被我扔掉。

关于父亲，我只有一些零碎的记忆。我甚至不知道，他在我几岁时离开。我们坐车去火车站接妈妈。那里非常拥挤，爸爸让我坐在他的肩膀上，叮嘱我不要错过妈妈，否则我们就会白跑一趟。我还记得，我抱着爸爸的脖子，紧盯着人群。我又担心又害怕，要是我们找不到对方怎么办。突然，我看见了她，扯着嗓子大喊：

"妈妈！妈妈！我们在这儿！"

印象中，还有我们在照相馆里的情形。看得出来，因为先前许诺的鸟儿并没有从匣子里飞出来，满脸写着失望。那时和父亲一起拍的照片全都消失不见了，也许是被妈妈悉数销毁了。留存下来的只有我抱着吉他的单人照，吉他在幼小的我的手里，就像低音提琴一般大。

我还想起了一件傻事：严寒中，我摸了摸他的鼻子，鼻头红红的，宛如马戏团的小丑。

能和你分享这些记忆，令我倍感幸福！毕竟对别人来说这些不过是废话。

还能回想起什么？

整整一年，我都被妈妈送去一个特殊的体操馆，为了帮我伸展脊柱和脖颈——因为医生对她说，我仪态不佳。在那里，我的头部被固定在坚硬的皮革领套里，还用皮带绷住下巴和额头，差点没把我提到天花板上去。旁边还晃荡着其他体态不佳的男孩儿女孩儿，如同商店里悬挂的香肠一般。我恨透了这种体操，还有妈妈，无论我如何反抗，还是被她强迫着去了一年。

还有一件事。我还记得，家里来客人时，我藏进了柜子，忍着闷热与黑暗坐在那里，直到他们猛地发现我不见了，连忙跑去外面寻找。他们狠狠地批评了我，质问我，为什么要这样做。但我自己也不知道，如今我明白了，只是单纯地想要被寻找，以及为找到了我而感到欢喜。

你可知道，我小时候脑袋里常常会有一些奇怪的念头。或许也不算很奇怪。有人给我们家送来了法式饼干，装在漂亮的锡罐里，我于是心想，这么漂亮的罐子能用来做些什么呢？最后决定——往里面装上各种物品，再埋起来，也许有一天会被人发掘出来，那时就可以了解关于我的一切。罐子里存有我的照片，一些画作，邮票，还有从抽屉里掏出来的各种小零碎——鹅卵石、小兵、铅笔，以及一些没用的小玩意儿，但对当时的我来说都是格外的宝贝，最后全部被我埋在了茉莉花丛中。之后便在脑海中想象，多年以后，当罐子被人发现的时候，我已经不在了，妈妈也不在了，谁也不在了。应当往罐子里装些妈妈的东西。我偷偷从相册里取出她的照片，一并埋了起来。随之产生了一个令我震惊的想法，我拥有了非凡的力量——只有被我一并装入罐子的人，才有机会存活下来。

好想知道，那个锡罐现在在哪儿？

难道还在原地，在茉莉花丛中？

妈妈总是赶我出门：

"怎么又坐在书堆里！快点儿，找别的孩子一块玩去！"

我不太喜欢和男孩子们玩耍，跟他们一起就不得不忍受激烈的游戏和无尽的冒险挑战。比如，拉开弹弓对准你的眼睛，看你会不会眨眼。

我小时候还特别想养狗，有一次还带回家一只流浪狗。我们给它喂了点吃的，但妈妈后来看见它吐了，而且它又从地板上舔食呕吐物。于是妈妈坚决不允许收留它，任我怎么哀求都无济于事。

还有什么？

祖母有个匣子，里面装着各式纽扣。我把它们想象成自己的军队，玩得不亦乐乎。白色的小纽扣是步兵，其余的扮演骑兵和枪炮。我记得有个大号的珍珠贝纽扣——是将军，他率领军队对抗另一位将军——一枚发绿的铜锁扣。我负责组织整场战斗——纽扣们冲锋进攻，大声呼喊，短兵相接，英勇就义。战死的纽扣被我扔回匣子。

我的萨申卡！与你诉说往事的感觉多么美好！

一天，妈妈带我去看魔术表演。或许魔术师的戏法并没有什么特别之处，但年幼的我却对此疯狂着迷。小玩意儿在他手中出现或消失，再变出其他模样。黑桃 A 变成了红桃 Q。魔术师把一枚硬币放在掌心，攥紧拳头，再松开——手里就有了一只小白鼠。他拿起一位先生的领带，一刀剪断，再把两半凑到一起，领带又完好如初。

之后他邀请热心观众上台，检验他的催眠术。妈妈也兴冲冲地前去参与，尽管上台前我紧紧拽住她不放。然后我目睹一群人刚才还生龙活虎，忽然就闭上眼睛开始梦游，这场面又惊悚又有吸引力。魔术师对妈妈说，发生水灾了，洪水涌入屋舍，水位越涨越高——于是她提起裙摆。过后妈妈说，她什么也不记得。

我在玩具店里看到了一套魔术工具，便央求妈妈买下来——于是它成了妈妈送给我的生日礼物。这个魔术箱多么神奇啊！里面装有能够逗乐观众的必备物品。说实在的，也许，我想要的其实并非变戏法的物什，而是感觉被爱。

魔术箱里有各种漂亮的小海绵球、丝巾、彩带，一个鸡蛋，一朵花，所有这些看起来都跟真的一样，但其实暗藏玄机。特制的绳索，指环，手指套——大拇指指甲盖里藏了灯捻——好让人相信，我可以像点燃蜡烛一样点燃手指。

我在图书馆找到了一本记载了诸多伟大术士、催眠师、魔法师的书，读来引人入胜。我最感兴趣的是，可以把人装进棺材，埋葬，再用石头填满墓穴，然而棺材早已空了，被埋葬的那个人早坐在家里的沙发上，等着所有人。

我也想成为魔术师和催眠师，但奇怪的是，对于我的伟大理想祖母却丝毫不为所动，她只是叹了口气，说道：

"真是胡闹！"

她希望我认真从事一些严肃的工作。

魔术工具箱里的所有小玩意儿都配有详细的说明书，我力图照搬所有步骤指示，但我变出来的戏法结果仍是一团糟。确切地讲，当我在镜子前练习时，总是很顺利，而最困难的部分在于懂得使用诱导性动作分散观众的注意力，当我向客人们展示奇迹时，不光没能换来他们对我的魔术技巧的赞赏，反而被他们嘲笑我笨拙的手法。我忽然意识到，对他们而言，我根本不是魔术师，只不过是跳梁小丑，这样的想法刺痛了我的心。这场闹剧以我对魔术失去兴趣，甚至有点憎恶而告终。

但后来发生的事情，还是跟这套魔术玩具扯上了关系。

祖母生病了。准确地说，是冬天的时候她在邮局附近的冰面上滑倒了，摔伤了臀部。她已经无法站起来了，在病床上一连躺了几个月，又无助又虚弱。我记得，妈妈忍不住叹息道，祖母已是大限将至之人。我还记得这样的场景，祖母的头和手都在颤抖，妈妈则在细细替她梳理头发。祖母年轻的时候是个大美人，一头长发编成辫子，足足有小臂那么粗。后来因为生病才不得不剪短，剪下来的那节辫子也就成了传家宝。到了晚年，祖母又如当初一般长发及腰。

有一天，放学后我迟迟没有回家。考试得了两分，回到家肯定会免不了一通训斥。于是在街上晃荡到很晚，心里清楚，迟早都得面对。于是硬着头皮走进家门，做好了最坏的打算，然而妈妈非但没有责难我，反而抱住我亲了又亲。我一头雾水，随即明白了——医生从祖母的卧房走出来，长时间站在水槽边清洁双手，仔仔细细，挨个儿清洗每一根手指。妈妈跟他打过招呼，然后紧紧搂我在怀里，跟我说祖母已经气息奄奄了。她带我去告别。

弥留之际，祖母的模样变得有些骇人，她衣衫不整、头发凌乱，浑身止不住颤抖，尤其是双手。

我已经不记得我们说了些什么，但她突然提出让我给她变个戏法。我摇了摇头。我不会。不是我不想变，是真的不会。但是我跟谁也解释不清楚。

妈妈也开始恳求我：

"瓦洛津卡，你就表演一下吧！这有可能是祖母跟你提的最后一个心愿了。这又能费你多大力气？"

可是我不会。我从妈妈怀里挣脱出来，跑到没有人的角落里，号啕大哭。

出殡之前，我走近棺材，注意到祖母那双颤抖的手出奇的安静，不由心中一怔。妈妈坐在一旁为逝者梳理发辫。

葬礼上，有人轻推我一下，示意我亲吻死者并撒下第一抔泥土。我定定站住，一声不吭。并非出于害怕，只是莫名地感觉不自在。

我记得，当泥土落在棺盖上发出一声声闷响时，我脑海中不知怎的冒出了一个念头：若是现在打开棺材，会发现——空无一人，祖母已坐在家中等候多时。埋葬完毕，土地经过平整之后，看起来像个花坛。祖母变成了一个花坛是多么令人匪夷所思。

送殡的过程如此漫长，我又极其需要上洗手间，妈妈于是打发我去公墓旱厕。站在土坑上解手，感觉它就像墓穴一般，我强烈地感觉到，祖母不可能在家等我们，她就在棺材里，埋在地下，因为死亡是真切的，真切到如同这臭气熏天令人掩面的地洞。

祖母的离世给我的童年留下了阴影。至于总有一天我也会死去这一点，以我那时的心智尚不足以思虑至此。我真正开始为此感到恐惧，已经是很久之后的事了。

此刻我听到从医疗队的帐篷那边传来伤者的声声呻吟，心想，那种死法多么美好哇！寿终正寝——绝哉妙哉。

你看，身在此处，连对幸福的认知都会有所不同。

你可知道，我现在又想到了什么？我觉得我这一生不曾对任何人有任何付出。不是说小恩小惠，而是指真心付出。每个人都曾给过我什么，我亦欣然接受。可自己不曾施与他人，尤其是对妈妈。不是我不想——只是还没来得及。

这些单纯的想法重又萦绕在脑海，仿佛有了某种新发现。

我意识到，我想要给予的东西有——温暖、爱意、思想、言语、柔情、理解，所有尚未开始之事统统中断，明天，五分钟后，现在！多么令人气恼！

好了，今天就到这里。胳膊酸痛。眼睛疲劳——借着夜灯微弱的光线写信给你。

我的萨申卡，真心希望你一切顺利！

我知道，我们后会有期。

为了什么？

我时时刻刻都在问自己：为了什么？

为何一定要找这般罪受？偏偏是这般？

我乘坐电车。突然小腹剧烈疼痛，难以忍受。我害怕极了，瞬间明白了一切，但我仍说服自己，这不是那个。我说不上是什么，但就不是那个。我出血了。

我本应当立即去医院，我却回家了，去找他。我吃力地走进家门，他慌作一团，在屋里来回蹿动，嘴里不住念叨着：

快告诉我，怎么办？告诉我，我该做什么？

我从来没想过，会见到他如此惊慌失措的一面。他甚至不知道怎样叫救护车。他甚至比我还害怕。我开始安慰他，嘴上说着没什么大碍，其实自己心里清楚，如果血崩不止，就会因失血过多而死，而它丝毫没有停止的迹象。

救护车迟迟不来。

那感觉就像肚子里被塞满了石头，还不断被虎钳挤压。脚指头已经失去知觉。浑身冒汗，痉挛颤抖。我号啕大哭，疼痛、委屈一齐涌上心头，我开始歇斯底里。他给自己倒了白兰地，一杯接一杯地喝，好让自己冷静下来。疼痛仿佛是无尽的深渊。我眼前发黑，感觉天旋地转。有好几次都感觉到我似乎失去了意识。

到了医院立刻上了手术台。麻醉，刮宫。

我的宝宝离开了我的身体，我甚至不曾留意。自我的下体流逝。

凝块成团，血崩不止。

内在的一切都变得七零八落，无论是灵魂，还是子宫。

我的骨血一点点减少，似乎，我冲撞了世间万物：出入口，众人，音响，气味。一切都变得如此喧闹，庸俗，令人厌倦。可有可无。

怎么会这样？就在几天前我还在儿童用品商店的橱窗前，细细挑选，暗暗思忖，有多少东西需要为宝宝准备，如今已孑然一身。

妈妈得知消息后，说道：

"哭吧！你现在唯一需要做的，就是痛快哭一场。"

扬卡说：

"如果当初你立刻决定堕胎就好了，免得如今伤心难过。"

为了迎接宝宝降生，特意租了带儿童房的公寓。如今房间只好留给索涅奇卡住了。

出院后我卧床休养，索尼娅[1]照常询问道：

"我弟弟怎么样啦？"

我笑着回答她：

"好着呢。"

"你怎么还赖在被窝里？"

"我有点着凉。"

转过身背对着她，脸埋在枕头上，装出几声咳嗽，其实泪水早已如泉涌。

---

[1] 大名索菲亚的爱称，表达亲昵之情，同索涅奇卡。

昨天我带她进浴室，准备脱衣服时她不情愿，噘起小嘴，闹小公主脾气。为了哄她开心，我想法子逗她玩，捏起晾衣服用的小夹子夹她。一不留神夹住皮肤，弄疼了她。于是把夹子递给她，说：

"给，你也夹我吧！"

她拿过夹子，动了真格，使劲地拧疼了我。

我帮她擦洗，她却哇哇大哭，不是抱怨肥皂进眼睛了，就是嫌我洗得和妈妈不一样。

然后用毛巾擦干，干净清爽的头发在毛巾的揉搓下发出吱吱声。小时候妈妈总是对我说，发出吱吱声才证明头发洗干净了。

以后我要是有了孩子，一定会告诉他——洗头发要洗到能听见吱吱声。

后来我才明白，索尼娅为什么不愿意留在我们家过夜。她睡觉尿床。夜里得要大人不时察看她的床铺是否还干燥，要是湿了就得立马换。她自己心里很清楚而且特别害怕被别人知道。

今天我替他送她去上舞蹈课。

她坐下来换鞋，忽然把芭蕾舞鞋凑到我鼻子下：

"你闻！"

我接过舞鞋递到她面前：

"你自己闻！"

她狠狠地瞪了我一眼。

趁她上课的时候，我出来散了散步。

看着电车轨道交会于无形的细钉，细钉之上悬挂着整个世界。忽然间，清晰地看见，线条，如同细丝一般，自所有物体发散，汇聚于同一个交互点。确切地说，仿佛紧紧绷直的弹力带。万物皆曾被抛撒各处——包括立柱，积雪，灌木丛，电车，还有我，但仍被紧紧掌握不曾放松，如今又被拽回原处。

萨沙！萨申卡！

我的宝贝！我可爱的！

我知道，没有我在身边，你一个人不容易。我时常牵挂着，你过得怎么样？是否还安好？你在做些什么？你在想些什么？可有什么事情令你困扰？多么想现在就靠近你，抚摩你，拥抱你，紧紧搂你在怀里。请你一定坚持住！一定要坚持下去！

我一定会回来，等到那时，一切都会好起来！

我们不久前才刚刚分离，却仿佛已经过了数十载。

尤其是在我来到这里以后，在不知不觉中时间过得飞快，或者，恰恰相反，停滞在原地，你甚至不太清楚——它是否真的存在。倒不如说，发生了这么多事情以后，似乎连时间也变得无形，倘若想起你我分别的那一天，只觉得时间已经过去了很久，格外久。

你恐怕无法想象，能写信给你于我而言是莫大的安慰，拯救我于无形。不要笑——的确是拯救。

我瞎写了些什么！笑吧，萨申卡，我的宝贝，尽情笑吧！

我很早就醒来了——这是一天中最好的时光。天色破晓，黎明将至，清新微凉，晨风拂面。在这里，只有这片刻光阴给人活着的盼头。我享受这阵清凉时，已经提早感受到热浪来袭前的恐怖，一轮红日自地平线上缓缓升起，越过雾霭，光芒璀璨。日头逐渐变成金色，随后亮白。薄雾消散，阳光普照，晨风渐息，地狱重又降临。炎热正儿八经可以烤熟大脑——很多人中暑晕倒。

我打算将最近几日的见闻记录下来。亲爱的，倘若我不得不写点不愉快的事情，还请你多包涵。

我所记录的事情不分先后次序，想到什么就写什么。

昨天，有个姓福谢斯拉文斯基的军官，酒喝多了，拿着一副损毁的望远镜跟每个人纠缠不休。其实，他喝多了是有原因的——子弹穿过望远镜打在他胸口上，他只受了点轻伤。他逢人就展示自己的破烂望远镜和胸口的瘀青。以前我总觉得，这种巧合事件只会发生在小说里。他吓了个半死，哭得像个孩子，一瓶接一瓶地喝。出乎意料的是，此前他给人的印象是一个非常冷血、果敢的人。转天清早，他被发现溺死在水塘里。这附近被毁的农家院里都有小池塘，连小孩子都不可能淹死在里面。他可能是滑倒了吧，毕竟已经醉得不省人事。等我们把他捞出来的时候，从他的口腔和鼻腔不断涌出肮脏的液体。有人试着给他做人工呼吸——早已无济于事。军医士把手伸进他的喉咙里，取出大量黏稠物。

简直愚蠢至极！

他的亲人不久后将会收到他英勇就义的通知单。

换个角度来看，还能给他们写什么呢？告诉他们真相？

真相在于，我们每天都面对各种伤亡，但，你也看到了，并非所有人都是战死。更常见的是——各类事故和中暑而亡。长期以来，酷暑难耐。

难挨的不光是人。前天，我目睹了一件事。第二炮兵连进军阵地道路沿着山岗下行，马匹快步奔跑。突然，一匹载着驭手的马儿直直栽倒。所幸，这名骑兵飞身跃向一侧，躲过一劫，但大炮压在了马身上，两条后腿都折断了。马儿不住哀声嘶鸣。他们给了它一枪，让它死得痛快。

我现在不得不停笔了。明天再接着写给你。

昨天，完成任务后我去了城里。还挺高兴的，不然就长期待在营地里。人总得找点新鲜才行，就算是冒着遇袭的风险。不过，萨申卡，我在城里的时候，那些街区没有遭遇任何炮轰攻击。别担心！

你也知道，进城的路上有一片不大的沼泽地。总的来说，这边水库倒是不少，但似乎大都因为久旱无雨变成了一潭死水，在炎热的天气下日渐干涸。时常可以看见有蛇出没，在地面上蜿蜒爬行。在营地常听别人说起这些爬行动物，这还是我第一次亲眼见到。

河流宛如一条芥末黄的带子，隔开了城市和整个谷地，远远望去风景如画，直到你看见它千疮百孔的真实面目。

火车站及其附近建筑受损严重——站台上弹痕密布，坑坑洼洼，垃圾遍地，堆积如山，所见之处皆是断壁残垣。仓库的铁质顶棚似乎是由金属环制成的，被子弹和弹片打成了筛子。多节车厢均已烧毁，只是尚未拆除。

我们的工兵用新的板材加固了桥面。几天前堆积在此的大量尸体已经不见了，新的尸体仍接连顺流而下。我在场时还有几名士兵手持长竹竿，试图把一些肿胀发青的物体从驳船之间推过去。

我和一名支队的军官一同站在那里，他的姓——乌布里——很少见，此前他就住在城里，如今望着四周，他不住哀叹道，一座城被毁成了什么模样。乌布里受了震伤，听力不好，跟他对话时需要扯着嗓子。

他带我参观城区。

墙体遍布弹片划痕，多处住宅坍塌——满目皆是烧焦的废墟和支离破碎的窗户。十字路口上到处都是用成捆的毛料、大量灯柱和砖块组建而成的街垒。家具、废渣、瓦片四处散落。街道上一片死寂，行人不见踪影，只有派出的巡逻队在司令部、医院、仓库等建筑周边执勤。

想象一下，人行道边的广告柱上还挂着海报——招徕观众去看马戏表演！围困之前，城里到处都张贴着一家国际杂技团的宣传海报，尽管没能见到预期观众，但演员们至少应该庆幸，他们挤上了最后一班逃离这座城市的火车。

酒店也遭受一定损失，尽管外观上看起来仍是一座阳台、凉台、塔楼一应俱全的宏伟建筑。带遮阳篷的美丽的大窗户如今已被塞上了麻袋。乌布里说，那里面用的是大理石浴缸和电铃，极尽奢华，各类设施一应俱全。但所有这些都是在过去——自打围困一开始，那里就已经彻底断水断电了。

总之，即使到了现在，这里看起来仍是一座美丽，甚至是富丽堂皇的城市。欧洲人在这儿生活得多么舒适安逸！风光旖旎的临江路，无可挑剔的宽阔街道，道路两侧种植有高大的行道树，大大小小的花园，景色如画的公园，华丽的英式房屋建筑，俱乐部、邮局、电报、电话、排水设施、照明设备。还有几家大型精品店，虽然已经悉数损毁烧尽。

如今这座城市已变得满目疮痍。任何一栋楼房，任何一座别墅都没能在火灾或是炮弹袭击中幸免。

乌布里还带我看了炮弹爆炸的地方，他就是在那里被震伤的。当时站在他身旁的那个人，承受了爆炸冲击波，瞬间双腿被炸飞，几小时后在极度痛苦中死去。

一群士兵把露营地扎在国际俱乐部的花园里。当我们从旁经过时，那里篝火正旺，他们烹煮食物，靠哨笛和泡泡玩耍娱乐。与此同时，街道上四处流淌着人类内脏，散发恶臭，但这些包着头巾的士兵丝毫不在意，尽管我和乌布里早就不得不掩住口鼻，迅速通过。

基里尔坚信人死后灵魂会迁移。至少，他说他相信。

我问道，既然认识到我们不是拿破仑，不是马可·奥勒留，最坏的情况下也不是被处决的平民，而是世界上最惧怕死亡的鲍布钦斯基和陀布钦斯基[1]一流，那为何在这种情况下我们不会为此惊讶？他回答说，我们本就没有什么可惊讶的，置身于无法忍受的环境之中也能睡着觉，就连周围都环绕着不知什么年代的坟冢。

"过去我们也曾活着，"基里尔表示，"在另一个空间和时间维度，有一天在这里苏醒，再继续活下去，波澜不惊，一切皆是客观存在。不久后又将在别的什么地方醒过来。"

他真叫人无话可说，这个格拉泽纳普。

请原谅，我亲爱的，请原谅。

但我一句也不会画掉。

你可以略过这几个段落，不必逐字阅读。

我也想只把好事写给你！

---

[1] 指彼得·伊凡诺维奇·鲍布钦斯基和彼得·伊凡诺维奇·陀布钦斯基，二者均为果戈理戏剧《钦差大臣》中的本地乡绅。

我的萨申卡，我刚才又稍微停了一会儿，现在重新开始写。你知道，为什么中断了吗？虽然有点傻，但我还是要解释，因为我想把一切都告诉你！哥萨克人和炮手们正在拴马桩边上清洗马匹。互相发生了口角。现在消停了，风从那边刮过来，裹挟着马儿的味道，而后夹杂着尿液气息，但这一切实际上都是愉悦的人类的烟火气。在这里只有人类散发出令人作呕的动物气味，至于动物，则恰恰相反。当时，他们互相讲着各式肮脏下流的故事，大声且粗鲁地哈哈大笑。我试图在这种环境下写信给你，后来作罢。我有种感觉，那些粗鄙的言语会将这封信玷污，他们的言谈会渗入字里行间。

我走了一段。看看马儿：它们各就各位，干干净净，非常讨人喜爱。它们呼出自己特有的好闻的动物气息。它们颤动肌肉，试图驱赶蚊子，打着响鼻，晃动着脑袋。忧郁又顺从的双眼斜睨着。它们是如此之纯洁。与它们相处真轻松。

士兵们散去后，我提笔继续。再写点什么给你好呢？

露西在战地的经历对所有人来说都是个谜，但基里尔悄悄将她的话转述给我，还要求严格保密，她为了爱情来到这里——放弃了家里的一切，只身远赴天涯海角，追寻爱人的脚步。然而他却是个负心汉——稀松平常的故事情节。她有家不能回，只好在天主教传教机构里找了份差事。

当我们俩单独在一起时，基里尔总是柔情脉脉地谈起她。你可知道，他告诉我说，在圣彼得堡时他曾经爱过一个女人，可那个女人戏弄他的感情，为了一个毫无个性的人而抛弃了他。如今他觉得，自己找到了命中注定的那个人。

萨申卡，观察他们俩眼睛里所流露的感情是件挺有意思的事，尤其是置身于这个流血、死亡、创伤、疼痛、化脓、污秽交织的环境之中。每个人都有所注意，他们俩是如何彼此吸引。每个人都面带微笑看着他们俩。当然，他们俩也引人妒羡。不，不该是妒羡。所有人都为他俩感到高兴。纵使险象环生，纵使尸横遍野，至少还有慰藉，至少在他们身上还有一丝温存。

　　或许，人们看向他们的时候，心头惦念的是自己的心上人。

　　我遥远的萨申卡！如今你离我那么近，仿佛你站在我身畔，倚着我的肩膀，望向我潦草的字迹。

　　吻你，无尽温柔。

　　晚安，我的爱人！

　　我们早已融为一体。你即是我，我即是你。还有什么能使我们分离？没有任何力量能使你我分离。

清晨，下了两场雨。

灌入脚下——蚂蚁窝。

玻璃质地，锡质，木质。

日子过得很快，如同壁虎窜走，想要抓住——手里只剩下一条尾巴——就这么短短一截。

铃声、课间休息、校园里孩子们的喧闹。

我忽然想到——孩子们课间活动时的叫喊声一百年后也是如此。两百年后仍是如此。

唐卡的爪子不住拍打在镶木地板上。两条前腿搭在我的膝盖上，看着我的眼神里写满了恳求，想去溜达。

原来，女舞蹈演员会往芭蕾舞鞋的脚跟里灌上少量温水，可以使脚底更稳。

我牵着唐卡出门散步时，有几次在公园里遇见了索涅奇卡的芭蕾舞老师，她也养了一只小狗，不过只有拖鞋一般大小。体形的悬殊并不影响它们互相嗅闻臀部。

聊一聊芭蕾舞老师吧。在一场音乐会上表演双人舞时，她摔倒了——搭档出错。至今她还恨着他。为了逗她发笑，过去他总爱在舞台上讲些莫名其妙的蠢话，摆出一副神秘莫测的表情。

起先芭蕾舞团不愿意接收她，表面上说是由于扁平足，实际上是因为呼之欲出的傲人胸脯。

她的导师曾在舞蹈课上说过，拿出一枚五分硬币，夹在臀部，保持一整节课，不能让它掉落。

她与芭蕾舞团专配的畸形外科医生相恋。他总是保证会离开妻子，但却迟迟不能——不忍心她受伤，放不下孩子，类似种种——常见的桥段。由于孤独她养了一只小狗。

对于舞者而言，材料强度，即是地球引力。

她小的时候特别想滑冰。但她不仅不能滑冰，而且不能滑雪——担心崴伤腿脚。

她说，索涅奇卡挺有芭蕾舞天赋，但同时也警告道：

"跳芭蕾的女孩儿通常不够开化——没有时间读书。"

她还说道，当你走上舞台的时候，观众仿佛是假借的托——你需要让他们成为真正的、发自内心爱慕你的人。

平时都是他带唐卡出门散步，妈妈不止一次说过，总撞见他和这个女舞者在一起。

"可别傻了！盯着他点儿！老公是自己争取来的！"

可怜的妈妈。我已经有了自己的家，她还不断向我灌输各种经验、教训和伎俩。孤苦伶仃，惹人怜惜。自从父亲离开以后，她全身心转向了我。我怕了这些偶然到访。又要证明自己是正确的，又要解释一切。在她眼里，我什么都做得不对，到处都脏兮兮乱糟糟，总之我一无是处。

喋喋不休。我买了件风衣，拿给她看——又开始了：颜色不搭，坐下不好看，净花冤枉钱。你什么时候才能长大！没完没了地数落。如果我不想听她唠叨，就说我不喜欢她。如今她既让人无法忍受，又叫人不得不心疼。

妈妈总是叨唠着那几句话，她盼着我幸福，盼着我和他在一起好好的，可实际上，她希望我能回到她身边，重回小时候。

他性格极其神经质，翻看过我的几本疾病指南，就觉得自己除了妇科疾病样样均占。实际上，他害怕的是，继承了父亲的遗传性疾病——硬皮病，逐渐发展直至生命尽头。

有时他会突然聊起某些关于自己的事。他父亲是一位教授，还和自己的学生有过一段恋情。为了让父亲看清这个女孩儿的真实面目，并向他证明她根本不爱他，作为儿子，他和她发生了关系。父亲无法原谅他。当儿子办第一场画展时，父亲对他大加贬斥，以至于他们后来彻底断绝了往来。

父亲死得很惨——那年冬天，他深夜回家的路上遭人抢劫，打破了脑袋。

如今他常常为此感到内疚，父亲已经死了，他却连一次也不曾向他表达过，他爱他。

他笑了笑：

"那时我谴责他，说他想为了年轻姑娘抛弃母亲，这不就是我如今的所作所为。那时我想向父亲证明真相，可到头来是他证明给了我。这一切多么不可思议，我和艾达结婚的时候，你恐怕还在某个地方玩沙子过家家吧。"

有时，他犯糊涂的时候，唤我：

"艾达！"

甚至他自己都没有意识到。

我答道：

"你喊谁？"

"你呀！还能喊谁。"

还会再补上几句：

"你明白吗，艾达——是个荒唐的错误，我现在立马改正。我命中注定的——你。"

至于那个和他一同生活了八百年的女人，他是这么说的：

"你想怎样呢？想让我立马把她忘得干干净净？我们毕竟在一起过了八百年。"

另有一次，他自言自语和她说道："这是另一种孤独。"

至于艾达。起初他想告诉他自己有了女人，毕竟他们约定好了彼此坦诚，互相信任，后来他认识到，相反，什么也不必诉说。何必要侮辱爱你之人。于是开始欺骗她。

"她对我完完全全言听计从。然而，欺骗一个信任你的人是完全不可能的。"

有一天他说道：

"当你和一个人生活在一起的时候，每天都应当用沙子和浮石刷洗你对他的感觉，只是既没有精力，也没有时间去做这些。"

然后还补充道，这是说他和艾达的事，而非我们俩的事。

那天，当他决定离开妻子的时候，街上有个卖报纸的小男孩儿，喊了他一声爷爷。瞬间有了灾难般的感受，于是决定必须要做点什么。他说这些话就像讲起什么乐子似的。

他疾步跑回家中，正赶上她使唤他挂窗帘。他向她解释说，这个维持了一生的家不可能说散就散。

正当我给索涅奇卡做油炸小馅饼的时候，她开口说道：

"妈妈说，是你把爸爸从我们身边偷走了。"

"还说了什么？"

"说你不会照顾我。"

"还有呢？"

"都是你害得我们俩不能去度假了。我们现在没钱了。"

有天半夜电话突然响了。索尼娅发高烧。他准备出门。我对他说：

"等下，我和你一起去！"

他犹豫不决。

"你知道吗？她无比确信，都是因为你，都是因为索尼娅留在我们这儿时，你没照顾好她。"

叫了出租车，我和他一起上车。一路上我们沉默无语，各怀心事。司机不住地打喷嚏、擤鼻涕，差点没撞上一辆电车。

我头一回出现在他们家中。

墙壁上挂满了画作。他曾无数次描绘她的裸体，姿态变换，各不相同。站姿，坐姿，卧姿。然后她走了出来——我惊住了，这个女人头发凌乱、面老色衰，裹一件洗得褪色的睡袍，趿拉一双破旧的拖鞋，与画面上年轻美好的肉体相去甚远。

孩子高烧三十九摄氏度，浑身是汗。上颚和舌头起了多处白点；在脸蛋通红映衬下——唇周有个发白的三角区；出现皮疹——腹股沟有密密麻麻的小颗粒。

艾达猛地朝我扑了过来，说女儿从我们那儿回来的时候双脚都湿透了，说她在水坑里跑过之后，我都不知道帮她换双鞋。眼里噙满了泪。

"万一哮喘又犯了呢？"

我打断她的话：

"不好意思，请问您是——医生？"

"不是……"

"那么我对您的观点没什么兴趣。"

我还向他们解释道，猩红热和斑疹明天就会消退。

然后便去洗手，他给我递过毛巾，我不假思索地小声问道：

"她多大年纪啦？"

他突然窘住，回答道：

"我们一般大。"

我一个人回家了。他说他需要在那里待到早上。

"你能理解吧？"

我点了点头。我全都明白。

三个星期后，索涅奇卡的手蜕了一层皮。

晚上我们躺在一起，相拥而眠，他说道：

"我从一出生，就注定将要死去——这是自然。尽管令人不悦，但自是当然。虽然很是奇怪，但也可以解释清楚，全部都能应付得了。但要怎么跟女儿交代呢？她已经活在这世上，也总有一天会死去——这才是真正可怕的地方。我过去想也没想过，会有这般可怕。"

他给她无尽宠爱，她却没心没肺地恃宠而骄。

在他看来，他时刻都应当带她出去长见识——去杂技团，去动物园，去专为儿童上演的早场戏。她来过之后，公寓里的所有东西都沾上了黏糊的水果糖、巧克力、包装纸。他总是给她买些没用的玩意儿——仅仅因为不敢对她说不。在这排山倒海的慷慨背后是他对失去她的亲近的恐惧。

在餐桌上她极尽娇纵——这不吃，那不吃。总之，妈妈做的饭比这些好吃得多。我说也说不得，他什么都由着她的性子。我还傻傻苦恼，她还饿着肚子呢。

她不经过允许就拿我柜子里的东西，梳妆镜边上首饰匣子里的各式胸针、项链，还有香水、指甲油。他耸了耸肩膀，告诉我让我直接跟她交涉。而一旦我开了口，他便挺身而出护着她，替她辩护，仿佛我说的话欠公道似的。

我替她梳头发，她却不愿静静地坐着，动不动就扭来扭去、大喊大叫，要是梳子卡住了头发，立马就说，我是故意想弄疼她。

礼拜日的早晨，好不容易能够睡个懒觉，可她倒好，天刚蒙蒙亮就翻起来跑进我们屋，爬上床直直坐在他胸口上，用手指头掰开他的眼睛。他一点也不恼。

她生日那天，我和他一起给她买礼物。他想让我帮忙给她选个小裙子、小皮鞋。等到我过生日那天，他压根儿没想起来这回事。就连我自己也忘记了自己的生日。

她吃着她最喜欢的葡萄干夹心蛋糕，把碎屑拢在掌心里递在他面前，喂他吃——用嘴唇啄得干干净净。

或是肩并肩坐在一起绘画——画册的一边是他画的大树，另一边是她画的狐狸。

他们幸福地在一起。

我成了多余的？

夜里他常常起来，检查她的床褥是干还是湿。他从小床上抱起她，她沉沉地睡着，在梦中呢喃，他抱她在怀里进了洗手间，轻放在抽水马桶上，他自己坐在旁边浴缸的边沿上，好让她的头靠在他的膝盖上，耐心地等待，直到听到嘘声。

有时她还是会尿床，他替她换上干净的睡衣，取下床单，对折，干的一面朝上。铺叠成块，轻轻抚着她的背，哄她睡着。

她还习惯了睡前喝一小瓶妈妈的"美梦水"。

她的小伙伴们互相在对方家里留宿，她却担心，万一她们知道了会笑话她，不再与她交好。为了不在别人家过夜，她找了好多借口。

她甚至羞于让我知道，不过我安慰她说，没什么好害羞的，所有小孩儿都尿床，等你们长大了，就会好起来，那时就可以不铺油布睡觉了。

然后我还要单独清洗她的物品。

有时我会觉得，我和她永远也无法发自内心地相爱。有时，恰恰相反，她会突然紧紧地依偎着我，面对这个不完美的小家伙，我的心中涌起一股柔情。

为了治疗斜视，我们带她拜访了不同的医生。遵照医嘱，需要佩戴特制的眼镜，一半是镜片，另一半全黑，遮住了眼睛。她非常不情愿戴这副眼镜，总想把它摘下来——害怕别的孩子嘲笑。

别看她在家里活蹦乱跳的，在学校里完全是另一个样子。我们去参加校园音乐会，届时她会上台朗诵诗歌。当她戴着眼镜走上舞台时，有个小男孩儿笑出了声，她哑然忘词，落荒而逃，继而号啕大哭。

然而回到家就狡猾地替自己摆脱窘境，她——女王，周围都是她的臣民，他们在这世界上存在的意义只在于听任她的摆布。

我看着她画铅笔画，注意到，一旦某个图画得不合她的心意，那么它对于她来说就已经不存在了，她会对其视而不见，在同一页上画些别的东西——毫不在意原有的线条，仅仅专注于笔下新作。

人就应该学会这样生活。

不过她最喜欢的还是用爸爸的颜料画画。我给她穿上爸爸的旧衬衫，这样就不怕弄脏自己了。他想认认真真教她，但为时尚早，她对此还不怎么"感冒"。

有一次，她用手工剪刀剪下了一绺头发，然后用胶水粘在下巴上——学爸爸的样子。

一天晚上他抱她上床睡觉，她伏在枕头上哭泣。

"我的宝贝，这是怎么啦？"

她抽抽搭搭地说：

"爸爸，有一天你会死去。我为你感到特别难过！"

她才刚刚开始真正地有了自我意识。当我们在池塘里看夕阳时，她突然说道：

"这是太阳的轨迹——这不是太阳，这是我，对吧？"

我们去儿童剧院看《雪姑娘》。我一边走一边想，他们用白雪塑造出一个小姑娘是多么不可思议。总而言之，这毕竟不是用大雪球堆出来的雪人——需要造出双手、双脚，还要五指分明。但索涅奇卡对此毫不奇怪，她甚至连这个问题都没问：

"但她是真的呀！活生生的呀！"

他给她买了一块机械手表。索尼娅拧上发条，凑在耳畔，欣喜地说：

"听见了吗？就像蝈蝈！"

他为她扎了一只风筝，我们一同去放，可风筝刚飞到离我们最近的电线杆附近，就缠在了电线上。我们从旁经过时，朝它挥挥手——风筝只剩下了几块破布，也在风中挥动着回应我们。

她还喜欢拿我的听诊器把所有东西都听个遍。她自己，唐卡，墙壁，扶手椅，窗台。把听头凑近玻璃，严肃地对窗外的世界说：

"呼吸！现在屏住呼吸！"

睡觉前我给她讲故事，她一边听，一边盯着自己身上某个地方，舔着手臂上靠近手腕部位的汗毛——先朝着一个方向，再换另一个方向。我翻页的时候，她才看一眼书——有插图了吗？

她时刻需要人监督。躺下睡觉，已经钻进被窝了，却发现牙刷还是干的。拽起来！去卫生间！无论如何都要搞点别出心裁的事情——一动不动地举着牙刷，反倒用牙齿去磨蹭，左右晃动脑袋，像是在摇头抗议。

我感觉，她害怕自己喜欢上我，因为一旦这样，就好像她背叛了自己的妈妈。她恐惧背叛、变节。我试图告诉她，向她解释，这没有什么好害怕的，如果她真心地爱着两个人，并不会意味着她背叛了其中一个。

我觉得，我们之间会好起来的。有时我们在一起是那么惬意。上个星期天我抱她上床，她要求我陪她在半明半暗的屋子里坐上一会儿。她害怕睡在黑暗之中，恳求开着灯。我为她留了一盏小灯，罩上一层细纱头巾。每次投下的阴影都不太一样。她躺在床上臆想，天花板上是什么人的身影。

她总是恳求我，让我像爸爸那样用画笔抚摩她。

我用一支柔软的松鼠毛刷子拂过她的胳膊，双腿，后背，屁股蛋。她痒酥酥的，咯咯笑个不停，扭来扭去。

我吻吻她，低声说：

"好啦，现在蜷作一团躺好！"

我的萨申卡！

在这里周遭皆是死亡！我尽力不去想它。可我做不到。

道路已近修缮完毕，每天都有大量部队集结，准备进攻。所以说，还会有更多死亡。

基里尔说，一个人应当从容地死去，如同路易十六——当他走上绞刑架，面对出狱以后见到的第一个可以说上话的大活人——刽子手，他问道：

"兄弟，关于拉彼鲁兹伯爵的探险队有什么消息传来吗？"

死前的几分钟他所关心的还是地理发现一事。

是呀，我要是能这样就好了——从容不迫，就像吃顿早餐那样。

不过，为此或许要让自己足够强大才行。

我坚强吗？

萨申卡，我在此目睹过最理想的死亡方式。那个人——年轻、英俊、明眸皓齿，尽管他生前整日抱怨说自己齿龈脓肿，牙痛得快要忍不住号叫——顷刻消逝，炮弹击中了他。爆炸的那一刻我虽然不在现场，但过后我看树顶上悬着他被炸飞的手臂。

这是我的理想。

但若是不能如愿呢？

我每天都能见到各种伤员，不由产生这样的想法——也许明天我就会成为他们中的一员。炮弹直接击中我头骨的可能性几乎为零。唉，大概我会被打成残废，在痛苦中挣扎。

子弹和弹片很可能会打中我的膝盖，或是手掌。子弹可能会滞留在肾脏中，或是左肾或是右肾、震碎心包、击穿膀胱，不胜枚举……总而言之，人类是一种非常脆弱的生物。在这里我已经见识过太多生老病死。

当我看着伤员的时候，不自觉地会想象如果受伤的人是我会怎样。

有位士兵高声呼喊"冲啊"的那一瞬间，子弹穿透了他的双颊并击碎了牙齿。莫名地，我想象着自己处于他的位置，并且无法摆脱这种想法。

夜里，我昏昏沉沉地起来解手，听见伤兵营的大帐篷里有人哀怨地询问道：

"我找不见自己的床位了。有没有人能帮忙找一下？"

这个小伙子的眼睛被蒙上了绷带，在铺位间的过道上摸索穿行。他也是半夜出来解手的，只不过回去的时候迷了路。

我将会接受包扎，手术，锯断骨头，切除右腿上的腐烂残余。或是左腿？

对我来说，失去双腿或是仅靠剩下的一条腿蹒跚着度过余生是难以忍受的。

也许明天，等我手术过后露西就该清洗白色油布上的血迹了。

也许正好相反，等到那时候我可能会选择——从容——赴死？这是在什么时候？前天。趁着手术的间隙军医士出来抽烟，看见我便走了过来。大概是想跟人聊上几句，排解苦闷。所有人都尊称他米哈尔·米哈雷奇。我喜欢他这个人——面相和善，圆圆的脑袋上还留着学生式平头，头发灰白——他中途辍学，没能从大学毕业，蓄着浓密的小胡子，腆着肚子，走起路来像个小老头儿。他的鼻子很滑稽，皮肤松弛，红血丝和青筋密布。我们沉默地坐了一会儿，然后他叹了口气：

"天哪，在这个医务室里还有什么事情没见识过！今天早上送来一个年轻小伙，跟你差不多大，面容尽毁，因此试图自杀。我稳住他，直到医生给了他一针镇静剂。"

他熄灭烟头，拍了拍我的肩膀，说，守住我们的阵地。言毕，小步疾走回到手术室。

死亡。多少次听到这个字眼，我念出声来，随之在纸上写下这六个字母[1]，然而如今我已不太确定，我是否真正理解它的含义。

写下这句话后，我陷入了沉思。

那现在理解了吗？

萨申卡，在这里最重要的是——什么都别想。可我无时无刻不在思考。这是不可取的。毕竟经过多少代人的思考而得出的伟大智慧，就是切莫思虑。为什么要时刻赋予士兵某些任务，不管什么种类，哪怕是几乎毫无意义的任务，只是想让他们有事可忙？就是为了避免思考。这种做法其实具有深谋远虑——避免人为思虑所困。需要从自身拯救一个人，使他停止对死亡的思考。

身在此处需要懂得如何遗忘，手头还要时刻有事可做。因此不是要求他们清理武器，就是整理制服，再或者挖掘填埋一类的活计。

---

[1] 死亡，俄语单词 смерть，一共由六个字母组成。

没事找事。

也许，正是因为这个原因，我也给自己找了点事——一有机会就写信给你。也就是文字游戏。我亲爱的，是你拯救了我！

萨申卡，可爱的、亲爱的，我不是在向你抱怨，我知道，你会懂我。

我时刻思考死亡。死亡无处不在。从清晨到深夜，甚至连梦里也是。我睡眠很差。我时常在噩梦中惊醒，浑身是汗。有时我只是剧烈地冒汗。我通常都不记得梦里发生了什么，往往我刚醒来一会儿它们就已经消失不见，不知去向，如同镜面上的水汽被穿堂风带走，了无踪迹。但今天做的梦却留存在记忆中。

在梦中我又一次出现在军委会征兵站，赤身裸体，场面令人羞耻难堪。一切都和现实中一样，重又经历这场体检，我甚至丝毫不觉得奇怪。我站在人群中排队，用手掌遮遮掩掩，眼睛不自觉地盯着队伍前面那些人的疤痕和擦伤，盯着他们的毛发丛生的赤裸的臀部，粉刺痤疮，瘊子。一切都令人颜面尽失，尤其是医生挨个触摸每个人的腹股沟，然后还要转身，弯腰，分开会阴部位。排到我了，不知为何检查的医生是维克多·谢尔盖耶维奇，那位在课堂上死去的老师。他用领带擦了擦眼镜片，盯着我看。我开始向他开罪说，我找了他对我们说过的那些药丸，但我实在是太紧张了，怎么也找不到：

"维克多·谢尔盖耶维奇，当年在课堂上，您在讲台上倒下的时候，我翻遍了您身上所有的口袋，都没能找到药丸！我说的是实话！"

可他摇了摇头，仍继续用领带擦拭眼镜。

"没找到……然后跑到校长那里，立马找到了！这就是那些药丸，就在这儿！我给您看了！"

他拍了拍身上的口袋。

这时我已经完全无法忍受了，于是醒了过来。

萨申卡，有件事我未曾向你提起过。

当他在课堂上突发心脏病时，我急忙冲到他身边，冲向我们的褐耳鹰，试图救他，可我怎么也找不到那些药丸。当我们把药拿给他时，已经为时过晚。我知道，这不是我的错，但无论如何至今我都无法释怀，仍要不断向自己解释。

你可知道，我对他爱戴有加，当别人称呼他褐耳鹰时，我甚至有些愤愤不平。课间休息时，我总愿意为一些微不足道的小事跑去找他，只是因为喜欢极了所有装着蝴蝶标本的玻璃盒子，几组古色古香的自然物品陈列柜，里面有很多巨大的鸵鸟蛋，不同种类的海星，以及其他动物标本。

我印象中，有次上植物学课，他带来了苹果的蜡质模型，包含各个品种，装在小盒子里，还垫着棉絮。它们是那么逼真、美丽、令人垂涎欲滴——忍不住想咬上一口。

夏天到了，他给我们布置了制作植物标本集的任务。我完成得格外认真！但是，比起在峡谷里采集植物然后夹在几本厚重的布罗克豪斯百科全书里等着风干，我更喜欢的是在标本集上整整齐齐地做标注："蒲公英—Taraxacum"[1] 或是"车前—Plantago"[2]。惊

---

[1] 原文为俄英双语。

[2] 同上。

奇地发现，原来平凡的车前还拥有一个这般动听且绝妙的名字——"Plantago"。似乎，比起风干的枝叶本身，它们的名字更令我着迷。

当维克多·谢尔盖耶维奇开始教授动物学时，我感觉自己对鸟类学产生了巨大的兴趣，甚至连晚饭吃鸡腿时，啃过的骨头都被我拼凑在一起，研究关节的作用：每一块骨头或软骨具备什么样的功能。

总之，坦白地讲，我不知道，遇见他之前我是否真心喜欢所有这些——植物、鸟类。我觉得，我以前根本不曾留意到这一点。我爱上了所有这些小生命，如同他爱它们一样。

或者只是为了让他注意到我的努力，夸奖我？

尽管在我上中学之前就喜欢过各种鸟类——我还记得，在乡下度假时我在白桦树上的鸟巢里发现了三只嗷嗷待哺的小雏鸟，我每天多次爬上树，把肉饼碎屑丢进它们的喉咙里，还从祖母那里要来了旧式的小套管，倒水给它们喝。

但是很多年后我对大自然的热爱才得到了真正的检验，也是在乡下，也是和小雏鸟有关。邻居家小男孩儿向我跑来，号啕不止，哭得喘不过气来，怎么也跟我解释不清楚状况。我只好跟着他跑过去。我在通往门廊的路上看见的那一幕，诚然，不是小孩子可以承受的。有只雏鸟从树上的巢里坠落下来，然而最为不幸的是，坠落的地方的旁边是蚁穴，它身上已经爬满了蚂蚁，它无声地挣扎着，我一时慌了神，手足无措。救它恐怕已经不可能了，但是面对它的痛苦，我也做不到冷眼旁观。

你可知道，萨申卡，那一刻我觉得我真正开始长大了。我意识到，我必须鼓起勇气行善扶危。此刻最大的善意便是尽快结束它的痛苦。

我拿起一把铁锨，让男孩儿进屋里等着，我走近小雏鸟，黑压压的蚁群在它身上活动，俨然已成了一团黑色疙瘩，铁锨落下，一切两半。分开的两部分仍在挣扎——或许是蚁群令我产生的错觉。两团蚂蚁都被我移到篱笆下埋了起来。那个男孩儿从露台窗户看见了一切，他对此很生气，怎么也不肯原谅我。

我喜欢维克多·谢尔盖耶维奇还有一个原因，因为他懂得如何让司空见惯的事物变得不平凡。文学课上提到，青年普希金在流放期间被派去调查蝗虫，我们都大笑不止，为此他还写了一份毒辣的报告：

蝗虫飞呀飞，

飞来就落定，

落定一切都吃光，

从此飞走无音讯。

难道不好笑吗？然而，在维克多·谢尔盖耶维奇看来，就有另一种解读方式。普希金是肩负特殊差事的官吏，他精力充沛，才智过人，被派遣是为了解决重要问题。百姓陷入困境，失去谋生手段，等待政府的救助。

我觉得，我的老师只不过是不满这种对待昆虫的傲慢态度，于他而言，昆虫这种生物，其重要性、复杂程度、生命力，一点也不比我们弱。

学校里所有人都喜欢嘲笑他，就连其他老师也是，为此我暗自替他不平。但我又能做什么呢？

我只能爱上他所热爱的一切——植物，鸟类。然后，在他死后，我对所有这些裸子植物、今颌总目[1]、古颚总目[2]的痴迷，当然都已成为过去，但它们的名字仍然留存在我的记忆中，当我漫步于林间，这是欧当归，这是艾菊，这是红门兰，那是反枝苋——逐一认出它们的感觉真好。走在小路上，看着四周的鼠李、火烧兰、酢浆草、川续断生机勃勃！那里有毛茛，苦苣，龙胆！还有各种鸟儿！那里有只柳莺，那边还有黑啄木鸟，这个是鳽鸟！

走在乡间的小径上，自然明白了为何火灾过后，柳兰丛生于灰烬之上——这一切是多么妙趣横生！

其中，最重要的是——生命，以其生生不息、代代无穷，所带来的震撼。

在他死后我第一次真正开始思考自己的人生。

你肯定会说，任何一个青年或多或少都会经历恐怖、惊吓所带来的冲击，你当然是对的，这些都是最稀松平常的事。对此我也心知肚明。但我并不会因此而轻松起来。

妈妈经常提起我小时候的事，年仅五岁的我，偶然听到大人们谈论某人因故死去，惊恐地问道："我将来也会死吗？"她答："不会。"我这才松了口气。

小时候，玩纽扣骑兵对阵游戏时，我想象自己是他们中的一员，在战场上冲锋陷阵时，大喊"冲啊"——然后摔倒，张开双臂，死去。

---

[1] 今颌总目，是鸟类的主干，包括绝大多数鸟类，由于有发达的附着飞行肌肉的龙骨突，也被称为突胸总目。

[2] 古颚总目，是鸟纲今鸟亚纲的一个总目，该总目鸟类翼都很短，不能飞翔。胸骨无龙骨突起，又名平胸总目。

躺上一会儿，然后又跳起来继续加入战斗，好像什么也没发生一样，斗志昂扬，勇武好战。砍哪，杀呀，刺呀！

有一天我玩得入了迷，甚至没注意到妈妈正斜倚在门边注视着我。她说：

"你知不知道，每个被杀死的纽扣骑兵都有自己的妈妈，她们还在家里等着，还会为他哭泣。"

那时我还不懂她的意思。

我还记得，祖母过世后，我试着模拟自己死去的模样——我躺在沙发上，双手置于胸口，放松肌肉，眯起眼睛，尽力屏住呼吸。某个瞬间我甚至觉得，我可以让心脏停止跳动。那又怎样？我还不是异常清醒地活着。某种此前我未曾意识到的内在力量迫使我呼吸。我的意志力在它的面前不堪一击。我对死亡的理解未有丝毫加深，但至少我清醒地在自己身上感知了，何为生命。这是我的呼吸。它主宰着我。

似乎，从正值青春期的时候开始，我忽然就意识到，我——并不完全是这具躯壳，而这具躯壳——也不完全是我，所以我对自己的身体谈不上爱，甚至还有些藐视。令人不解的是，在征兵委员会体检的时候，仿佛除了妈妈之外，重又有了一个人在我成年以后还关心我的体重、身高、牙齿发育，并将这些和我没有半点关系的数字逐一记录在案。何必要来这一套？谁能用得着呢？

你可知道，我是因为什么才第一次感觉到恐惧？那时我十四五岁，有一天我恍然大悟：正是我的身体拖着我向坟墓靠近。每一天，每一分，每一秒，每一次呼吸，每一次心跳。

难道这还不足以让我憎恶自己的身体吗？

我还记得，我躺在沙发上，目光扫过墙上挂着的那幅轮船剖面图，我忽然冒出这样的想法：或许，一旦这艘巨船意识到船身下已是无尽深渊，它就会立刻沉没。

我的身体感受到了深渊的存在。

每次都能为憎恶找到新的理由。是时候该刮胡子了。你也知道，我的皮肤并不光滑，肤质很差——痤疮、粉刺——剃须的时候总会刮伤、流血。我也试着蓄过小胡子——长不起来，不幸之事常有，而胡须不在。我还记得，有一次我刮胡子又把自己刮伤了，忽然冒出一个不同寻常的想法，令我怔在原地，这具盛装内脏的皮囊，就是现在，在我撕下报纸的一角贴在伤口上的这一刻，正拖着我一步一步迈向深渊。它将我生命中的春夏秋冬统统淹没，直至溺死。

一切都变得令人无法忍受。所有的日常物品，好像串通一气一样，不断重复着一套说辞：这是三戈比硬币，就算我将来离开了，它仍能保持原样，这是门把手，总有人会拉动它；那是窗外屋檐下的冰溜，即使再过三百年也仍是冰溜，仍在三月的阳光下流光溢彩、光芒四射。

就连镜子也在黎明时分突然从一个无碍的物体变回了它本来的面目——时间的咽喉。你总共照了一分钟镜子，镜子已经吞下了这一分钟。在这一分钟我的生命也随之减少。

令人沮丧的还有，周围的每个人都对自己的存在深信不疑，而我却时不时觉得自己并不真实，而且我对自己完全不了解。倘若一个人连自己都不相信，那他怎么可能对别人有信心？也许，我根本就不存在。也许，我只是别人的臆想——正如我所臆想的那些在船上的人——如今亦饱受折磨。

我坠入了无底的黑色深渊，我消失了，不复存在。我需要证据证明我的存在。然而我没有。镜子里投映出些许，但关于我它一概不知，其实，就连我自己也一无所知。镜子只会不加区分地吞下一切。

我什么也干不下去，无论我想做点什么，那些平日里带给我欢乐、令我放松的事情以及书籍，如今都无法支撑我继续航行，一切都被毫无意义的阴影紧紧笼罩，如同裹上了一层油腻的薄膜。

最令人恼火的就是继父。我待在自己房间里，蜷缩在沙发的一角，把头埋在枕头下，因为对黑暗和空虚的恐惧而微微颤抖，可他倒好，一边吹着口哨，一边在走廊上搞出很大动静，就算双目失明，也一样过着充实的生活，黑暗和空虚对他来说，仿佛根本就不存在。他失明的双眼看见了什么我看不见的东西？不可见的世界是什么样的？

最遭罪的就是妈妈了。我把自己锁在屋里不出去，不吃不喝，不与任何人交流。

当然，和妈妈交谈是徒劳无益的。她认为，这是我这个年纪特有的症候。我听到，她是这样向她的女性朋友介绍我的：

这不，痴迷绘画的劲头儿才刚过去，现在又开始醉心于思考生命的意义。都会过去的！幸好，那些招惹不起的姑娘还没来戏弄他。你也知道，她们如今都这样，想捉弄谁就捉弄谁。

我特别害怕女孩子。也不是害怕，是害羞得手足无措。有一天我乘电车时，前面坐着的姑娘有一头浓密的秀发——栗色的大波浪是如此引人注目，气味还那么沁人心脾！她时不时伸出双手拢起边上的头发，再将它们散落在身后。我多想触碰她的秀发。我趁着周围没人注意，碰触了它们。我以为神不知鬼不觉。但她感觉到了，斜起眼睛看我，还带有几分嘲弄的神色。我窘迫极了，如离弦之箭一般冲出车厢。

在那之后我越发看不起我自己。

有件事现在回忆起来甚至有些好笑，但那时候妈妈的确为我操碎了心，她偷偷搜遍了我的个人物品，生怕里面藏了一瓶毒药，或是一把左轮手枪。

有一天，我隔着门听见了低语声，她恳求继父说：

"巴弗鲁沙[1]，你跟他说说吧，拜托了，你也是个男人，你们肯定更了解彼此。"

他拖着脚走来走去，拐杖笃笃作响。

我高声回应道：

"离我远点！"

你寄希望于一本某位智者隐士所著的书，心想，即使没有答案，至少也能找到提得不错的问题，然而，所有智者隐士异口同声地号召人们活在当下，乐享其中。

但也需要具备这种能力呀！

倘若当下既无必要也无用处，该如何乐享当下？一切都令人厌恶——墙纸、天花板、窗帘、窗外的城市，以及这"非我"的所有。我所厌恶的还有我本身，同样"非我"，正如其他的一切。残缺且

---

[1] 巴弗鲁沙是对巴维尔的昵称，表达爱意。

贫乏的过去，承载着无数愚蠢和耻辱的过去，一样令人厌恶。最令人厌恶的当数未来。尤其是未来——这是一条通往公墓旱厕臭烘烘地穴的道路。

在抵达地穴之前，何必经历这一切？什么是我自己的选择？肉体？时间？地点？我不曾做过任何抉择，也未曾为任何地方所呼唤。

当一切都变得糟透了的时候，当我真正意识到自己从洗手间里拿了继父的剃须刀时，当我因无法活下去而喘不上气时，又吸了一口气，然后呼出，然后再吸一口气再呼出，皮肤上浸满细密的汗滴，心脏一阵绞痛，我打了个寒战，忽然手指末端开始剧烈地震颤。

从某个不知名的深处升起一阵不和谐但又稳定的嗡嗡声，一浪高过一浪。这声音令人坐立不安，在房间里来回奔走。随着一声巨响，冬天糊上的那扇窗户被撕成碎片，窗外的空气涌了进来。嗡嗡声越来越大，越来越强烈，直至爆裂。最终，一股超自然的摧枯拉朽的浪潮，将我从底部托起，我仿佛被捧在掌心，又高高抛起，抛向天空。文字充斥着我的身体。

萨申卡，这一切都难以解释，只有经历过才懂。

恐惧消失了，不见了。失踪的世界回归自我。无形逐渐有形。

所有这些"非我"纷纷开始响应，嗡嗡作响，承认我是自己人。你应该懂我说的意思吧？周围的一切都变成了我的，令人愉悦的，可以食用的。我想要摸索、嗅闻我自己，用舌头尝一尝墙纸、天花板、窗帘，以及窗外的城市。"非我"变成了我。

那一刻我才活了下来。我环顾四周，不能理解，别人离了这些怎么还能过下去？难道没有这些也可以活着？

然后，文字离开，嗡嗡声消失，空虚的浪潮再一次向我袭来，当下的爆发接踵而来。我周身发冷、颤抖，我一连躺了好几天，但在房间里哪儿也不去——我无法向自己解释：为何必须要出去？谁必须要出去？出去——是什么？我——是什么？什么——是什么？

最可怕的是——万一文字不再降临呢？

某个瞬间我敏锐地察觉到了这种联系：我无法从中脱身的冰冷的巨大的空虚，只能由那种奇妙的嗡嗡声、沙沙响、轰鸣声以及大量文字去填补。事实证明，每时每刻的或是转瞬即逝的一切，只有通过文字才能变得喜悦、理性。离开这一点，像智者号召的那样，享受当下的欢愉是根本不可能的。如果不能同言语相交织、相融合，当下的一切都微不足道、毫无价值。只有文字在某种程度上证明了存在的存在，让短暂的瞬间具有意义，将虚假变为真实，使我得以成为我。

萨申卡，你可懂得，我处于与生命的疏离之中。文字成为我与世界之间的一道篱笆。我只是从文字的角度看待发生在我身上的一切——我是否可以将它倾注于笔下。如今我已懂得如何向早已腐朽的先贤智者做出答复：如果飞起来就可以抓住转瞬即逝的事物，那么它们就是有意义的。智者呀，你们在哪里，喂？你们所见到的世界在哪里？你们所说的转瞬即逝在哪里？你们是否知道？但我知道。

似乎，真理在我面前徐徐展开。我忽然感觉自己强大了起来。不只强大，甚至拥有无限力量。是的。萨申卡，尽情笑话我吧——我觉得自己无所不能。在我面前所呈现的，是无知者的毫不知情。我见识到了文字的力量。至少，在那时看起来正是如此。经由我一个重要的链条才得以连接，也许，还是最为重要的，起自一个真实的人的那一环，即使这个人浑身是汗还有口臭，左撇子也好，右撇子也罢，甚至饱受胃痛折磨，都不重要，但他如此真实，如同你我一般，曾经写下："太初有道。"因而他的文字得以保存下来，而他——留存在文字中，文字变成了他的躯体。这是实现永垂不朽的唯一途径。此外，别无他法。其余的所有——都在那里，公墓粪坑之中。

通过文字，那个比生命和死亡都强大的事物从那个人延伸至我，尤其是当你开始意识到这是同一个人。

想象一下，看向周围的时候我是多么诧异。他们怎么可以这样？为什么他们即使没有悬挂于生命的锁链之上，也不会坠入死亡深渊？支撑他们的是什么？

很显然，对我来说最古老的原生物质是墨水。

各个时期的演说家都试图让老百姓相信，文字不会走向死亡，我相信他们——因为文字是沟通逝者、生者以及来者的唯一途径。

我确信，当下所有稍纵即逝的东西都将被投入祖母所在的公墓的污水坑中，在那之后，留存下来的，正是我的文字。因此，我笔下的一切，是我身上最重要、最主要的部分。

我相信，等我不在的时候，文字就是我的身体。

也许，我不该如此热爱文字。我对文字热爱到痴狂。而文字却在我身后相互递眼色。

它们对我嘲笑不止！

我将自己移置于文字的部分越多，就越是明显地感觉到自己对文字表达的无能为力。不如说，文字可以创造某些属于自己的东西，但你无法成为文字本身。文字是欺骗者。它们承诺带你一起远航，而后又开足马力秘密地离开，却将你留在岸上。

最重要的是，当下的一切是无法用言语描述的。现在的一切都使你哑口无言。生命中最为重要的一切，都超越了言语。

某一刻我忽然认识到，倘若你的遭遇可以用文字传达，那么，你其实未曾有过任何遭遇。

萨申卡，也许，我的话十分令人困惑，但我无论如何都必须说出口。我知道，就算我说得再怎么颠三倒四，你也是懂我的。

我所说的是文字的无用。如果一个人不能感受到文字的无用，就意味着，他丝毫不能理解文字的含义。

我试着换一种方式解释。你可记得，我写信告诉过你，中世纪的小丑如何用棘手的问题惹恼那些傻里傻气的领主。有次课间，我还试着效仿从书上读到的这种方式捉弄欺负我的高年级学生，但那些人还没听完我华丽的辞藻，就习惯性地扇了我一耳光。因此，那些期望着延长自己寿命的演说家，正是一群愚蠢的书呆子，同我一般模样，他们终其一生都在发表矫饰空洞的长篇大论探讨死亡，然而，无论他说没说完，到了最后，死亡都会给他一巴掌。

我无论如何也无法说服你，但你记住，任何一本书，都是谎言，哪怕就从它具有开头和结尾这一点来看，都足以解释。昧着良心落下最后的句点，写上"全书完"，却还活得好好的。我以为，文字是至高无上的真理，可实际上，文字却是某种诡计，欺诈，虚假，卑鄙。

我曾发誓我再也不写了。我觉得，这是应该的。

萨申卡，在某个不恰当的地点你恍然大悟，"我是谁？"这个问题是无法回答的，在这之前，没有人能够告诉你这一点，因为你无法知道这个问题的答案，你只有成为自己。

　　你明白吗？我渴望成为自己。

　　我不是我自己。当文字来临时，我感觉到自己充满力量，但我无法左右其行踪。文字离开，独留我空虚、无用、乏味，逃不过被丢进垃圾场的宿命。

　　我痛恨自己软弱，我渴望变得强大，但无论我想要怎样——都取决于文字的意愿。

　　萨申卡，你要懂得，我再也无法这般苟活！你总是觉得，事在人为。——不是的！

　　我早就应当摆脱文字的桎梏。应当自由无拘束，随性活着。我早就应当证明，我将独立存在，不需要文字。我曾迫切需要可以证明我存在的证据。

　　我曾毫不怜惜地将我所写下的一切付之一炬。为此你还责备了我，却是徒劳。亲爱的，请不要怪我！我早就应当改变，成为另一个自己，亲自了解那些尽人皆知的道理，亲身感知每一个盲人所看见的事物。

　　我注定无法像别人一样出生或是死亡——我只有这一生。我必须在有限的生命里成为真正的自己。

　　你可知道，奇怪的是，那些笔记本早已化为灰烬，而我直到如今，身在此处，才开始燃烧过去的那个自己。

　　你可知道，这都是因为我曾经视而不见。我看见文字，却不知其背后的深意。仿佛眼中只见窗户玻璃，而非室外景色。一切当下存在的、转瞬即逝的反射出光明。光明如同穿过玻璃一样穿过文字。文字的存在就是为了让光明穿过自己。

你弯起嘴角：当然了，是我的风格——发誓说过永远不再写作，如今心里却想着，等我回去了，或许可以写一本书。也可能不写。无关紧要。

我现在所经历的一切——远胜过千言万语。我的身体里充满了对生活的渴望，你说，这种渴望要怎么才能倾注于文字？

我的萨申卡！我感觉自己从未像现在这样生机勃勃。

我向外面看了一会儿——月夜，晴天，满天星斗，幸福的模样大概如此。起身散会儿步，揉一揉发酸的手指。

夜色绝美。皓月当空——此时读书怕是惬意无比。月色皎洁，帐篷也明亮起来，寒光映在刀刃上。

万籁寂静，悄无声息。

不，声音此起彼伏，但又如此祥和、美妙——马儿发出一声嘶鸣，从隔壁帐篷传出鼾声，医务室里有人打了个哈欠，知了在树上鸣叫。

我站在原地，仰望银河。如今我总是立刻想到，银河斜挂在空中，将宇宙一分为二。

我置身于这宇宙之中，呼吸并思考：原来，单是月色就足以让一个人感到幸福。而我却一直都在苦苦寻觅自己存在的证据！

我怎会这般愚蠢，萨申卡！

去他的月色！去他的证据！

我亲爱的萨申卡！只要有你在，有你爱我，我写的信有你会读，那么我就是幸福的，还要什么证据证明我的存在！

　　我知道，我所写的信无论如何都会呈现在你面前，而那些不曾写过的，将会消失得无影无踪。因此，我要写给你，我的萨申卡！

傍晚，我下了车走在路上，隔着很远的距离就看见了她——迎面而来。

我改走另一个方向——她也是。

径自朝我走来。我们停下脚步，四目相对。

她头发梳理得整整齐齐，从头到脚打扮了一番，看起来年轻不少。她像完全变了个人似的。扎着高高的辫子，露出双耳——耳垂是连生的。

她沉默着。她的眼皮突然开始剧烈地跳动。

我开口对她说：

"下午好，艾达·利沃夫娜！"

眼睑痉挛。

"亚历山德拉[1]，我有话要跟您谈。跟你。你给我听着。我必须要说。"

我回她：

"不必。"

什么话也不必跟我说，艾达·利沃夫娜！

我全都知道。

丈夫吃梨吃撑着了[2]。

---

[1] 女主人公对艾达尊称名字和父称，而艾达却对女主人公直呼大名，是不客气的表现。

[2] 意为"有过一个丈夫，现在不在了（或死了）"，常用于回答"丈夫在哪儿？"。

在此之前很多年来丈夫的妻子都在想，长成这个样子谁会要我？

当乳头周围渐渐膨胀时，她高兴不已，不然都长这么高了还依然胸部平平，看起来就像八岁的格列佛莎[1]。

她琢磨了好久格列佛的事——他是怎么拉屎屎的？以及那些可怜的厘厘普[2]是如何应付这一切的？他撒一泡尿，就足以浇灭一场大火。每天早晨够他吃的公牛、奶牛、绵羊得堆积多少座山包呀！她突然察觉到这是一个弥天大谎，但不是因为不存在这么大体格的人。

妈妈的第二任丈夫——一个落魄的人。落魄的人总是会娶一个带着孩子的寡妇。

在遥远的青年时代，他曾把自己创作的交响乐寄给了一位著名的作曲家，然而却仿佛石沉大海，音讯全无。随后在一场音乐会上，大师演奏了一首新作，他从中听出了自己的音乐。从那以后，他开始无所事事，以此报复人类。他在舞蹈课上当伴奏师补贴家用，在暖气片上焐暖冻僵的手指。

他以前总会将报纸上的趣闻朗读出来，还格外喜欢数字。比如说，最近五年来有多少人自杀身亡。尽管没有人确切知道这个数字。然而事实上就是有一个这样的数字，存在，活着，客观且独立。在哥伦布发现尚未开发的美洲大陆之前就已存在了。倘若有个东西我们不了解，没看见，没感觉，没听到，没法用舌头品尝，这并不意味着，

---

[1] 改编自小说《格列佛游记》的主人公格列佛，加上后缀"莎"表示性别为女。
[2] 厘厘普（Lilliput）是《格列佛游记》第一章"小人国游记"中小人的名称，他们的身高只有欧洲人的1/12，年龄是欧洲人的5/7，以一个月和两小时作为纪年和行事的单位。

这个东西不存在。

从数据来看，自杀通常发生在下午两三点或晚上十一二点。

落魄的人以为，结婚后他会做个正派人，然而实际上是个负心汉。热恋时，他对爱人说过：

"感谢上天让你出现在我的生命中，带给我莫大的幸福，你是我的救星。"

多年以后他心想：

"女人怎能当救星？假如你平步青云，她能助你一臂之力；假如你穷困潦倒，她只会落井下石。"

她一直等待着，有一天妈妈的丈夫开始不再用父亲的方式看她，可他从未看过。

母亲整日地敲着打字机。指头上起了不少茧子，硬实的肉垫。遗嘱、委托书、买卖契约、检索记录、经公证无误的翻译件。每一次她丢了工作，当老板一边瞥向她的领口，一边要她下班后留下，还用钥匙将门锁上，拿出一瓶红酒，一对高脚杯，暗示说：

"我知道，您爱着自己的丈夫，您过得不容易，我也愿意帮您一把。"

母亲拒绝了他的帮助，还一边动作灵巧地将一张纸装入打字机滑架。

她开始在家里干活。长时间连续敲打键盘的劳累使她头昏脑涨，她经常头痛。她把打字机放在枕头上。打字带破破烂烂，孔洞密布。转印纸被打穿了。她探出半个身体在窗外抽烟，漫天星辰在她看来就像废旧的转印纸。

母亲死后，为避免和落魄的酒鬼同处一室，她连忙从家里搬了出来，去了祖父母家。

奶奶在葬礼上对她说：

"别憋坏了，难受就哭。"

据说，母亲死于心脏病。衰弱的心脏没能坚持住。

直到满了十六岁，才有人告诉她，母亲是自杀而死的。给她看了临终前那封简短的信。信的结尾写道："艾达奇卡[1]，不经历大悲大苦就不会成熟。一个人只有在痛苦中才会成长。"

实际上，母亲是这样死去的：她把药瓶里剩下的安眠药一股脑儿倒在手心——谁也没数过到底有多少粒，但某个地方这样的数字是有的，存在，活着。这些药被她丢进了厨用研钵，用杵捣碎。倒上花楸露酒，和了一碗稀粥，用勺子搅了搅。再加了点酒，稀释一番。最后倒进杯子里。一饮而尽。听从内心的想法。然后疯了似的把盒子里装着的所有药都抖搂出来，一顿猛吞：过期的心脏病药，治胃痛的药，治哮喘的和治肝病的药。

妈妈的丈夫很晚才到家，看见妻子睡着了便不再惊扰。只是奇怪为什么她没脱衣服就躺下了。

妈妈根本就不想死，她想要被拯救、被疼爱。

三年后，她给两位老人家写了明信片："亲爱的爷爷奶奶！我嫁人了——艾达。"还有一句话，想了想却没写："只有一点我无法理解——为何我，我，一个有自知之明的人，内心，却无比渴求

_____

[1] 是对艾达的爱称，表达亲昵。

幸福？"

丈夫尚且年轻，还未成名，举止温柔，目光炽热。

他向她发表对天赋的看法：天赋并非来自父母遗传，而是——觉醒。

日子过得紧巴，囊中羞涩，拒绝了教授父亲的帮助。基本和他断了来往。她变卖了妈妈的订婚戒指，那是她唯一的珠宝。至于他，每天夜里都去当搬运工人，每个礼拜天机关单位休假，他就去擦玻璃，有时也擦商店橱窗。

她学会了将简易板房布置成容身之处，她能够欣然接受别人家的破烂家具。

她开始工作挣钱，好让他继续求学。他因为花她的钱而内心煎熬。她却安慰他说：

"你说什么傻话！难道我们不是夫妻吗？"

当她轮第二班时，就给他做好早饭送到床边，还能再一起躺一会儿，亲热一番。她听说，妈妈时不时给他做饭，就开始暗中和她较劲，但妈妈做的小馅饼还是更胜一筹。

他翻阅着从图书馆借来的画册，指着一张图片说：

"艾达，看，这是我们。"

一位秃顶的女人和一头被驯服的独角兽。

她问道：

"你是什么时候意识到，我们将会在一起？"

"当你摘下眼镜的时候。仿佛脱掉身上的衣物。奇了怪了，你只是摘掉了眼镜，我就认定了，我爱你。"

从前他总是用袖珍刀具修剪指甲，如今她用一把弯头剪刀替他剪。

她暗中收下教授的钱。他不修边幅，衣着邋遢，嘴里散发出酸腐气息——全身心投入学术活动。他病得不轻，双臂皮肤多处病变。每次都请求她：

"千万别告诉他钱是我给的。他会难堪的。"

周边在拆房，丈夫把一些别人丢弃的东西捡回了家，还有几把椅子，几张装框的照片，几个铜质门窗插销。有一次隔壁单元有人死了，公寓被清空，所有东西都被丢进了垃圾箱，他翻出来一捆信件。信上的称谓都令人莫名反感：小猫咪！我的小可爱！我的小甜心！我亲爱的塔涅奇卡[1]！其实是因为信都是别人的。

他向她解释，为什么可以阅读别人的信件：

"因为我们有一天也会死去。从信的角度来说我们已经死了。所以别人的信是不存在的。"

他总是对她发表一些根本无法让人理解的观点，每一次都令她张口结舌。她仅仅记住了：

"远古时期，图画先于文字诞生——字母符号就是图画的衍生缩略形式。"

或是：

"根据形状或同类事物，万物皆可描绘。猫咪可以，云朵可以。描画森林的时候不应只见树木。"

---

[1] 是对艾达奇卡的昵称，表达爱意。

他伸出双臂拥抱了她，全然不顾手上沾满颜料。等她来到街上，才发现身上色彩斑斓。

白天她满怀勇气与力量，时刻准备好为了他对抗全世界，到了夜里却要在他怀里痛哭流涕。

为了幸福她包揽了所有——捡起他丢在水槽里的剃须刀，仔细洗去上面的泡沫和污秽。

他们还没有孩子，况且他也不想要。

她拿起鸡蛋在锅沿上磕了一下，煮荷包蛋，就这样过了大半辈子。

她上嘴唇起了炎症，但他早已不再亲吻她。

她不相信，他会有别人。不必知道的事，她宁愿一直被蒙在鼓里。

波浪状的隐形发卡忽然变成了显眼的款式。

空气中有别人的气息。

她的梳妆台上放着的却不是她的口红。

"这是谁的？"

"什么叫这是谁的？还不是你把东西扔得屋子到处都是！"

他会如何爱抚那个女人？就像爱抚她一样，或是换一种方式？

当他和那个女人见面或分别，紧紧相拥之际，他会说些什么？在她面前他是碎玻璃碴，和那个女人一起时——举止温柔，目光炽热。

她擦去地上的污渍，注意到镶木地板上有一些凹痕。脑海里浮现出，那个女人蹬着细长高跟踩在地板上的情形，鞋跟与地板的撞击声令他兴致高涨。

仅有的几次深夜缠绵，她甚至不确定，黑暗之中他心中所渴望的到底是她，还是那个能够给他无穷无尽新鲜感的女人？

躺在被窝里时,她闭上双眼,被自己的想法吓了一跳——他怀里抱着的并不是她。她要求他:

"你看着我!"

最令她受伤的是,他把那个女人带回他们共同的家中。那个女人用她的私人物品,摆弄家里的所有东西,轻蔑地嘲笑道:你家里那位真是没品位!

连躺下都开始令她恐惧——好像这张床已经不是她的了。床铺是谁整理的?枕头是谁摆放的?

指甲很短还藏着污垢。

她试着想象他的心情,当他回到家,拥抱她,感受她的小肚子抵在他身上,而此前怀抱着的却是另一个苗条的女人。

他解开那个女人的胸衣,亲吻她的乳房。她会有怎样的双乳?

他出门办事,在她看来——是去找那个女人。无论他实际上去了哪里,都是去找她。

他打来电话,说他已经吃过了,让她晚饭时不必等他——在那个女人洗澡的时候。

她从他的每一个异性朋友身上都看到了那个女人的影子。

她看着那些女人的着装,心想,也许,那条裙子曾被他亲手褪下。

她担心,那个女人对她开口说:

"你跟他的感情已经到头了,我能给他你给不了的一切。只有对你他才会遮遮掩掩,他跟我无话不谈。"

如果真是这样,她也只能哑口无言。

毕竟过错在她自己,毕竟是她自己不知改变耗尽了新鲜感。

他向她隐瞒出轨的事——也就是说，他需要被原谅，因为他终究还是在乎她的感受，不愿伤害她。这意味着，他需要她，他珍惜她，不愿使她委屈难堪。

坦白——不是诚恳，而是残酷。他不愿残忍对待自己的亲人。

背叛——不在于身体层面，身体终归是种单独的存在。两情相悦时，他们的身体处于何处并不重要。

她不能失去他，因为人只能失去不曾拥有的事物 [1]。

人不能失去情爱，情爱从来都不够，将来依然会不够，因为人对情爱的需求远超出一切情爱的总和。

如果他稍稍打了通风窗，就意味着，他闷得慌。

如果连她都经受不住，别人怎么可能受得了他？

她一言不发，假装自己什么也没察觉，假装自己很好。她害怕开口——一开口就会毁掉一切。他忽然说道：

"那个女人一碰我，我就不寒而栗。但你却不会。是我和你背叛了她。"

不说话，不责备，不提问。即使受伤，她仍选择原谅。

她对他没有任何怨言，毕竟他也为此痛苦。因为负罪感他待她和善了许多。

当那个女人打来电话，她叫他去接，然后径自走进洗手间，拧开水龙头，不想听见任何声音。

她害怕闻到他身上的味道，也不愿翻动他的物品——洗衣服前

---

[1] 常规逻辑应该是"不曾拥有的东西就谈不上失去"，但原文是相反的表述。

总叫他自己检查口袋。

在他身边时她尽力做出轻松的样子——她送他出门，像姐弟一般亲吻他：

"我马上回来！"

必须活着，装作世界没有崩塌。不能在家里哭哭啼啼。衣服必须洗得干干净净，烫得服服帖帖，要是让他穿着皱巴巴的衬衣去找那个女人，就轮到别人可怜他，替他熨衣服。

有了画室以后，日子轻松了起来，他留在那里睡沙发。

早晨，如果不想起床也不想活下去，就微笑。不断微笑，不断。

对着年久失修的天花板表达谢意。

孩子不是从精液里出生的。

她生了个女儿，孩子生得很晚，经历了漫长的等待和祈祷。长了一个皱巴巴的大脑袋——出生的时候把母亲的肉体撕成碎片。

小猴子出生后立刻就能抓住母猴的皮毛，小孩子出生了，光溜溜的，没有任何保护——他甚至无处可抓。

小婴儿出生带来的热闹让他们重新走到一起，但又不同于从前。他们重归于好的原因不言自明。

奶水不够，她还嫉妒起了奶瓶。

他喜欢亲自给女儿换衣服。他说，她的小脚指头就像水果糖。

索涅奇卡出生后她不再求欢，他也不会强求，这样又过了大半辈子。

女儿的病令她劳心劳力，也让她看淡了他的爱与不爱。反倒开始责备自己，因为照看孩子而对丈夫疏于关心，让他感到孤独，被冷落。一旦孩子有个头疼脑热，她就一门心思扑在孩子身上，其他的对她来说都不存在。

做耳部刺穿时，丈夫受不了尖叫声，躲得离就诊室远远的。她让女儿枕在自己腿上，双手死死地钳住她。索尼娅仰面看着她，眼里满是恐惧，不能理解为何她让自己承受如此疼痛。她厉声尖叫，却无法逃脱，只好败下阵来。

她站在镜子前用手扯住眼皮，不敢相信，自己的脸上已经布满皱纹！她开始脱发，浴缸的下水道堵塞，她掏出来一大团粘在一起的头发。她不再微笑，以免露出一口龋齿烂牙。而那个女人，另一个，打着甜甜的哈欠，嘴巴大张，清爽、年轻、健康。

他的朋友都在背后嘲笑她，他们全都知道，当然了。

有时他留下字条，写着，晚上可能不回家。有一次还补充道："你当初嫁给了一个天才，如今却和一个自命不凡的老穷鬼过日子。亲爱的，再抛弃我一次吧！"

在这之后，她对他的爱反而越发强烈。

她常常回忆起，有一次她觉得忍无可忍的时候，闭上双眼便立刻感到幸福。幸福，也许就是这样刹那之间，宛如针刺。孩子哭闹不停，尿布又该换了，身无分文，天气恶劣，牛奶溢出了锅，又该清洗炉灶了，收音机里传来地震的消息，某地仍在打仗，所有这些组合在一起就是幸福。

以及连绵不绝的雨，以及种种。

很久以前，他们之间就只剩下了名分，同床而眠的次数远少于一起吃饭的时间，与其说是夫妻，不如说是搭伙伴食。

同处一室时，目光不曾交汇，脱衣服时，彼此视若无睹，躺在同一张床上，各自占据一边——中间仿佛隔着万重山川。她不再枕靠他的臂弯。冬夜里两具冻僵的躯体之间的距离，可以忽略不计，但却无法逾越。

在双人床上时不时因寂寞而突然惊醒。百无聊赖地看他睡着的样子——脸庞苍老。

一扇门砰的一声关上。声音在屋子里回响。

她大声咒骂自己的人生，却意识到，她就是他的人生。

争吵。旷日持久，令人心力交瘁，丝毫不顾及孩子在场，且哭闹不休。

有一次，他手里拿着一壶开水，她吓了一跳，以为水立马就会泼在她身上，但他克制住自己的冲动，拿窗台上的一盆芦荟撒气。她把芦荟连同花盆装进垃圾袋，拎着桶出门倒垃圾，回来时，屋子里还弥漫着芦荟烫伤的味道。

有天他喝醉了，冲她大吼：

"用不着你用嘴给我叼拖鞋！"

他洗澡的时候从来都不把帘子拉严实，每次他用过浴室，她都不得不用抹布吸水清洁。

他如厕后也从来不会把马桶刷干净。

他的朋友取得了成就，他就对他们鄙夷不屑，反过来拿她当出气筒。有天她觉得，她的人生对于他的人生而言就是一张吸墨纸。命运为他书写人生，多余的墨水渗透给她——她身上零零星星散落着他的人生。一旦他身上出现墨点，她立马迎合吸附。

墙角的灰尘堆积成块，和扫帚玩起了捉迷藏，像灵巧的小动物。她心想，它们是靠什么积攒成堆的，忽然意识到，是她的年纪。

他总是随手乱丢袜子。咬剩的苹果放在书架上。剪下来的指甲撒在桌子上。但最大的毛病是袜子。这可不算小事，这是记号。人类的行为其实和动物无差别，只是人往往不记得行为背后的动机。人类用足部的气味标记自己的领地，留下记号。所有动物都懂得这一点并且赤脚活动。比如唐卡就喜欢把鼻子凑到人的脚上或是拖鞋里，女主人的气味足以娱悦它的鼻孔神经。

两个人凑在一起的日子过得越艰难，标记领地的行为就会越频繁。

她时刻提心吊胆，怕他有一天忽然开口：

"我爱上了别的女人。我打算和她在一起。"

她的担心应验了。

他连措辞都预先排练过。倘若她不断恳求——恳求他——为了孩子留下来，那么他就对她说：

"为了孩子，父母必须要做的唯一一件事情，就是让彼此幸福。和你在一起我不幸福。和她在一起——幸福。不幸福的夫妻无法给孩子带来快乐。"

她自己也清楚——为了孩子——只是借口。只是恐惧独自一人的生活。毕竟再也没有人会爱上她。

她自己都不敢相信，她会对他说：

"不要头脑发热草率决定！让我们等夏天来了再做决定。缓一缓！你们两人最好也能检验一番彼此的感情。万一这只是一时冲动，等激情消退，一切都将归于冷淡。何必为此毁了自己的生活？如果那时你仍确定要离开——我绝不会纠缠。"

他也不敢相信：

"直到和她在一起，我才明白，什么是爱。"

"那我算什么？"

"你想让我跟你说什么？"

"说这是一个错误。"

"没错，就是你，你——这个错误。"

她抓起索尼娅放在桌上的罐子，里面装着染上颜料的污水，狠狠砸向橱柜。罐子四分五裂，脏水和玻璃碴子四处飞溅。孩子从小床上跳下来，赤脚走到门口。

"站住！别过来！"

两人都扑向索尼娅。他脚下一滑，手掌磕在玻璃碴上。她两手抱起女儿走进卧室。安顿好女儿躺下睡觉，她走出来，带上门。开始压低声音拌嘴。

血怎么也止不住，仇恨也是。

对话结束的时候，他一把抹在她胸前，鲜血弄脏了她的衬衫，他头也不回地走了，还一脸嫌恶地避开地上的碎玻璃。

她扑倒在床上号啕大哭，不是舍不得被抛弃的罐子。而是懊悔，她等了这么多年，终于等到他抛弃自己。

她打扫到半夜，然后抱起索涅奇卡睡在自己床上。孩子睡觉不老实，翻来覆去最后还横着睡，把她挤到了床边上。

大半辈子就这样结束了。

索尼娅睡着后的那些个夜晚是最难熬的。她在空荡荡的公寓里来回踱步，思索着。

忽然她意识到，自己没有朋友。多年以前她就和自己的朋友断了联系，只剩下他的朋友。如今他们和她说话时完全变了个样子。所有人都推托说没时间。当然她也不愿和那些早已知情的人再有交集。

从前她一脱下长袜，唐卡就摇着尾巴凑过来舔她的指头，如今怕是舔着那个女人的脚。

她试图借酒消愁，买了一瓶红酒——味道酸涩，她无法强迫自己喝下去，一股脑儿倒进了水槽。

有时她能够冷静下来，有时只想要发疯。忽然间瞥见他的旧袜子，泪水又开始在眼眶里打转。

睡觉时身边没有人打呼噜、腿脚抽搐，床单也不会拧成一束。

他有胃病。难道那个年轻女人会关照他，为他准备燕麦早餐，让他少吃咸的？

她懂得他们的生活中他所缺少的是什么：他缺少的是另一种生活。

万一他打电话给她，喝得烂醉，心绪不佳，悔不当初，而她却不在家怎么办？他也许想说他表现得就像一个彻头彻尾的浑蛋，求她原谅他，他爱她，要回到她身边。他累了，想要回家，想要让她的头枕在自己腿上。毕竟这世上所有事都如此收场：男人，历经重重考验，回到爱人身边，让她的头枕在自己腿上。

她尽量哪儿也不去，当然也无处可去，喝着花楸露酒，守着电话等铃声响起。时不时拿起听筒——嘟一声——电话一切正常。有天赤条条从浴室冲出来，为了能接起电话。是索涅奇卡打来的，想把爸爸的礼物讲给她听。

索尼娅每次回来都拿着大包小包的礼物，她便觉得，随着时间的推移，他会把孩子彻底留在他身边。

星期天晚上他送女儿回来的时候，她斥责他：

"我辛辛苦苦一个星期，什么都要管，止不住唠叨，不允许她干这干那，要她守规矩，还要教育她，可你倒好——善良可亲，带坏了孩子，从来不说一个'不'字，溺爱纵容，她身上那些我绝不容许的坏毛病都是你给惯的！"

她注意到，他身上仍旧穿着那件她为他织的毛衣。

索尼娅在床头蹦蹦跳跳，夸耀着说：

"看，爸爸送给我的手表多小巧。你听见了吗？像蝈蝈在叫！"

她吼道：

"还不赶紧睡觉！"

她睡着的时候怀里抱着的不是新玩具，而是破旧的虎崽玩偶。

他还给索尼娅寄美术明信片——有的画着狐狸、野兔，还有双头怪、三眼怪、独角怪，全部喜笑颜开、张牙舞爪、呼啸号叫。起初都被她扔掉了，直到她发现明信片上编有序号才停手。索尼娅用大头针把它们钉在床头上方的墙上。每天睡觉前都要和它们对话。

她给索尼娅熬粥当作晚饭，盯着窗外出神，路人笼罩着一层朦胧的色彩。他们行色匆匆，不知道自己幸福与否。粥煮沸了。她坐在桌边，伏案低头，失声痛哭。这时索尼娅走进厨房：

"妈妈，这是什么味道？你怎么啦？你哭了吗？"

索尼娅开始安抚她，像个大人一样，摸着她的头。

"你怎么了呀，妈咪，你想想，粥还在锅里煮呢！"

索涅奇卡晚上睡觉的时候几乎已经不尿床了，现在可倒好，被她那么一照顾又开始了。

她们读的某一本童话故事书里，有个小女孩儿在卖洋娃娃的跳蚤市场闲逛，忽然意识到，原来，洋娃娃——是由死去的小女孩儿变的。怎么能给孩子写这样的书？

她们坐车去门诊部，索涅奇卡突然大声问道：

"妈妈，爸爸离开我们是因为我吗？"——整个车厢的人都听到了。

索尼娅被带出去度假。他们离开的那一周她几乎足不出户，不及时倒垃圾，不清洗碗碟，不整理床铺，不熨烫衣物。拿着湿抹布却无视犄角旯儿里积尘的存在，任其滋生。在她看来，这是种报复。从节制饮食到吃巧克力甜食。这也是报复。

头发脏得粘结成缕，还有多得吓人的白头发。

她看着镜子里的自己，眼周围皱纹密布，脸颊皮肤干燥，脖颈倍显老态。女人的枯萎始自内在，心灵，然后才是外表。

她心想：竟会如此——小腿上静脉蜿蜒交错，耻骨上毛发已逐渐斑白。很久以前就开始魂不守舍。

她看着自己那些散布在墙上的画像，回忆起，那时她赤身裸体摆好姿势，他停下笔忍不住把她上下亲了个遍，如今她自问：

"画布上那人是谁？那时我又是谁？"

她开始自说自话：

"你应该打开窗户通风然后去厨房烧水。听见了吗？"

"为什么？"

"因为所以。为此你哪怕短暂地爱惜自己。"

"爱惜自己？有什么意义？"

她心里估计——现在去冲个澡，整理一番，换身衣服，梳妆打扮，去车站给自己买束鲜花，再发生点什么事。

发生了。

"艾达！"

她转过身。

是他们带唐卡去看过的那位兽医。索涅奇卡称他为阿伊鲍利特医生[1]。善良的阿伊鲍利特医生挽救、治愈了许多小生命。毕竟小姑娘绝不会知道，有无数健康的母猫、公猫被送到他那里，回来的时候就失去了生殖器官和尖利的爪子。

"艾达奇卡，您回归自由后还不错呀。气色真好！"

她的事所有人都知情。他轻轻将她拦腰抱住，过去他从未有过如此举动。他咧开嘴轻挑地笑着。

"既然都遇见了，不如我们一起吃个晚饭吧？"

她心想，真是个怪人。

---

[1] 阿伊鲍利特医生出自科尔涅伊·楚科夫斯基的几部作品，包括童话诗歌《巴尔玛列伊》（1925），《阿伊鲍利特》（1929），《我们将会战胜巴尔玛列伊》（1942），以及散文体小说《阿伊鲍利特医生》（1936）。在故事《阿伊鲍利特》中，医生前往非洲，用巧克力和蛋黄甜酱治疗生病的野兽。在故事《巴尔玛列伊》中，他乘坐飞机从巴尔玛列伊手中救下了塔尼亚和瓦尼亚。该角色的名字家喻户晓。

"有什么理由拒绝呢？请我去家高档餐厅再点些昂贵的食物吧！"

他们在角落里坐下，周围镜面环绕。

侍应生时刻候在一旁，盯着自己的镜像，理一理领结，拽一拽裤脚。

阿伊鲍利特讲述着工作中的趣闻逸事。她不住发出爽朗的笑声。

女侍者收空盘子的时候，对着餐桌低低俯下身子，透过领口一览无余。他看了一眼，抱歉地笑了笑。有什么办法呢，我们——无一不臣服于动物本能。

"如果你一生都在从事交配和安乐死一类的工作，就会不由自主地成为一个浪漫主义者。"

她将香槟一饮而尽，放下杯子，示意他再添上，同时开口问道：

"如果你一生只爱一个人，难道还能再爱上别的人吗？"

"你已经是第三次问这个问题了！"

"第三次了吗？"

这时她才意识到，自己早就喝醉了。

她觉得，周围所有人都猜得到，她要往哪儿去，要干什么。

离开座位时，她通过镜子看见，侍应生如何舔食盘里的菜。

当他们走出餐厅时，阿伊鲍利特开始亲吻她的双唇。她环着他的脖子，拜托他说：

"别去我家就行！"

他们来到他的公寓，黑暗中，他一边换拖鞋，一边低声说道：

"别担心，妻子和孩子都在乡下度假。"

当阿伊鲍利特扯下她的内裤时，她叫了起来，含着眼泪承认自己已经多年不曾与男人有染。他心想：不错，这意味着什么病也不会传染给我。

他呼哧呼哧，费尽力气，但怎么也无法获得快感。

他走进卫生间锁上了门。

她等了又等，然后匆忙穿上衣服从公寓里溜了出来。

脑海里闪过一个念头——要是现在是冬天就好了，就可以在喝个烂醉后冻死在街头。

令人恐惧的不是死亡本身，而是发生在那之后的事。她将赤裸身体接受检查，肚子被割开，以便判定某种合乎常理的死因。

到此为止——领取骨灰。

她莫名觉得，这将是人生中最后一次用抽水马桶冲水。于是她又冲了一次。

她往手里倒了一把药，吞进嘴里。忘了接水冲服——她径自走进洗手间，直接用嘴对着水龙头喝下。

药丸实在大得无法直接吞咽，必须掰碎才行。她坐在浴缸边缘，挨个儿掰开。

她忽然想起，房门锁住了，得打开才行。当她从屋里走过时，已经感觉到一阵眩晕。

她躺在床上。

脑袋里开始嗡嗡作响。屋子里忽明忽暗，天旋地转。

她挪到电话机旁边。拨出号码。

接电话的是那个女人。她睡意蒙眬什么也听不明白。

"请您把他叫过来，我要和我的丈夫说话！"

"您知道现在几点了吗？"

"不知道。"

他接过听筒。

"什么事儿？你疯了吗？把索尼娅都吵醒了！"

"我吞了一大把药。我好害怕。我不想死。求求你，快来救我！"

她的舌头已经不听使唤了。

"你自己叫救护车呀！"

"你快来呀！"

"那我给你叫救护车吧！"

"求求你了！"

"我真是恨死你了！马上就来。"

"别带着她！"

"好吧。我马上。你尽可能催吐。"

"等等！"

"还有什么？"

"我爱你。"

"我坐车去，这就去。"

那个女人，想要睡觉。她清早还要上班。

我的萨申卡!

我的面前又摆上了一张纸——这是我同你的联系。从另一个角度来看,当一切分隔我们的事物都好像无关紧要毫无价值的时候,随便一张愚蠢的白纸就能使我们连接在一起!难道还有什么隔阂可以离间你我吗?你一定也这么觉得,对吧?

我可爱的,亲爱的!你不知道我有多么想回家!

也许,正因如此我必须要写信给你。当我写信的时候,仿佛就在回家的路上。

今天基里尔说,倘若他遭遇不测,拜托我务必把他的行囊带给他母亲,还开玩笑说:

"当然了,包里的这些书她一本也看不懂。"

他提到母亲时,嗓音里充满柔情。

离家万里之遥,我才开始明白,我从前对妈妈的所有不理解、不喜欢,都是一派胡言。

她让我遭受的一切委屈我如今都可以不计较,而那些因我而起,却要由她承担的一切罪责,我要求得到她的原谅。

先开个头吧,我要坦白一件多年来一直令我良心不安的事,当初我无论如何也不肯向她承认的那件事。萨申卡,你要知道,这是一件天大的傻事。我在窗台上玩硬币。你还记不记得我们家有个很宽的窗台?或者只是对当年的我来说无比宽大。当时我是这样拿硬币玩的——将硬币竖着按在窗台上,用手拨动它的边缘,于是硬币开始快速旋转，看起来就像一个透明的球体，还伴有风声。随后我的目光落在了广口水晶罐子上，里面有妈妈的各种首饰——几枚胸针、几对手镯和耳环，我还看见了她的戒指。继父送给她的订婚戒指。突然间，我萌生了一个念头，把戒指当成硬币，在窗台上转着玩儿！

试了好几次都没转起来，它弹了起来，坠落在地板上，但有一次成功了！精彩绝伦——这金色的轻盈的中空的球体在窗台上翩然旋转、时不时叮咚作响。而我最喜欢的，是当戒指开始倾斜、旋转接近尾声时的那一声轻叩，然后戛然而止。等我再一次伸出手指拨动它时，戒指弹出了窗外。

我冲向门外，找了一遍又一遍，却怎么也找不到。也许，是被别人捡去了。

起初我想跟妈妈实话实说，但又没说出口，她也没有过问。之后，等她问起这件事的时候，坦白已经晚了，我撒谎说，我什么也不知道。妈妈担心极了，怎么也无法静下心来——谁能偷她的戒指呢？她尽是怀疑了一些无辜的人。我听到，她对继父这样说道，这可能是邻居太太干的，然后又觉得，是继父感冒那次，上门诊病的医生。

我羞愧难耐，但沉默不语。

如今我想把一切都告诉她。

我心里念着她，想起的却是些鸡毛蒜皮的小事。比如，妈妈睡觉时总要戴上黑色的眼罩，屋子里哪怕有一丁点光亮她都会睡不着觉。

小时候我格外喜欢她的物品上所特有的烟熏味。她吸的是一种有特殊香气的香烟。她心情好的时候，就会满足我的要求，双唇轻启吐出几个烟圈，一个套住一个，甚至有八环之多。

等继父住进我们家之后，他不允许她抽烟，她只能偶尔对着窗户偷偷吸上几口，还要求我替她保守秘密。

我还记得，有一次我生病了，她从冰天雪地里回到家，打算抱我之前，她先是交叉双手在腋下取暖，还不住用手指在脖子上试试够不够温暖。

后来，学校里开始教数学课，在我眼里她可笑极了——要求我完成所有功课，她自己却连一道题也解不出来。

再后来，我找到了几张她和别的男人在一起的老照片，但不是父亲，我第一次惊讶地意识到，原来我一点也不了解她的事。询问她，那个和她一起永远定格在棕榈树下的男子是谁。这么简单的问题不知为何似乎完全不能解答。

如今的我，为那时发生在我们之间的对话感到无比震惊。她厉声说道：

"四肢健全，还是大高个，怎么整天游手好闲！"

"我不觉得我游手好闲。"

还当着她的面砰的一声关上房门。

有天深夜她走进我的房间，可能是有些什么要紧的话想对我说。然而我躺在沙发上假装睡着。她只是帮我盖上被子，站了一会儿就离开了。

但最重要的是，我还有一件事要求得到她的原谅，是和继父有关。

有一次我从院子里跑回家，撞见继父在我的房间里——屋子里的所有东西都被他挨个儿摸了一遍。我冲着妈妈歇斯底里地大闹一场，不准他进我的房间，不许他碰我的东西。妈妈大哭起来还开始厉声斥责我。她也开始歇斯底里。我们就这样大吵大闹，谁也不听谁的。

直到现在我才明白，她在我和继父之间有多为难。

丈夫是个盲人这件事丝毫没有令她感到难为情。在咖啡厅里侍应生询问她，要替他点些什么。对于习惯了目光交流的人来说，自然而然就会询问盲人的同伴。但她却懂得笑着回答说：

"请直接问我的丈夫，他不会吃了您！"

事实上，我觉得妈妈的重点在于点明她和这位盲人的关系。我还记得，她的朋友家有个非常漂亮的女儿，但后来却发生了一件意外。女孩儿去别人家做客时，抱着主人家的小狗，坐在圈椅上逗弄戏耍，但小狗并非家养的，而是捡回来的流浪狗。也许是有些动作刺激了它，小狗猛地仰起头咬在她脸上。曾经的美人失去了美丽的容颜。她来找妈妈，拜托妈妈介绍她认识一些失明的小伙子。

我竭尽所能破坏他们的生活，可他们，也许就是单纯地彼此爱慕，并且不能理解为何我如此残忍。

现在我试图回想，他可曾对她有过一丝不敬——却想不起来。相反，当妈妈崴了脚并且韧带撕裂的时候，他对她精心照料，一日三餐都送到床前。我眼前浮现出那一幕——她笨拙地拄着拐杖在走廊上跳动，他陪伴在左右，准备好托住她，给她支撑。

我记得，妈妈总是对着镜子自怨自艾，这时他就会走到跟前，从背后抱住她，亲吻她，脸上露出扭曲的微笑，这就是盲人的优势所在——保持自己原本的模样，而非迎合镜子的需求。

我还记得，有次我准备物理考试，嘴里嘀咕着什么，他突然说道：

"光在一秒之内传播数十万俄里——只是为了让人能够对着镜子检查帽子是否戴偏。"

那一刻我莫名觉得他的话很有道理，光速如此之高却不过是徒劳。

他酷爱阅读。当你走进他的房间，屋里似乎一片漆黑、空无一人，你打开灯，就会发现他坐在圈椅上，腿上放着一本厚厚的书。这些盲文书籍是他从图书馆借的，每当读到残缺破损的篇章，他都会感到痛心疾首。布莱叶盲文印刷而成的文字在指尖摩挲下逐渐模糊。

继父还会写诗。夜深人静时，为了不打扰妈妈睡觉，他来到厨房，坐在黑暗中，熟练地在纸上锥刻。

妈妈时常重复她最喜欢的一句：

"黑暗中你所给予的温暖胜似光明……"

在他们的房间里盲文纸积攒成堆，上面满是锥刺的凸点。

继父曾试图培养我收藏古币的兴趣爱好。他收集了不少古币，一坐就是一整晌，逐一摸了个遍。其中有几个非常罕见，深得他的欢心——他时刻将它们放在手心摩挲。

我盯着他凹陷的眼窝，听他将硬币的来头娓娓道来——潘吉卡裴，博斯普鲁斯王国[1]的首都。我记得那些带有浮雕图案的硬币，一面是张弓搭箭，引向东方的图案，另一面是格里芬狮身鹰头兽像。

经过他的手之后硬币散发出微酸的金属气味。我将这些不匀称

---

[1] 博斯普鲁斯王国位于黑海北岸，约建于公元前480年，首都潘吉卡裴（Panticapaeum，今乌克兰刻赤）。

的小圆环握在掌心把玩，不敢相信，它们曾经与阿基米德和汉尼拔[1]处于同一时代。

小型铜币上刻画了国王里斯库玻利得一世[2]的肖像，我记得这个不寻常的名字，铜币的反面是罗马皇帝提贝里乌斯的侧面像。继父解释道，博斯普鲁斯国王获得了"恺撒大帝和罗马人的朋友"这一封号，因此罗马皇帝的肖像被印在该国的钱币上。

他还格外看重硬币上的乌得勒支无头浮雕。

据他所言，从前，每当有人死去，亲属会在他的牙齿间塞上一枚钱币，当作路费。有一天他开玩笑说，等他死的时候，一定要给他放上这枚印有乌得勒支无头浮雕的硬币：

"我可不想在黄泉路上当一个无票乘客。"

萨申卡，你能想象吗？我小的时候还以为硬币是钞票的孩子。

继父无休无止地摆弄自己的宝藏，它们扁平，有不同程度的磨损，有的上面有小颗粒，有的还有残缺的阿拉伯组合字，当我看向他时，我怔住了——仿佛他感受到的不仅是硬币，还有过去那段历史、铸造钱币的工匠，以及这些远古皇帝的样貌，与此同时，墙角的蜘蛛网，或是窗外不远处那家工厂的烟囱，于他而言皆是虚空。

那时，我心里油然生出一种在他之上的优越感——他双目失明，而我明眸善睐，看见了他所看不见的一切。如今，我才意识到，那个视力健全的半大小子将一切尽收眼底，却视而不见。盲人理应是弱势的、无助的。可他直到生命尽头都无比坚强，乐观向上，这就

---

[1] 指汉尼拔·巴卡，北非古国迦太基著名军事家。

[2] 原文为 царь Рискупорид Первый (Reskouporis)，未能查到此人。

是妈妈扶持他的原因。似乎，继父从未自怨自艾，也不曾埋怨上天不公。他虽看不见光明，但又完全不同于我们蒙上眼睛的状态。他的眼睛看不见光明，就像正常人的膝盖或手肘看不见光明一样。

此外，继父还有一种十分独特的幽默感。比如，有一次他削苹果吃的时候，先去皮，然后切下一块，叉在刀尖，笑着讲起一件趣事，有位素不相识的中年妇女领他走到邮政总局，分别的时候，她说，"与其这样活着，倒不如死了算了！"声音里饱含怜悯。继父一时冲动用拐杖揍了她。他讲述的时候，眉飞色舞，好像希望听到这个故事的每个人都能开怀大笑。

此时我不知为何，想起了我们在乡下度假的那个夏天，他在花园里走动，站在苹果树下，拽下一根根树枝，细细摸索。他记住了每一个苹果的位置，然后日日抚摩，感受苹果的生长节律。

还回忆起一件事——他在商店被骗。他准备结账时，有位热心女士主动向他提供帮助，拿走了他皮夹里所有的钱。他不依不饶，可怜的售货员姑娘一边号啕大哭，一边拍着胸脯保证，此事与她无关。

我第一次刮胡子的时候，继父把自己的古龙水给了我。也许，直到那一刻，我第一次萌生了一个朴素的意识：他自己没有孩子，这些年来他一直希望能把我当成自己的儿子，可我却竭尽所能，避免这种情况发生。

对了，我还跟他学会了一招——如果剃须时割伤了，从报纸上撕下一角粘在伤口上就好。

过去这些年来，我一直都在想念父亲。为何他会抛下我们母子二人？当年到底发生了什么？我幻想着我和他重逢的场面。不知为何我总觉得，总有一天他会出现在校园里，等我下课。

有一次我看见，有位父亲教自家儿子骑自行车——他跟在后面把住车座奔跑。心底生出强烈的渴望，要是父亲也能这样教我骑车那该多好！

我还记得，期末庆典上，我留着盛夏时节清凉的短发，站在主席台上，从校长手中接过奖状，大礼堂里掌声经久不息，我不住看向台下的家长席，搜寻父亲的身影，尽管我心里清楚，他不可能在场。可是万一他此刻恰好回来了呢？也许他在台下目睹了对我的表彰，为我感到骄傲？

我时不时会发现他遗留下来的物品，也许妈妈出于某种原因没有将它们丢弃。比如，我小时候玩过他的对数计算尺。阁楼上还留着他的老版教科书，积满灰尘、无聊透顶，写满了各种算法和公式。妈妈销毁了他的所有照片，将他从两人的合影里剪去，甚至连她怀着我的那张相片也残缺不全，只有父亲搂住她的肩膀的那几根手指依稀可见。

有一次我向妈妈问起了爸爸的事，结果却得到这样的回答，她说她不想跟我谈论这个人：

"等你长大了就懂了。"

在那之后我便怯于问及此事。

那时，我的这种由于对继父的恨而越发强烈的无处安放的一腔爱意，似乎统统被倾注给了维克多·谢尔盖耶维奇。这位怪老师是否担得起这份情，我自是无从得知。

课堂上，他向我们展示显微镜下的微生物。他把领带别在背后，免得垂在胸前碍事，然而领带时不时就耷拉下来。镜筒里除了一些斑点什么也看不真切，但老师激昂的论述说服了我们，让我们相信所见即是真正的永生。为了加深理解，他不知为何开始拿我举例子，全班同学都乐翻了天，我却委屈得想要掉眼泪。他怎么就不明白，何必要嘲弄我。他说，我一分为二，分裂形成的两个个体都是我，它们成为新生代个体的同时还保留着初生代的特征，紧接着开始下一个生命周期——如此一来，千秋万代永生不朽。同班同学都被他的描述逗得捧腹大笑。

"你们想象一下！"——由于激动他几乎是扯着嗓子喊出这句话。

——我们现在通过显微镜目镜所看到的这只纤毛虫，它连恐龙都曾见到过！

那时我惊呆了，原来世界上真的有永生存在，这些微生物不会自然死亡，只会死于意外。但更令我震惊的是，我敬爱的老师——维克多·谢尔盖耶维奇，竟然如此随意地拿我来冒犯这些生物。那天夜里，我委屈得趴在枕头上抽噎，心里觉得，他一定是不喜欢我。那么我再也不要喜欢他。

褐耳鹰。

这件事过去一周后，他在课堂上心脏病猝发。

萨沙！我的女孩儿，我一给你写信，就忘却了周遭所有。有你真好！

周围充斥着死亡、痛苦，简直无法想象，生活就是在这里若无其事地继续。街道，报刊，商店，电车，动物园，餐馆。随随便便就能去一趟邮局。或是去甜品店买一份糕点。

从此处看来最平凡的事物似乎都很反常。不过，离了我故乡的日子也照过不误，这本身就很反常，不是吗？对我来说它不过是变得目光不可触及罢了。你们那里现在也是夏天。应该不会也像这里一样闷热。

我多么想念冬天！

想要张嘴吞一口冷气。想要倾听脚踩在雪面上的咯吱声，仿佛一边走路一边咀嚼炸面包条。想要看见排水管下凝结的冰层。还希望清晨的降雪不紧不慢、沉静和缓。

你可知道，我印象中三月的树林，正是冰雪消融的时候，冬天时有人在雪地上走过，一步一个脚印，如今脚印化作了枯草地上的接二连三的冰凌。残存的污浊的冰凌在林间交错延伸，连成奇怪的足迹。为什么我偏记住了这个？

我还记得，有人把装满水的玻璃瓶忘记在阳台上，寒夜里瓶身炸裂，里面的水却成了瓶子的模样。

想起这些全都是因为我们快要热死在这里了。

萨申卡，我曾无数次幻想自己回到家中的情形！那里一切如常。我的房间。书籍无处不在，散落在窗台上、垒在地上、从橱柜上一直堆到天花板。老旧的沙发，台灯，没有枪击，没有死亡，一切照旧。钟表嘀嗒，时间停滞。所有一切都真实、亲切、熟悉。

你可知道，我还幻想自己一回到家就瘫在床上，满怀感动地盯着墙纸看上半天。我以前从来不曾觉得，这点小事就足以令人感到幸福。

的确，等我回到家，我将会对从前所习以为常的一切另眼相待——茶具、电灯泡、软和的圈椅、书架。窗外工厂的烟囱。我感觉到，如今对我来说所有事物都被赋予了全新的意义。就算只为了这一点，曾经所发生的一切也是值得的。

你可知道，死人身上最不寻常的是什么？他们全都变得彼此相像。人活着的时候各不相同，死后却有着一模一样的眼睛——瞳孔暗淡，皮肤蜡黄，不知为何总是嘴巴大张。最令人不忍直视的是毛发，还有指甲。我也说不上来原因。

气味也是一样的。当然了，不是气味，是臭味，恶臭。世界上最令人作呕的味道。

你可知道，我一生中见过不少死鱼、死鸟和其他动物，但诸如人类尸体上所散发的臭味，从来不曾闻到过。

习惯这种味道是不可能的。甚至无法正常呼吸。

与之相比，人类排泄物与填充粪坑的石灰混合后所散发的粪便气味都不值一提。再者，换药室里脓水聚积的绷带的气味也不过是区区小事。

至于沾上马匹气味的麦秸的味道则让人忍不住狠狠吸上几口，好减弱自己身上的汗味儿和污秽气。

有时我甚至想把自己的鼻子割掉。

没错，割下来顺带寄回家，让鼻子在家乡游荡呼吸。果戈理笔下出走的鼻子失去了嗅觉。而我的鼻子将会漫步在家乡吸上几口熟悉的味道。

然而令人惊讶的是，随着时间的推移，对气味的记忆不会减弱，反而越发强烈。

我穿过公园，盛放的菩提树在雨后所散发的不是气味，而是嗅觉盛宴！

那儿有家糖果店——香草、肉桂、巧克力，蛋白脆饼、杏仁软糖、艾克力泡芙、棉花糖、水果软糕、奶油软糖、坚果酥糖，还有我最喜欢的"沙糕"。

湿润且艳丽的芬芳在花店里飘荡——水灵灵的白百合和潮湿腐烂的土壤。

窗户里飘出一股现磨咖啡的香气，这家人炸鱼，那家人煮牛奶，有人蹲在阳台上剥橙子，还有人在熬制草莓酱。

熨斗，滚烫的布料，熨衣板，蒸汽——混合的味道。

有户人家装修——充斥着刺鼻的油漆味儿。

紧接着还有皮具的气味——皮鞋、皮包、皮带。

然后是化妆品的味道——香水、雪花膏、古龙水、香粉。

水产店，碎冰碴上的几尾大鱼散发出新鲜的海的味道。

机械厂房——铁锈、润滑油、煤油、机油的混合气味。

街角的报亭散发出油墨的芳香和新版报纸的气味。

有人刚从锅炉房出来，身上散发出一股煤炭味儿和麻袋味儿。

面包店里洋溢着新鲜出炉的小白面包特有的温热和香喷喷的味道。

还有一家药店，带有医院独特的气味！

远处还有人在烧制沥青，修筑柏油路。浓烈的焦油味儿盖过了一切。

就这样一直走下去，闻下去，嗅下去。

马上就要一个月了。

从索尼娅发生意外至今，已经过去了三个礼拜。她仍然没有恢复意识。

甚至不清楚意外到底是如何发生的。很有可能是唐卡戴着项圈猛地一冲，拽倒了索尼娅，她从结冰的台阶上滑倒，后脑勺磕在尖锐的石阶边缘。她躺在水洼里，雨水里夹杂着雪花下个不停。

我将她转到自己所在的医院。不惜一切代价替她找到一间单人病房。

她毫无生气地躺着，瘦得皮包骨头。

手脚因为长期注射变得青紫浮肿。

送她接受专家诊治时专家说道：

"这是个特殊病例。我们所讨论的那个女孩儿。受伤后处于昏迷状态长达……"

双亲轮流在医院照看她，一忙就是一整晌。

需要不断更换她身下的垫布，往干涩的眼睛里滴上纯净水。滋润她干燥的嘴唇。时不时帮她翻身，擦洗。

我从旁经过时看了一眼——只见他盯着窗外，手上仍不停摩挲着她日渐消瘦且毫无活力的双腿。

他将所发生的一切归咎于自己。她——归咎于我。

艾达不断去找主治医生，哭着恳求他。

连走廊里都听得清楚：

"请您救救她吧！"

在她陪护索尼娅期间，我尽可能不露面。

当我值夜班的时候，时常去她的病房。

床头柜上摆着她的半遮挡矫正眼镜。还有手表。我拧了拧发条。

床上还有几个从家里带来的玩具。小老虎耷拉着一双纽扣眼睛。

床下放了一双拖鞋。耐心地等候着它们的主人。

有一天我路过病房，看见他陪在她身边，手里拿着那支松鼠毛笔在她胳膊上游走。见我走了进来，面露窘色，藏起了画笔。

从学校里来了两个小姑娘，是她的玩伴，她们坐在床边，吓得发怵。

他开口说道：

"别光坐着，跟她说点你们班上的事情吧！"

她们更忐忑了。

不知为何，她们往她手心里塞了一个橡果。然后走出病房大哭起来。

半夜他大叫着醒来——似乎梦见索涅奇卡的手指被他夹在门缝中。

"你明白吗？我在前面走着，没注意到她站在后面，还把手伸进了门扉。"

他浑身湿透，大口喘气。在房间里翻来覆去直到清晨。

我们现在分房而睡。

第一次我离开他去了另一间屋子，因为他打鼾还翻身，半夜做了噩梦还把手戳向我的眼睛。

但我如今真切地懂得了他那时曾说过的另一种孤独。有一天我醒过来，看见枕边人的脸庞——苍老，陌生。

我开始注意到他身上有一些我过去从未留意的特质。

一方面，他极其苛求干净，在公共场合聚会的时候，尽可能把自己的酒杯放在高处，免得被别人误拿；另一方面，又不讲卫生——每当我把内衣拿出来清洗时，他的内裤上总有褐色污点。

我开始无法忍受他的吃相。贪婪，囫囵，狼吞虎咽。

我们刚从他的老朋友家告辞，他就开始讲他们的坏话。说这个平庸无能，说那个奴颜婢膝。不过他也没剩几个朋友。自从他离开艾达以后，过去那些老朋友，尤其是他们的妻子，都不再邀请他做客，担心自己的丈夫被他带坏。

他日渐衰老而且畏惧老去。于是越发紧紧抓住我不放。也因此觉得自己更加衰老。

开始变得健忘，重要的，不重要的都忘在脑后。他慌里慌张跑过来问道：

"你能相信，我怎么也想不起来，奥赛博物馆收藏的《刮地板的工人》[1]是谁创作的？我从清早就开始被这个问题所折磨。"

有时和他相处也可以非常轻松舒适。有时却会有暗流涌动。

我们俩在一起时无比寂寞。

有一天，还在索涅奇卡发生意外之前，他对我说：

"我们也曾彼此感觉良好，对吗？"

"对。"

---

[1] 出自画家古斯塔夫·卡里伯特于 1876 年所创作的画作《刮地板的工人》（*the floor scrapers*）。

"现在有什么不对劲吗？"

然后自说自话：

"你也知道，我和你——就像菲涅耳双面镜[1]。拿两块反光镜。互相组合在一起。两束光线在某个角度下衍生出了黑暗。"

我们时不时发生争执，就像劣质电影里的情节。因为一些鸡毛蒜皮的小事而动辄吵闹，然后互相指责对方，摔上门不欢而散。

有时我会从旁观者的角度审视这一切：厨房里这两个人是谁？他们在说些什么？何必呢？

令人格外光火的是她。这个女人是谁？难不成是我？不，不可能。那我又在何处？我身上发生了什么？我躲到哪儿去了？

"羊肉不是你这样做的！你知不知道，艾达是怎么做的……"

无辜的肉飞身投进了垃圾桶。

"好啊，那就让她给你做羊肉吧！"

要知道厨房里的这个女人绝不可能是我！

索尼娅出事以后吵闹平息了下来，但我们之间的距离却未曾拉近。

他从医院回来后便开始酗酒。不知怎的，醉得一塌糊涂，含混不清地嘟囔道：

"你知不知道，萨沙，我感到害怕，因为我开始觉得：莫非你——不是那个我等了一生的人，难道这又是一场虚妄？既然我都已经产生这种感觉了，也就意味着事实的确如此？"

---

[1] 菲涅耳双面镜是分波前干涉装置，由两块夹很小角度的平面反射镜组成。

我替他脱下衣服，让他躺好，然后将瓶中剩下的酒一饮而尽。

另有一次他开口说道：

"我以为，我与你之间——真情实感。只有我们共同存在才是真实的，一旦和别人在一起，我们将会彼此寻找，并将无法找到对方。也许，只是我以为。"

前天我在医院遇见了艾达。她去看护女儿，吃力地爬上台阶，在楼梯缓台稍做停歇，靠在窗口喘气。我不得不从她身边经过。她看见我，突然笑了。

我走近她。

她深吸一口气，说道：

"萨沙，我知道，您为我们家索涅奇卡做了能做的一切。谢谢您。请您不要记恨我！"

她沿着台阶缓缓向上爬。

这天夜里我怎么也无法入睡，听着他的呼吸我意识到，他也没睡。我们俩人一起失眠了，我开口说：

"你还记得吗？你曾对我说过，同艾达结婚是个错误。"

"记得。"

"因此，我觉得，你应该修正这个错误，与她白头偕老。"

我的萨申卡！

你还好吗？你近况如何？

我知道，你在想着我，等着我，爱着我，写信给我。

放在从前，我一定会把这句话删删改改，只留下一个"我"字，如今所有这些都变得不那么重要。

你的来信我怎么也看不够。我们这儿所有人都盼着能收到信件，但它却迟迟不来，更何况最近一段时间也不会来。你的来信也许还滞留在某地。但无论它们在哪儿，定将送到我手上。我等了又等，无论如何都将等到。等我终于收到信时，恐怕已经是整整一沓。它们在某处积攒起来，然后喷涌而出，仿佛穿越堤坝……

刚得了一小段空闲——渴望和你待上片刻。

军械厂西区的开阔地上修建了一些火药库。从旁经过都会感到惊悚无比，一旦受到攻击，这里的一切都将灰飞烟灭。好处在于瞬间死亡，而非苟延残喘。

不，萨申卡，过去的我才有这样的想法。如今，我完全换了一种方式看待这个问题。曾经我以为，活着的时候毁容或是残疾是一种不幸。如同蛆虫一般毫无价值和意义。拖累自己也拖累周围所有人。何苦呢？我曾幻想过完美的死法，可以死得不留痕迹。一旦死去，顷刻消失。

如今我想要活着。无论如何。

萨申卡，我多么渴望能活下去，哪怕残废或是毁容，都不重要。

活着！不要停止呼吸！死亡中最可怕的部分，就是停止呼吸。

战地医院里发生的一幕曾触动了我。有位伤兵，遍体鳞伤、四肢不全，等候截肢手术的间隙，有人神采奕奕地讲起了笑话，整个帐篷里都洋溢着欢声笑语，这位伤兵也跟着开怀大笑。那时我不明白，甚至无法理解，他怎么笑得出来。如今我懂了。

哪怕我受了伤，哪怕我变成残废。我也将活下去！单脚蹦跳。你想想，就算只有一条腿，一样可以蹦着跳着去向任何地方。失去双腿，就算如此，我一样可以望着窗外。

双目失明，哪怕双目失明，仍旧可以聆听周围的一切，周围的所有声音，不也是一种奇迹！舌头？就算只剩下了舌头，也能够知道茶水甘甜与否。只留下了一只手——我希望手能保留下来。有了手就可以触碰，感知这世界。

萨申卡，我担心这封信会被你当作是一派胡言。亲爱的，原谅我，原谅我所说的一切。胡言乱语不是因为我头脑发热，只是因为这就是我。

最令人震惊的是，在场的每个人都希望自己能够平安回到故乡。

每当看到其他人瞳孔失焦、皮肤蜡黄、嘴巴大张，不管相识与否，每个人都会情不自禁地窃喜：是他，不是我！一种可耻的欢乐不可遏止地涌上心头：今天被打死的人是他，而非我！今天我还活着！

有个念头久久萦绕在我脑海之中，挥之不去，我写下的任何一封信，甚至包括眼下这封，都有可能是最后一封。也许是未能完结的一封。只有在歌剧中，一切才得以结束得有条不紊，伴随着完结的咏叹调奏出最后一个音符。身在此处死亡随时都可能降临。

萨申卡，还有什么会比随随便便地死去更可怕？

每一分钟都可能是生命里的最后一分钟，每一封信亦是如此。因此重要的话一定要说，琐碎的小事便不再赘述。

正是因为这封信随时都可能被打断，此刻我必须将我不曾说过的，想要留到以后再说的一切统统都告诉你。

但要写些什么呢？一切都好像不值一提。

你可知道，有一件事，我本想多年以后，等它变得十分好笑以后再讲给你听。不过还是现在就写给你吧。万一没有以后呢？除了我以外，谁也不觉得这件事有趣。但它对我而言很重要。故事很简短。

或许，此刻看来，它已经变得足够有趣了。

我到底见到了自己的父亲。

餐具柜上有一个抽屉，一直以来都被妈妈锁得紧紧的。有次我瞄见了她把钥匙藏在何处。等到家里没人的时候，我打开了那把锁。抽屉里有各种证件、文件、票据。似乎，我父亲这些年来一直定期给妈妈汇款。对此我之前一无所知。最重要的是，我发现了他的地址。

妈妈不曾告诉我只言片语。

我第一次想要写信给他，但却不知道从何下笔。于是我决定自己去找他。我在火车上过了一夜，然后出现在他家门口。

我徘徊犹豫，迟迟不能按下门铃。

想象一下，多年以来心心念念的一次见面。如今我已无法解释清楚，我想要的到底是什么。我为什么一定要见面？火车上我彻夜难眠。我已经不再是个幼稚的少年，只会想着终于找到了那个令我魂牵梦萦的亲人。我知道，我将要见到一个陌生人。并且他完全不需要我。毕竟他曾经抛弃了我。这些年来也从未对我表示关心。也许，他会不允许我进门。我到底想要什么？难道是为了得到那份成长过程中缺失的父爱？这是不可能的。他缺席了我真切需要他的那段人生，没有他我一样活了下来。也许，我是个复仇者？难道我连夜乘车赶来就是为了报复这个抛妻弃子的负心汉？为了宣泄深仇大恨？释放正义的怒火？不应该有人看不惯他的卑鄙吗？一拳揍在他的脸上？羞辱他？难不成，我想要的是他的忏悔，以及请求我原谅？

奇怪的是，比起这个素不相识的人，我更恨母亲和继父。

万一他知道我对他有所要求，会不会吓一跳？他愿意补偿我吗？我什么也不需要。就算他愿意给——我也绝不会拿。

我感到惶恐不安。我在那扇门前站得越久，就越发清晰地认识到，这场我从小盼望至今的见面，彻底失去了必要。我也不再需要他。

就在我准备离开的时候，那扇门开了。也许，他感应到有人站在门口。

气喘的、松弛的身体。鼻孔堵塞，吸气时哼哧哼哧。我没想到会看见一位发胖的老人，眼袋深重，脸颊下垂，这是他。沉默地看着我。

我开口道：

"你好！我是来找你的。"

出乎意料的是，他立刻知道了我的身份，仿佛这一刻他也等了一生。

他脸上闪过一丝慌乱，随即扬了扬眉毛，深吸一口气，只是说了句：

"进来吧！路上饿坏了吧？"

我有种不寻常的感觉，仿佛所发生的一切都与我无关，既不可思议，又无比平淡。他把我介绍给自己的妻子和孩子们，说，我是妮娜——他的第一任妻子——的儿子。每个人都很不自在——对此谁也没有准备。所有人都沉默不语。他的妻子代表大家说了几句，但嗓音低沉、嘶哑、含混不清。她解释说，她的颈部长了甲状腺肿瘤，压迫气管。奇怪的是，她似乎有点像我的母亲。

我的妹妹是个体格大得惊人的女孩儿。她一坐下来，圈椅似乎都有点承受不住。她看我的时候眉头紧蹙，好像我要从她身边偷走什么似的。

小弟却刚好相反，愿意亲近我。显然，这个从天而降的大哥正合他的心意。他一开口就问我，知不知道什么武打招式，当他得到我否定的回答之后，失望极了。也许，在小男孩儿的世界里，有个会武功的大哥可以极大改善他的处境。

这就是我的弟弟妹妹，但我面对他们时却不为所动，当然了，谁规定我必须要对他们有感觉？

弟弟拉着我去他的房间，激动地向我展示自己的宝库——船模、玩具小兵、硬纸壳堡垒，还聊了他姐姐的事，据说，她不上学，因为在学校受人排挤，没人愿意和她做同学，或是一起在食堂用餐。原来，她一直都这样待在家里消磨时间，没有玩伴，更别提朋友。

忽然出现在别人的生活中会有种很奇怪的感觉。

我和她单独待在一起的那段时间，我完全不知道该说些什么，只好问她，平时都读什么书。我绝无半点冒犯她的想法，她却突然换上一种委屈的腔调回答道：

"女人心里都清楚，当别人看向她的时候，通常都会把她的外表当作她本身。"

我很高兴他们叫我一起用午饭。

餐桌上每个人都沉默不语，只有父亲的妻子时不时用她嘶哑的嗓音问起我的人生规划。

这个可怜的女孩儿揭开汤锅，想要再盛一碗白菜汤，这时父亲提醒她道：

"你已经吃得差不多了吧？"

她的脸瞬间涨得通红，眼泪涌了出来，她噌地一下站起来离开饭桌，笨拙地跑回自己的房间。

父亲叹了口气，把餐巾纸揉作一团，跟上她离开，然后又灰溜溜地回来。她将他锁在门外。

之后，所有人都盯着盘子沉默地吃完午饭。我坐在那儿心想："我在这里做什么？难道世界上发生的一切都有缘由？这一切的意义到底是什么？"这件事没有带给我任何意义。从前的我是否能想象到，我与父亲的相见会是这般景象？

我陪弟弟坐了一会儿，帮他解答了几道火车和行人的问题，诧异于，他都已经长这么大了竟然还不开窍。妹妹在门口看了我们一眼，捡起丢在走廊地板上的围巾，扔到床上。

他背着她做了个鬼脸，不住抱怨说：

"水桶胖子生了大胖小子！"

我把手搭在他的脖子上。

"别这么说她。"

他做了一个轻蔑的鬼脸。

"她——我姐！我想说什么就说什么。"

我钳住他的脖子。他痛得挤眉弄眼。

"她——我妹！不准你再这么说她！记住了吗？"

他连忙告饶，说他再也不敢了，我于是松手。他的眼神告诉我，我是个可怕的大哥，他再也不喜欢我了。

傍晚我和父亲单独待在一起。他端着一个大茶缸，时不时嘬上一口，说道，他有肾结石。

我问他在做什么工作。原来，我的父亲是名建筑师。

过去我甚至连这一点都不清楚。

我想知道他现在在设计什么，于是得到这样的回答：

"巴比伦塔[1]！"

然后正经说道，他们被派去建造监狱。

他坐着的时候，弯腰驼背，两腿交叉，双手放在膝盖上。跟我一模一样。直到这一刻我才震惊于我们如此相似。在他身上我看到与自己相仿的语气、手势、表情。我长着他的鼻子，还有眼睛，还有嘴唇。

我问他是否还记得我出生的时候。父亲容光焕发，滔滔不绝地讲起他第一眼看见我的情形。他说，我刚出生的时候，小脸庞就像埃及半浮雕，等到第二天五官才逐渐显露——鼻子隆起，眼眸加深，嘴唇有了嘴唇的模样。由于新生儿黄疸我浑身橙黄，更让他惊奇的是，

---

[1] 出自《圣经》，指未建成的通天塔，现今也用来比喻摩天楼塔。

我一来到这个世界就长着长长的指甲。

我问他是否还记得，那次我们去火车站接妈妈，他将我架在脖子上，好让我在人群中找到妈妈。他迟疑地点了点头。

他向我打听妈妈的情况，还有她的盲人丈夫，以及我读大学的事。但我看得出来，他对这些事不是很感兴趣。我也是。我们不约而同地打了个哈欠。此前我还在火车上度过了一个不眠夜。

我被安置在他的办公室，睡在书架旁的沙发上。

我等待着，等他对我说些掏心窝的话。却只听到：

"晚安，明天我们再聊个够。"

话音里透露出一股悲凉。

临睡前我随手从架子上拿本书打发时间，结果是一本关于建筑石材的古老作品。原来，石棺是一种石头的名称，这种石头开采于特罗阿达[1]，并能够将肉体甚至连同尸骨在内都销蚀殆尽，因此通常被用来建造陵墓，消化肉身。石头生吞了一个人，真是不可思议。

清晨我早早醒来，天还没亮，所有人都还在睡梦中，没有和任何人告别，我动身前往火车站。搭乘第一班列车离开。

出发之前我向妈妈撒谎说，晚上在朋友家过夜，到家以后，下午茶时间，等屋子里只有我们两人时，我向她坦白，我其实是去找父亲了。

她沉默良久，勺子在茶杯里搅得叮当响。突然开口道：

"何必呢？他不是你的父亲。"

---

[1] 特罗阿达 (Troada) 是小亚细亚西北地区的一座半岛的古名，现为土耳其比加。

我慌了神。

妈妈告诉我，这位建筑师年轻时爱慕过她，并且一连追求过好几年，但她并不爱他。

"他请我去听音乐会，我和他刚走进音乐厅，就吸引了所有人的目光，我羞愧得要命——他邋里邋遢，衣服皱巴巴的，身上散发着肥皂味。"

他向她求婚，她拒绝了。当她怀了我以后，想起了他并答应了他。她说，婚礼上她为了不显怀费尽心思，还好没有人发现任何异样。

我只好嘟囔了一句：

"可是你利用了他！"

"没错。也许，我的行为很卑鄙。可能吧。但为了你我可以奋不顾身。我告诉自己：孩子必须要有父亲！本以为，结婚以后会爱上他。但却未能如愿。我对自己说，理应如此！然而最后才明白——我再也无法继续将就。我劝说自己念着他的恩情，可实际上，他的每一次碰触，都令我处于崩溃的边缘。这不是家庭，而是折磨。某个瞬间，我爆发了。那段时间，他的日子并不好过——他所设计的桥梁发生坍塌事故。我还将一切向他和盘托出。"

回过神后，我问道：

"所以我的父亲到底是谁？"

她拿出一包背着继父藏起来的香烟，点上火对着通风窗吸了起来。我等她开口。

终于她回答说：

"有区别吗？也许，你根本就没有父亲。你只是出现在我肚子里，你也只有我。想想看，无染受孕 [1]。"

她苦笑了一下。便不再多说一个字。

我的萨申卡，故事就到这里。

你知道最好笑的是什么吗？是我那时想要写一篇严肃小说，甚至是中篇小说：少年寻父终得所愿。那时我还不明白，这其实是一段非常可笑的经历。苍天哪，我曾经想要成为一名作家！当个作家，其他什么人也不是。

萨申卡，那个我，曾经的我，在如今的我看来可笑又可恶。我将过去一笔勾销。我已经到了这个年纪，却还对自己一无所知。我是谁？我想要什么？我仍旧无足轻重。我这辈子尚且一事无成。尽管存在无数理由可以为自己开脱，可我不愿狡辩。我让一切从头开始。我知道，感觉到，自己逐渐蜕变成为另外一个真实的人。那个人有勇有谋，志愿建功立业。待我归来之日，定将珍惜每一分每一秒。一切都将天翻地覆。还有那么多事等我去做，去完成。就连我仰望天空的视角都会完全不同。

我知道，当你读到这段愚蠢的自白时，一定觉得，我也就能这样仰望天空……

不，萨申卡，一切都不是那样，不是的！

你可知道，我在这里做了什么决定。你一定会笑话我。亲爱的，莫要嘲笑！

待我归来之时，或可成为一名教师。

---

[1] 暗指《圣经·新约》中圣母马利亚保持童贞之身，受圣神感应而怀孕。

我猜，此时你一定会想起古希腊人是如何选择教师的。奴隶折了手臂或是腿脚，不再适用于任何体力劳动，于是奴隶主宣布："准备教书吧！"

　　我不知道，自己能成为怎样的教师，但我莫名觉得，这是我的使命。无论如何，我都要尝试一番。

　　不错，不知为何我总觉得，自己可以成为一名优秀的教师。或许我可以教文学。有何不可？你怎么看？

　　总之，我现在脑子里净是一些以前从没有过的念头。比如，我希望我们能有个孩子。你惊讶吗？

　　我自己都大吃一惊。而且我还莫名地希望他会是个男孩儿。

　　但在我的想象中他已经是长大后的模样。毕竟我对小婴儿一无所知，可能还有点怕他们。

　　再如，我还想过和他一起下象棋——为了提起他对下棋的兴趣，我还会让他一个"后"。

　　我会拿一本书放在他的头顶，记录他的身高变化。

　　我想象着教他骑自行车的场景，他会左右摇晃，而我将会奔跑着替他把住后座。不过这都要等到他长大以后。

　　我们将会拥有一切，萨申卡，亲爱的，相信我！

　　我还想象过，当你离家外出，我们会等你，去火车站接你。那里定会人山人海。我让他坐在我肩膀上，并告诉他，一定要找到你，不然我们就迷路了。他在人群中发现了你，大声喊道：

　　妈妈！妈妈！我们在这儿！

昨天值了夜班。我往儿童病房探了一眼——临睡前有人给他们放了一集关于大拇指汤姆的幻灯影片。他把面包屑扔向饥饿的鸟儿，好像从一开始就知道他和兄弟姐妹要被送往哪儿，反正他再也用不着吃面包。

然后我去索涅奇卡的病房探望。

她依然静静地躺着，手里握着橡子，无论如何也不愿死去，即使任何事都不能做。

抚摩过她瘦弱的手臂。

紧了紧蝈蝈手表的发条。

窗外开始落雪。寂静，轻缓，松散，无声。

我伏在床沿，抱住她，紧贴着她。对她耳语：

"索涅奇卡，听我说。现在我有一件非常重要的事要告诉你。你尽可能去理解。我知道，你听得到我说话。我曾读到过关于死亡的描述，书上说，这就像小时候你在院子里玩雪，妈妈在窗户里看着你，然后呼唤你。你已经玩得够久了，该回家了。你在雪地里摔了一跤，身上湿了，靴子里钻进不少雪。你还想再多玩一会儿，但到时间了。争论是无益的。你很执着，这很棒。你只有一点力气，却仍然顽强求生。你不愿离开。好孩子！真是好孩子。但你要知道，你不能就这样活着。你是无所谓了，可你的父母被你折磨得苦不堪言。他们那么爱你！他们被告知，希望为零。会诊的医生们都很想治好你，可是却束手无策。你千万不要怪他们！也许，其他的事情他们会有所不知，但你的情况他们摸得清清楚楚。你以为，他们年长、个高、强壮、聪明，可实际上他们什么也不会。相信我，倘若你可以看看自己的身体，那么你立刻就会明白，这副躯体再也不能为你所用。你大可不必为它苦撑。你明白吗？一旦你放下自己的躯壳，你就为自己的父母做了一件大好事，你也很爱他们，对吗？他们已经痛苦到了极点。哪怕还有一线希望，他们都会孤注一掷。等到希望彻底破灭，就只是痛彻心扉。如若你死了，他们的日子怕是会好过一些。听起来不可思议，但你试着去理解，可怜的宝贝！看看你现在的样子，你已经完全不需要这副躯体了。它再也无法跳舞，永远也不能屈膝行礼。不能跑、不能跳、不能画画、不能出去玩耍。等它死了，就好了。你要明白，生命，是种挥霍无度的恩赐。生命中的一切，都是浪费。你的死亡，是种恩赐。为最爱你的人带来解脱。你是为了他们而死。当最亲近的人离开这个世界时，认识到这一点非常重要。这是一种恩赐。只有这样才能多少理解生命的意义。心爱的、亲爱的人的离世，这种恩赐，让我们认识到活着的意义。然后，想象一下，你，一个年幼的女孩儿，懵懂无知，甚至连电灯发光的原理都不清楚，更别说诸如菲涅耳双面镜一类的事物，当这件事发生的时候，你将会知道所有成年人，甚至包括这里最聪明的人也不知道的道理，你将会大彻大悟。如果你愿意，我将接过你的橡子，待到春天将它种下。种子会长成一棵小树。你说说看，一个脱离橡树生命的橡子，从何得知橡树的存在？身体——不过是身体。你不是从芭蕾舞鞋里长出来的吧？你只是在身体上长大。最重要的是，当你孤身一人的时候，不要害怕。你用画笔贯穿所有物体和人像，线条发散，最终交汇于一点，你还记得吗？世界即是如此运转。起初我们齐聚一堂，作为一个整体。然后人群四散，但每个人身上都连着一根线，这根线将我们拽回。整个世界重新汇聚于一点。每个人都将返回，先是你，然后是唐卡，再就是你的爸爸和妈妈。谁是第一个并不重要。我们将在那里团聚，因为那个地方就叫作聚合点。就连轨道一类的事物也将汇聚于该点。每一列电车都将驶向此处。还有你曾和爸爸一起放过的风筝，也曾朝那里飞去，只不过被电线缠住。想象一下，它至今还挂在原处。今天我上班的路上，它还冲我挥了挥手。夜已经深了。窗外大雪纷纷，万籁俱寂。忙了一天，所有人都在沉睡。我的好姑娘，你的这副躯体已经百无一用，但你还有无限可能。蜷成一团吧！"

两只眼睛不同色的萨申卡！

我今天梦见你了！

你能想象，我现在已经记不清楚，我们俩究竟一起去了哪儿。然后你莫名消失，我连忙追上去，但却无法跑动，难以迈开步伐，就像水淹没至胸口。为什么做过的梦立刻就被遗忘？好吧，没关系。重要的是，你出现在我的梦里，我们在一起。

或许，你也梦见我了？想象一下，我的梦在某个地方与你的梦相遇，它们相依相偎，亲吻，拥抱。

我的女孩儿！我亲爱的！

两天后就要强攻了。至少，是这么说的。这里所有人都在等候，没有人知道任何确切消息。我们为出征做好准备，又有通知说，必须要等到雨季结束。然而，雨在哪里？但也未必就能提早出发。谣传，通通都是谣传。身在此处所有人不过是听着风言风语过活。

我健康平安，尽管瘦了很多，所有衣服都空落落，像挂在杆子上。最近几天又开始闹肚子了。我去看了医生，但扎烈姆巴只是建议我暂时不要进食。还没有生虱子。我和大多数人一样，很少洗脸，也很少剃须，毛发疯长。我决定今天刮干净胡子，上下打理一番。我坐在弹药箱上，剃掉蓄了五天的胡须。从绷带上扯些碎布头当作毛刷刮脸。我没有修脸用的小镜子。我之前那个打碎了，只好从基里尔手上借来一用。尽管在这里人人都很少刮胡子，但有时不得不刮，不然就会胡子拉碴。

你可知道，当我照着镜子剃须时，忽然看见自己嘴巴大张。你明白吗？我看见自己死掉的模样。我开始看见每个人死后的模样，包括自己在内。

但我尽力使自己放下类似的念头。

今天露西随伤兵连一同前往下一城。

我看见，那些人眼里是何等喜悦，他们终于可以远离战火，远离手术台和痛苦折磨，以及留下来那些人眼里的嫉妒！

当露西同我们告别的时候，泪流满面，仍然用手捂住颈部的胎记。我们新来的长官斯坦科维奇——我不曾向你提过他，待会儿再详说——派基里尔前去送行，他现在还在码头上，不过早就该返回了。我希望他们平平安安。

我由衷为他们的幸福感到高兴！他们一生寻寻觅觅终得以相遇。此时，此地！基里尔坦言，他们已经决定结为夫妻。她将一直等他。

尽管，我自然不是很清楚，基里尔·格拉泽纳普看上她什么了。她是可爱的，但是对他而言，也许太过普通。而且年龄比他大很多。但这些都不重要。奥维德[1]会怎么看？姑娘的外在，在心上人看来是无足轻重的。

这时基里尔回来了。他倒在床上，背对所有人。沉默半晌，然后开口说道：

"从现在开始我必须活着回去。"

---

[1] 奥维德，古罗马诗人，与贺拉斯、卡图卢斯和维吉尔齐名。代表作品有《变形记》《爱的艺术》《爱情三论》。其中《爱的艺术》一书描写爱的技巧，传授引诱及私通之术。

萨申卡，当一个地方笼罩在死亡和杀戮的阴影之下，总会充斥着谎言。你知道，我现在怎样看待这一切吗？实际上，战胜或是战败都不重要，因为对于士兵而言，活下来，才是胜利。

但是，除了关于善恶之争和一派胡言，以及关于永生的花言巧语之外，这一切事物中都含有某种至理真言，我能够感受得到。或许，我置身此地，就是为了求得真理。

人们在这里行事粗鲁，但同时内心也变得更加柔软。隐藏在他们身上的那一面逐渐显露出来。我注意到，甚至就连那些被我视作粗鄙野兽的兵卒，也开始写起了情意绵绵的家书。在家里他也许醉酒后对妻子动手，此时却向她写道，留下亲吻和拥抱，爱你的彼加。就算为了这一句，难道不值得把他送到这里吗？

至于我，没有这趟经历，难道我就能懂得，人生一遭就是历经复杂事物从而趋向简明、至简至真？

诚然，周遭遍野皆是罪恶、残暴、粗野、无知、丑陋之事，但你越是想紧紧抓住自身和周围的仁慈，越是想保留自身仅存的人性。过去我从没遇到过真正称得上朋友的人。如今身在此处，一个人和他人共度生命中最后一分一秒，并将所有人性的温暖倾注其间，仿佛注入漏斗。

现在基里尔对我来说就像兄弟一样，死伤者的名单越是加长，我越是珍惜这个笨手笨脚还戴着酒瓶底眼镜的男人。此时我向你写起他的事，他对此甚至没有起一点疑心。他摘下眼镜擦拭，眼皮肿胀，失去保护的近视的双眼所流露出的目光像孩童般无助。他又背对所有人躺下。连睡觉的时候都戴着眼镜。

我和他有着同样的想法和恐惧，这令我们如此亲近！脑子里时刻回响着一个声音——今天千万不要发生什么意外，明天也是，后天也是！大后天！大大后天！

我回想起，有次他盯着自己的双脚深深叹了口气说道：

"长得真不好看！那也不能被炸飞，不然也太可惜了。"

基里尔一只脚上有个指甲向内嵌生。他开玩笑说，万一他被炸得面目全非，或许可以通过这个指甲认出他来。

我第一次体会到这种诧异的感受，与此种种胡言乱语——男人的友情。实际上，这种感情不在多少。只要知道，他不会抛下你不管，你也会竭尽所能帮助他。奇迹也许一直都在于，彼此相遇时仍然平安健康。

如今最令我开心的就是基里尔·格拉泽纳普还在这里，平平安安。他好像睡着了，把头埋在柔软的枕头上。传来嘶哑的声音，喃喃低语，在梦里含混不清地嘟囔。也许，是梦见了自己的心上人。幸福呀！不，他没睡，他是在自言自语。现在他起来出去了。

知了在树上卖力地叫着，听得人耳朵里嗡嗡作响。

不知为何我想起，基里尔说过，他小时候曾经假扮过理发师，剪掉了猫咪的胡须。然后那只猫撞到了椅子腿上，甚至凑着脸绕着食物打转。

我对士兵的态度开始有所转变。他们阵亡的人数越多，我越能感觉到与他们的相近之处。昨天重新誊写了阵亡将士名单，心中油然生出一种对营地的归属感，第一次意识到自己是其中的一分子。

过去我曾以为，活着——就是为死去做准备。你可知道，某个瞬间我忽然觉得自己就像挪亚一样，预知大洪水迟早将会到来，世界上所有生命都会结束。因此，他必须建造方舟，拯救万物。挪亚再也不像其他人一样活着，一心念着大洪水。此时我也在建造自己的方舟。只是我的方舟不是由原木制成，而是文字。周围所有人都活在当下，乐在当下，而我所思所想的只有不可避免的大洪水和方舟。我觉得他们很不幸，但我，可能，也是他们中的一员。

我觉得，我应当记录所有关键事物。每种动物成对出现。事件、人类、物体、记忆、图像、声音。这时有只蚱蜢飞起来一头撞在了我的膝盖上。而我只要抉择，是否需要带上它。类似的经历就像我小时候将罐子埋在茉莉花丛下。只不过现在我几乎可以带上一切。

挪亚的任务——有意识地、明智地接受死亡。

我就像一个不中用的挪亚。

萨申卡！净是一派胡言，哪里存在什么挪亚！我的文字方舟将会漂游而去，而我将会留在这里！不是准备死去，而是准备活下去！我尚未做好活着的准备，萨申卡！

我，挪亚的挪亚，愚人的愚人，寻找着某个重要的、意义非凡的、无法企及的事物，因此我必须留在这里，只有留下来才懂得，我拥有你。我已经拥有了重要的和意义非凡的，那就是你。四周潜伏着死亡，我却能感受到生命的激流，涌向了我，托举着我，带我去见你。

思念往往在夜里汹涌——我为我们所拯救，那些过往不会消散，它依旧鲜活，种在你我心中，构成了你和我。

你可还记得，冬天我理过头发后去了我们约会的纪念碑公园，背后寒风刺骨，耳朵忽然少了遮挡冻得发僵，傍晚时分气温骤降，我们俩围着一条围巾，一起散步。那条围巾织得宽大、松软。冻得手脚麻木后，总算走到你家，脱下衣服，躺进被窝，牙齿直打战，你牵起我冰冷的双手，放在自己两腿间一点点焐热。

还有一次，你可记得，夏天时我们在乡下骑自行车，你的裙子卷进了车轮里。

这就是我们共同生活的片段。萨申卡，我们有那么多美好瞬间！不，这一点儿也不多！

我头一回在你家留宿那次，晚上起来上厕所，黑暗中伸手不见五指，我沿着墙根摸索，膝盖撞倒了几把椅子，吵醒了你。

每当我眼睛里进了沙子，你都会用舌尖替我舔干净。

告诉我，你现在还经常啃指头上的倒刺吗？我亲爱的，别这样，别老啃手指头，你的手指那么美丽，那么柔软！

有一次，你陷入沉思在屋里踱来踱去，嘴里还含着牙刷，脸上鼓起一个小包。

有天你来我家做客，我把咖啡壶坐上炉子，却忘记加水，你还记得吗？最后咖啡壶报废了。

另一次，我又把茶壶忘在厨房，水沸腾了好久，最后都烧干了。你啜一口茶，看了一眼茶杯，突然说道：

"瞧，我有方糖和枝形吊灯配茶。"

新鞋不太合脚，你用汤匙把它们抻开。

你的海螺！凤螺科海螺，总是盛满烟蒂。凹凸不平的，有尖角的烟灰螺。它怎么样啦？放在何处？在等我吗？

我的爱人，我们彼此分开这么久，但我对你的感觉就像刚过去几天。

我一闭上眼就看见：你刚从浴室出来，坐在床上，如同当初一般，穿着我的衬衫，抱紧双腿，下巴抵在膝盖上，湿漉漉的头发裹在毛巾里。在我的眼前——你的踝骨和蚊虫叮咬的肿块。我亲吻你的双足和脚踝。

我还要感受到你颈部的脉搏，恰如当初。那种跳动不同于其他部位，令我倾心。我深爱这单薄肌肤下跳动的脉搏。我看见你的双唇，被风吹得发干，我想要给它们无休止的亲吻。嘴唇边缘的颜色逐渐改变。而中间结了柔软的干皮。给你潮水般的爱，包裹你的双唇、踝骨，以及整个的你！夜里在黑暗中低声对你诉说情谊，亲吻，抚摩，深爱！

你属于我，我不愿把你交给任何人！

我疯狂地想要你！我想要你的身体！

我还活着，萨申卡！

早班电车。人头攒动！

窗外天还没亮，车厢内昏暗的灯光照得人人脸色发青，像是溺水死亡的模样。有人不住地打盹儿，有人潦草地翻阅报纸。

第一版报道的是战争，最后一版是填字游戏。

各大城市宣布，禁止在公共图书馆有绿色花纹的漏水的顶棚上逗留——那里常常挤满了流浪汉，藏身于合订本杂志之中，散发出阵阵臭味。

一则来自高卢[1]的报道称，每天傍晚，霞光为桥面上的鹅卵石镀上了一层金。

来自耶路撒冷的报道。

科学新闻：学者们计算得出，过去五千年来，大部分人彼此接近不是出于主动选择，而是像树木一样，既不曾选择自己的邻居，也不曾选择传粉媒介，只是因为长大后枝叶和根茎自然而然交织在一起。

他们还通过实验发现，随着时间推移，出现了一种香芹菜。时间可以按照任何顺序发生在任何人身上。可以一边在厨房里摩擦裹着烟卷纸的让嘴唇发麻的小梳子，一边在另一间厨房里阅读一封已逝之人的来信。你去看牙医，往牙缝里打了一针，扯到神经，过了八百年以后，台布的穗子在过堂风中摆动。总之，古人早已发现，

---

[1] 高卢，古代西欧地区名，法国、比利时等地。因其原始居民为高卢人而得名。

昔日往事不会随着年份推移而被抹除，反而逐渐接近。钟表只会发出像蝈蝈一样的叫声，指针各行其是，那不就是早前已知的"两点差十分"。

由于过度捕猎，阿尔卑斯山脉的蝴蝶几近灭绝。

报纸卷茶叶代替了香烟。

临近傍晚，天气也许会放晴。

事故。我经过而不知，生命比裙摆还短。

读者的来信。有人等着共进晚餐的感觉真好！

雪人伤心难过，为什么所有人都为泰坦尼克号感到惋惜，却没人关心冰山？

我在寻找一枚印有养鸽人图案的邮票，他在等待鸽群翱翔回巢的时候，不是仰望高处，而是低头看着一盆水：如此，天空更清晰。

孤独，狡黠，一个长期留着栗色头发的女人，没有不良嗜好。不过，偶尔我也抽烟，自己是自己的姐妹，根据德鲁伊占星术——是芥菜籽，身高——与胳肢窝等齐，体积未知，双眸——宛如希实本都城巴特拉大门旁的水塘。看起来过着安稳的生活。从前在医院工作，那里砌有高耸的围墙，墙头嵌有碎玻璃片。那里的孩子怕的不是癌症，而是打针——我们为了在针眼密布的手臂上找到适合扎针的位置不得不费上半天工夫。

如今——已是生命的女主人 [1]。信息和信使。

我在"死刑不得赦免"一句中点上几个逗号。

---

[1] 此处指的是在医院负责接生，但作者并未直抒。

我用钢丝刮了好几遍。下水槽里有一支笔、一把剪刀，我瞧了瞧，还有什么没掏出来。直到全部刮干净。

拖着疲惫的身体下班回到家，但这儿"非家"。

每天夜里我都在破旧的沙发上辗转反侧，那一位在自己的旧床铺上低声呢喃，嗓音嘶哑。厨房里水龙头没拧紧。我买的那个新枕头——散发出鸡毛的味道——让我很不舒服。透过小窗户不时传来几声深夜啼叫，音色诡异，遥远陌生。我如今住在动物园的对面，一直想进去逛一逛——冬天又来了。笼子里空荡荡的。

有一天我走进园子，雪还没有真正下起来，只有零星几点，像头皮屑。池子里水已经排空了，塘底积满垃圾。

我来到猴舍，里面臭气熏天。我看到，它们用尿液涂抹手掌和皮毛。这是它们的语言。

然后我排在了一队小学生后面。我们被带到动物园的另一头，那里充其量只能看到几只母鸡。最普通的，家养的那种。散发出我的枕头的味道。然后那边开始讲解，孵蛋的母鸡，常常将鸡蛋挨个翻转，好将自己的体温均匀地传递给每一枚蛋的每一部分，正是由于它的坚持和关爱才孵出了一群健康的小鸡。但其实这根本不是自觉母性的范例。实际上情况是这样的，母鸡的腹部温度会持续升高，因此，产生的不适感要它不断地在身边寻找合适的物体，为灼热的部位降温。母鸡长时间坐在鸡蛋上的原因在于鸡蛋温度冰凉。每过一段时间鸡蛋就会被它暖热，因此需要不断翻转，将冰凉的一面朝上摆放。等它重复此类动作达到足够的次数和时间，小鸡就会破壳而出，令它惊讶的是，它发现自己将要面对一窝小鸡。大家伙看看，这就是自然造化的一切。

从鸡舍出来后，我看见了一头冬日里的大象，孤独寂寞，茫然无措。"非家"的象舍里有人在打扫，它在室外冻得直打战。在十二月初的暮色中活动身体，时不时倒换着脚站立，麻木僵硬，长鼻子喷出阵阵水汽。

一瞬间我感觉自己就像一头冬日的大象。我驻足和它一起活动身体。我怎么到这儿来的？天怎么这么冷？我在这儿做什么？我应该回家！我需要温暖！

父亲离世后，妈妈养了一只猫排解孤独，母猫每年都怀胎生子，妈妈把新生的小猫免费送给花鸟市场的小贩，让他们好生照看。这几年妈妈衰老得厉害，每一次我去看望她，她都自顾自地讲一些母猫和小猫的事。还一直劝我带一只回去，每次都被我拒绝了。现在，看到大象以后，我同意了。反正都已经住在动物园对面了，养些什么也是自然。

我挑来挑去，最后决定领养那只向我爬来的小猫，取名叫作"小图钉"——因为它的鼻头。

我把小猫抱在怀里，它一点也不安分，我对着它的小脸吹气，它蹙了蹙眉头掩面藏了起来。

小图钉从早到晚都很活跃，看它玩闹也是一种消遣。当它第一次看到镜子里的自己时，脊背上毛发竖立，张开小爪子，朝着自己的镜像一跃而起。一连几次撞到鼻子之后，它便对镜子彻底失去了兴趣。然而它却能追着一根绳子玩上好几个小时。要么就是睡一觉起来，在屋子里上蹿下跳——从床上到圈椅，从圈椅到窗帷，再从窗帷到沙发，如此闹个不停。一旦打翻了什么东西，它会立马躲在沙发下，想要引诱它出来还得用上折纸小跳蛙才行。

我打算教小图钉用马桶，但它掉了进去，从此一见到水就怕极了。

不知道为什么它不愿意接触沙子，但却很喜欢待在纸箱里，把碎报纸弄得沙沙作响。

它天性十足，没羞没臊。我吃东西时，它可以卧在饭桌上正对着我，身体扭成麻花状，后脚朝天，舔舔自己肛部的粉色小洞。

在我终于意识到它需要一根木柴之前，它抓坏了一把圈椅。它喜欢在柴火上磨爪子。我曾经无法想象，我的小图钉是一头小野兽，它的爪子可以将人撕碎。

不知不觉，小图钉长大了，变成了"大图钉"。

我不知打哪儿听说过，猫咪不在乎主人在家与否。一派胡言。我到家时，大图钉总会兴高采烈地迎上前来。它一看见我，就站起来，弓起脊背，美美地伸个懒腰，走过来与我亲热。我会冲个澡，穿上温暖的浴袍，涂抹面霜，坐进被窝，手里捧上一本书，脚边躺着一只猫，就像一个暖水袋。一边读书一边用脚抚摩大图钉。它舒服得直呼噜。

只有当它开始发情的时候，才比较可怕。可怜的大图钉在家具上摩擦，在地板上打滚，爬到人的肚子上，开始凄声惨叫。妈妈让我把母猫带到兽医那里绝育。可我于心不忍。

不幸的大图钉，我本想安慰它，抚摩它，但手刚一挨上去，它就立马摆好了交配的姿势。时刻试图逃出家门，我不得不把它锁了起来。

我夜夜不得安眠，看着它饱受折磨，发出娇媚的叫声。床铺冰冷。我睁着眼睛躺着，月光照亮了房间，我想，我的猫儿——也是某个庞大机制的一部分，其中既有月亮，也有春光，还有潮起潮落，日日夜夜，冬日的大象，以及所有已经出生的和尚未出生的小猫或者猫之外的动物。同它一起，我开始感觉到自己也是这一机制的一部分，这种不知以何种方式建立起来的需要连接的秩序的一部分。忽然我也很想扯着嗓子号叫几声。数百万年以来，有过多少像我和小图钉一样的存在，体表有绒毛和鳞片覆盖或是没有，在月光下，在夜色中，痛苦万分，心中渴望的只有一件事——爱抚欢愉。

白天我行医治病，深度研究别人的生殖器官，到了夜晚我和小图钉独自蜷缩成一团，嗥叫不已。

毕竟自然创造月夜本就在于制造欲望之苦。

还有开着窗户时听到有人的叫声响彻整个宇宙：

"啊！啊！啊！"

然后小图钉因为痛苦难耐，失踪了。

我没穿外套就冲出家门，把周围的院子、街巷跑了个遍，呼唤、叫喊、询问路人，希望它只是暂时溜走还会回来。久久未归。也许，有人抱走了它，也许，被车碾了，我的小图钉。

上班时讲起这件事，他们安慰我说，有一家人养的小猫也走丢了，然后他们重又养了一只，还叫它原先的名字。于是就有了同一只小猫，只是换了一身皮毛。猫式永生。

妈妈也建议我再养一只小猫。

但我再也不想养了。刚开始习惯，就要承受别离之苦。我决定，养一只冬日的大象。它哪儿也不会跑。

为了避免独处，我总是愿意在节假日值班。白天倒也没关系，到了晚上，我回到这个摆放着我的床的莫名其妙的地方，喝下一杯果子茶，促进睡眠，自我麻痹。

每当扬卡叫我周六去她那里和孩子们坐上一会儿时，我都无比高兴。

我喜欢拜访他们。科斯蒂克，他们家老大，我刚到门口还没来得及脱下外套，他就已经拉住我的手往自己屋里拽。从大篮子里掏出各种玩具递给我。我伸出双臂接住一个又一个小汽车和小动物，多得已经洒落地上，他还是不住往上堆，垒起一座小山。

有一次我用夹坚果的钳子跟他说话。现在，每次只要我来了，他就把钳子塞给我，要求我让钳子跟他说话。

不久前他们家又添了伊戈廖克。

孩子出生前，扬卡一直不愿意知道性别，她想要个姑娘，却生了个小子。她不太高兴。阿库谢尔卡，一边把剪脐带用的剪刀弄出咔嚓声，一边对她开玩笑说：

"那我们剪断吧？"

孩子出生后，整个公寓又一次变成了婴儿工厂。屋子里一片狼藉，书桌上摆着婴儿秤，干净的尿布层层叠叠，四处散落，发出薰衣草的味道，婴儿服堆积成一座座小山，厨房里蒸汽腾腾，闷热得就像是在浴室，锅里煮了好几个奶嘴。

扬卡外面套了一件浴袍，里面穿着被奶水沾湿的睡衣，一边和我聊天，一边织着袜子，袖珍可爱。动作很麻利，织好了一只，又开始另一只。她的丈夫看着她，把织好的袜子套在自己手指上，用手指比小人儿，沿着桌脚奔走，跳到妻子身上，爬上她的胳膊、肩膀、头顶。扬卡大笑起来，拿走他手上的袜子，赶他走开，说他影响我们聊天。

扬卡说，生了两次以后，自己身材走样，发胖，脸色变差，为此很是忧心。奶水充溢，乳房饱满肿胀，乳头皲裂。

她说她喜欢怀孕只有一个原因，那就是可以由着自己的性子随便来。她随心提出各种要求，比如让丈夫大半夜跑出去买菠萝这类事，就能让她开心不已。

她任意支使他。所有人都称他为——扬卡的丈夫。

但是真要有什么家务事要做，都是扬卡亲自上阵，她的他是牙科技师，要珍惜他的双手。

他有个不好的习惯，经常噘起下嘴唇，再用手指扯住。

总的来说，他是个出色的父亲，总是忙着孩子的事。但也很好笑。当老大还躺在摇篮里的时候，他就时常对着孩子重复一个词：

"爸爸！爸爸！"

他一直希望，儿子学会的第一个词不是"妈妈"，而是"爸爸"。

然后孩子只是清晰地发出一声：

"哒咿！"

扬卡生头一胎的时候，特别不容易，我记得，她那时说过：

"我再也不生了！萨申卡，千万别生！"

然后，等她再次怀孕的时候，完全换了一种说法，所有关于疼痛的恐怖记忆都被她抛在脑后，又开始想要生育：

造物主的设计多么精妙——遗忘！你明白吗？恐惧会被遗忘，难道人还能忘记怀里抱着新生儿的感觉吗？掌心捧着整个脊背，肌肤如同丝绒一般，小肚子鼓鼓的。

有一天，当他们三人一起推着婴儿车散步的时候，扬卡的丈夫郑重地解释道，对于母性来说，分娩的痛苦是必不可少的。他不知在哪里读到一则实验：几只母猴在麻醉剂作用下分娩，然后它们咬断脐带，吃掉胎盘，却没有表现出抚养孩子的意愿。

"因此，疼痛是必需的。科学证明，没有痛苦就没有生命。"

和扬娜奇卡相处起来总是愉快的。我们总有各种回忆。

还记得她和我在乡下过夜。那时我们才多大年纪？十三？十四？妈妈让我把床单被套等挂在白桦树之间的绳子上晾晒，我们俩拿起湿毛巾嬉闹玩耍，互相拍打对方光溜溜的小腿。起先是开玩笑——戏耍打闹，后来变得疯狂——快要流泪。

有扬卡做朋友是我莫大的幸福！还有她的科斯蒂克。如今再加上伊戈廖克。

小家伙的胸围比头围大两厘米——象征身体健康。正津津有味地咂巴着嘴。

奶水过于充沛。为此扬卡感到苦恼，不知如何处置，只好让丈夫帮忙吮吸。

晚上我和孩子们坐在一起时，扬卡正往小瓶子里挤奶。

出门的时候，她往乳罩里塞满棉花。

"简直烦死了！身上每天都湿漉漉的。创造女人的时候就不能装一个水龙头？"

他们准备出门，我留下来——发自内心地喜欢照顾小孩。趁着老大坐在地上玩积木的时候，我把凉了的奶瓶放在炉子上的温水里加热。然后抱起饥肠辘辘的小宝贝坐在圈椅上。我将奶倒出几滴在肘弯上，自己先舔了一口，然后再小心翼翼地喂给他。他冲我扮了几个可爱的鬼脸，还吹泡泡，我感觉自己幸福极了。好像哪里不太对劲儿，他哭哭啼啼。小瓶子出奶不流畅。我忙去厨房，想用针把奶嘴上的孔洞捅得大一些。结果又流得太快了。我不得不换一个奶嘴。喂过奶后，我抱起他，让他趴在我肩膀上，一边在屋里走动，一边给他拍嗝。抚摩着这个乳臭未干的小生命。

然后把科斯蒂克抱上床，给他念睡前故事。

最近一次，当我讲故事时，在他边上躺了一会儿，抱住他，我感觉到科斯蒂克试图挣脱我。

"怎么啦？"

"你嘴巴里的味道好难闻。"

我知道。我的胃向来不太舒服。应该去检查一下，可是我害怕。万一查出病了呢？

夜里我回到自己的住所。隔着窗户对着外面那头看不见的大象挥手问好。爬进冰冷的被窝。

清晨，早在闹钟响之前我就醒了过来，望着天花板，上面整个都是泛黄的污渍，就像新生儿的尿布。

没有痛苦就没有生命。

造物主的设计多么精妙——遗忘！

这个礼拜天我睡了个够，在耀眼的阳光下醒来。透过大开的通风窗，从街对面传来动物的叫声，有的啼鸣，有的咆哮，有的低哞——生命的呐喊。

我舒服地伸展腰肢，聆听各色古怪的声响。刺耳的尖叫，欢乐的呼喊，也许，是天堂鸟的声音？仿佛在热带雨林中醒来，或是在天堂。它们用鸣叫赞美这阳光明媚的清晨。我难以自持。那些不能因幸福而大喊大叫的人，只是因极度喜悦而僵化、失语——树木、窗户、阳光反射在天花板上。

萨申卡！

我今天不太舒服。

这里长期痢疾肆虐，昨天我染上了伤寒。

饮水遭到禁止，他们不喝天然水，但却用水洗刷锅碗瓢盆。传染病在这里大范围流行——士兵们进了茅厕就出不来。

最糟糕的是伤员们也染上腹泻，甚至无法在任何地方找到干草或者麦秸。

这里炎热依旧，我头疼得很，思绪陷入混乱。

你也知道，很长一段时间以来，我都没写过什么真正有意义的东西，所以我的字也跟着变得潦草。重点是，我完全没机会独处，简直烦恼透顶。

当然，还有酷暑折磨——久旱无雨，万里无云。脑袋里嗡嗡响个不停，无法集中精力，可我需要静下心来认真思考，哪怕偶尔几次也好，而不是整日为腹泻和死伤名单所困。

我写了一早上字母和数字，它们所代表的是一条条鲜活的生命。

我需要沉寂，需要孤独，然而周遭一味充斥着奔忙、嘈杂、咒骂、粗鄙的段子、痴傻的笑闹、愚蠢的对话、报告、通知、命令。

我渴望远离一切，一个人游荡。无法独处令我沮丧。

今天和基里尔·格拉泽纳普吵了一架——他一直缠着我说个不停，没意识到，我偶尔也需要独自一人，静下心来冥想。这会儿他阴沉着脸，闷闷不乐地在屋里来回晃悠。

有时我会有一堆材料要写，比如昨天。手臂疲劳，疼痛，指关节酸疼。为了节省力气，我尽量把字写得小一些，但却遭到斥责，让我往大了写。同时，因为天热，汗水不时滴落在公文上，洇花了字母。信纸还常常粘在手上。一旦有的字模糊了，就要从头再写。又是一顿劈头盖脸的指责。

同样令人不悦的是，我不得不总在晚上天黑了以后抄抄写写，在黑暗中从事文书工作令我的眼睛酸涩疼痛。在烛光下写字对视力是一种极大的挑战，不一会儿就两眼昏花，看东西出现重影。等我回去以后，必须要看医生，估计还得配上一副眼镜。

我怎么也无法习惯誊写花名册的工作。我一边抄写他们的姓氏，一边在脑海中想象他们的母亲，以及整个家族，没有人能够向他们解释清楚，这一切有何必要。

无论如何，战争过后，能留下的只有将领的姓名。至于这些，经过我笔下的，永远也不会有人想起。

我曾经读过艾洛伊斯和亚伯拉德[1]的通信，那时我感到震惊，惊天动地的受害者和默默无闻的牺牲品竟是同时存在。亚伯拉德命途多舛，无知的众人将他残忍阉割。此后数百年来，举世皆为他叹惋。再过数百年，仍有人替他感到惋惜。他在一封信中写道，那些迫害他的人遭到逮捕，其中一人是他的仆人，他们曾一起生活多年。只

[1] 艾洛伊斯和亚伯拉德生活在十二世纪的法国，他们的爱情悲剧堪与罗密欧和朱丽叶、但丁和贝雅特丽齐齐名。二人通信是用拉丁文写成的，正式出版于1616年。1697年被译成了法语，1713年从法文译成英文。梁实秋先生曾将两人之间的书信译为《阿伯拉与哀绿绮思的情书》。

需想象一下，一个人要对自己的仆人多么残暴，才会得到他这般报复？最终，作为惩罚，这些人不光遭到阉割，还被刺瞎双眼。没有人可怜他们，也没有人记得他们。尽管他们的遭遇更为惨痛。

我一边誊写名单，一边想道，我名单上这些人永远也不会得到任何人的怜惜。

你还记得，艾洛伊斯和亚伯拉德给自己的儿子取名叫什么吗？

阿斯特罗利亚比。

然后在这个阿斯特罗利亚比身上发生了什么？恐怕，足够写一整部《哈姆雷特》了。但是不曾有人写过。谁在乎他呢？谁会记得他呢？

可我记得他，我为他叹惋。也许，他死得很安详。

此刻我想起了我的祖母。正是她时常为逝去之人感到神伤。每当有人向她讲起有人去世的消息，不管认识或不认识，她总要打听清楚，那人是何种死法，她希望，那人无病无痛地死去，也希望，那人能少受些罪。那时我总觉得这样很傻很可笑：人已经死了，上天自有定数，却还有人紧接着祝愿他死得轻松。

基里尔·格拉泽纳普今天害我失去理智。陷入痫疾的深坑，随时都有可能掉脑袋，还在思考自己的永生问题，难道不可笑吗？

他一直说服自己：

"我并不存在——因此这不是死亡，而是其他什么。以后我也将不复存在。这将不会是死亡，而是——其他什么。"

我开口说：

"抽你两个大嘴巴！"

当然，他什么也不懂，我也不会跟他解释。反正他也不会懂。

他不明白，这世间所有宗教和哲学谈到死亡的时候，只不过试图表现得像老太太聊起牙痛一样滔滔不绝。

也许，像这样：身体与死亡抗争的方式是疼痛，而大脑和意识——是思想。无论前者还是后者，最后皆无法拯救生命。

厨房门口有一匹瘦弱的马——准备被吃。它等待着屠宰的那一刻，甩了甩尾巴，摇了摇头。它的眼睛上落满了苍蝇。拴在厨房门口的这头牲口并不知道自己还能活多久。人之所以为人，差别就在这里：我们——是唯一一种认识到死亡必然性的生物。因此，不应将幸福寄托于未来，而应当将幸福享受在当下。

我的萨申卡，我应当怎么做才能幸福？

现在我随时都有可能被打断——我们正在驱车侦察，进攻的计划有变。在这里无论大事小事随时都可能有变更，对任何事情都不能确信不疑。不过既然强攻计划遭到推迟，就意味着，有人还能侥幸再活两日。我只想知道，幸存者会是谁。没关系，很快就会清楚了。他们会享受多出来的这两天生命吗？未必。每个人都有所希冀。

医生带着军医士赶来，和我们在一辆车上，他们想知道，要从哪里运送伤员。我听见，扎烈姆巴讲起一件趣事，大家开怀大笑。

瞧见了吧，没有一点冷静思考的时间。我多么渴望能够琢磨些别的事情，将这一切冗杂远远抛在脑后。

我在说什么？我说，没有时间。

的确，几小时和几分钟是有的，而时间，其实是我们。难道离了我们还会存在时间？换言之，我们就是时间的存在形式，时间的载体，以及病原，也就是说，时间是宇宙的一种病。等到宇宙战胜疾病，我们将会消失，然后恢复健康。时间如咽峡炎一般流逝。

至于死亡，则是一场宇宙和时间之间，和我们之间的较量。那宇宙又是什么？它在希腊语中指的是秩序、美丽、和谐。死亡——是为了保护普世的美丽与和谐免遭我们的破坏和扰乱。

我们奋起反抗。

时间对宇宙而言是疾病，对我们来说，是生命之树。

奇怪的是，被称作宇宙的还有秋英[1]。这种平淡无奇的陆生花木。

我的肚子里不停地翻滚，请原谅我连这也要写。我生怕染上伤寒。头痛欲裂。

这不，又叫我今晚写完。

萨沙！

我回来了。已是深夜。

两只胳膊止不住颤抖，请原谅。我惊魂甫定。爆炸导致的耳鸣久久挥之不去。

本不该跟你讲这些，但却忍不住。如今我心力交瘁，无法自拔。

当时在场的有我们新来的营长斯坦科维奇，耳背的乌布里——我曾向你介绍过，我们的医生扎烈姆巴，军医士，还有一位军官——乌斯宾斯基，他还很年轻，今天接到指令，提拔他为陆军准尉。还有几位参谋人员和士兵。

这位乌斯宾斯基讲起话来滔滔不绝，但又总是磕磕绊绊，是个

---

[1] 俄语中 Космос 一词源于希腊语 κόσμοö，既有宇宙的含义，也指植物的秋英属。"秋英"一名通常指大波斯菊。

健谈的结巴。他因为升迁兴奋得难以自持，甚至连斯坦科维奇也命令他住嘴。

我肚子里翻江倒海，于是离开他们，找到一处浅沟蹲下。突然轰炸开始。一枚炮弹坠落在他们所处的地方。

我向那里跑去。所见所闻，不堪下笔。

请原谅，我又开始颤抖。

我看到，离我最近的乌布里躺在十步开外。双臂和双腿仿佛被切去。四肢彻底消失！一只鞋子和残肢甩在一旁。脸上蒙了一层炮灰。我俯身查看，感觉他好像还活着。嘴巴大张。在我面前，他的瞳孔似乎蒙上了一层帘幕。在我弯下腰的那一瞬间，他刚刚死去。我想要替他合上双眼，说不上原因，我只是知道，我应当这么做。伸出的胳膊停留在半空中，我下不了手。

我接着走向远处。所到之处，皆是尖叫、呻吟、血流成河。

我看见了我们的长官——斯坦科维奇。他躺在草地上，给人一种他只是累了想要躺一会儿的感觉。我跑了过去。他的脸很安详，两眼半眯，好像在偷窥。他的双手好像过了一遍绞肉机。我握住他的双肩，试图将他稍稍扶起。他的身体毫不费力地就抬了起来，后脑勺却留在了草地上。

旁边有一匹受伤的马，后腿剧烈抽搐，它的背后是军医士米哈尔·米哈雷奇，已经面目全非。牙齿、骨头和软骨化作一团烂泥。

我听到几声呻吟，应声跑去，原来是医生扎烈姆巴。他还活着，他正看着我。他还有意识，他含混不清地说着什么，鲜血直流。他的肠子沿着腹部的豁口流了一地，混着尘土。扎烈姆巴躺在暗红色的血泊之中，不住呻吟，而我茫然无措。他怎么才能活下来，我该如何是好。我冲他大喊：

"怎么办？怎么做才好？"

他只是含混不清地喃喃，直到最后我才明白，他想要的是，让我给他来个痛快。

我又听到几声呼喊，忙跳起来寻找。

我看见参谋人员中的一位——人已经死了，双腿向内侧蜷曲，像杂技演员一样。嘴巴——又一次，如同他们其他所有人——大张。两眼大睁，却什么也看不见。血液在胡须上凝结成块。

终于我找到了一个活人——结巴乌斯宾斯基。不知道他伤在哪里，只见喉咙里涌出大口鲜血。身上的制服还在冒烟，眉毛、睫毛、头发统统烧焦了，透过马裤上的豁口，看得到他腿上有多处擦伤，还伴有出血。

我六神无主，茫然不知所措。坐在他身旁安慰道：

"坚持住，一切都会好起来！"

几个士兵和卫生员赶了过来。我和他们一起把乌斯宾斯基抬到医务室。半路上他开始被自己的血水呛得喘不过气，卫生员将几根手指塞进他嘴里，好让鲜血顺利流出口腔。

我在医务室里陪他坐了整整一小时，怎么也无法离开。他还有意识，我不断重复道：

"坚持住，一切都会好起来！"

帐篷里闷热无比，又不通风，还有成群的苍蝇，以及腐败的气息。我一边替他扇风，一边驱赶苍蝇。除此之外，我别无他事可做。

当他死去的时候，我伸出手臂，掌心贴在他的脸颊上，替他合上双眼。其实，也没有想象中那么可怕。

需要将他挪到其他地方，于是我帮忙抬起他的身体。人死以后比活着的时候重了许多。过去我曾听人说起过这一点。

萨沙，此刻我多么渴望和你在一起！

我已经筋疲力尽。

我想要依偎在你的身边，将头枕在你的大腿上。你抚摩着我说道：

"亲爱的，没事儿，一切都有了起色！全部都过去了。如今一切都会好起来的，只要我们在一起！"

从早上出门的时候我就已经清楚，我会在占星师那里留宿。他那古龙水的诱人清香在回忆里挥之不去。

我望了一眼镜子里的自己，快要认不出来。面色苍白，眼周青黑。

神色黯然。

我梳理头发，扯掉几根白发。

双眸依旧：左边——天蓝色，右边——深褐色，只是眼皮略微水肿。

脖颈开始出现褶皱条纹。

在盥洗盆前俯下身，用冷水清洗胸脯，双乳下垂，了无生气，青筋密布。

用镊子拔掉乳头周围的汗毛。

脚趾关节粗大。

煮咖啡的时候开始锉指甲，应该被锉平的是生活吧。

我们在公园入口见面，公园里满是杨絮。还有一位老太太在拉手风琴。

一起逛了一会儿。然后他带我去他家。

途中，我在玻璃橱窗前稍微慢了几步，那儿立着一面镜子。简单地理了理头发，忽然捕捉到一个过路女孩儿的目光。读懂了她眼中的嘲讽，在她看来，我年老、色衰，再怎么摆弄发型也无济于事。

窗边的三脚架上有一台天文望远镜。

烛光晚餐，音乐——《唐·乔万尼》[1]。

他逐一列举土星的卫星：

"泰坦、伊阿珀托斯、雷亚！狄俄涅！美马斯！许珀里翁！菲比！"

我赞赏地笑了笑，尽管他忘记了忒提斯和恩赛勒达斯。

他懊丧道，上次月食的时候下了一场雨。

他关上窗户，以免蚊虫和杨絮飞进来。有只蛾子不住地撞在玻璃上。

他轻轻地抚摩着那架天文望远镜，开始讲起了它的故事：

"顺便说一句，这是唯一真正的时光机。而且我这架天文望远镜是伽利略那架的六倍之强！"

然后是约定好的事——他拿起望远镜，我们向屋顶走去。

爬楼梯的时候，他弯腰系鞋带，忽然露出毛发脱落的顶颅。

顶层有一扇通往阁楼的门，他用钥匙打开了一把巨大的挂锁。我们爬上了屋顶。

和风阵阵，脚下是万家灯火，抬头是闪烁星光，就连屋顶上也积攒了成团的杨絮。

"到了，这儿就是属于我的一片天。"

他开始指点星座。

"请看，昴宿星团。还有那里，他抱住我，毕宿五。夜色清凉。你冷不冷？"

---

[1] 莫扎特的一部歌剧，全名《浪子终受罚，或唐·乔万尼》，又译《乔万尼先生》《唐璜》。

他抱得更紧了。

"然而实际上所有星宿之说，都是无稽之谈。瞬息之间的星象不会吐露任何。无论人们把星座唤作行人还是飞鸟。总的来说，给星星取名，相当于将海浪的最高点登记在册。"

他还解释道，所有事情都处于时间错位之中。行星有行星的时间，我们有我们的时间。

"你明白吗？"

"明白。"

"对我们来说，所有这些球状星团和弥散星云就像一张照片，咔嚓，就会永存。从前有过大爆炸。轰隆！一切四分五裂。但仅仅对我们来说是四分五裂。然而实际上——迅速分裂，再迅速重组。又是一声轰隆，再次四分五裂，再次重组。再一次轰隆。怎么才能跟你解释得更容易呢？这就像小孩子拿了一块橡皮泥，捏成了一群小动物、小人儿、树木、房屋。然后压扁，再揉成一团。明天再接着捏。或者这样，更确切地说，你还记得公园旁的那个老太太吗？与我们而言这是永恒，然而实际上仅仅就像手风琴上的和弦，张开双臂，缩紧。一开，一合。你明白吗？"

"明白。"

在他支起三脚架，调试望远镜的时候，风吹来了几片云。当我贴在目镜上观察月亮时，他抚摩着我的头：

"杨絮落在了你的头发上。"

我们走下楼。卧室里衣柜的柜门大敞，令人惊奇的是，他竟然有那么多套西装和皮鞋。

墙上挂着他孩子的照片，一双儿女，是孪生兄妹：起先还坐在童车上，后来开始上学，然后就毕了业。

公寓里到处都是其他女人留下的痕迹。或是她们刻意做的标记。浴室的架子上有卫生棉、染发剂，几瓶古龙水的中间——一支口红。垃圾筒里有一绺黑色的头发，此前，还有一根红色的长发落在黑色的圈椅上，十分显眼。

我问道：

"你同时跟很多女人交往吗？"

他大笑道：

"只有一个，而且她很爱我。你听说过投胎转世吗？有爱的女人，是个特殊物种。她在死后会变得无爱，但是她的魂魄重新投胎，变成另一个有爱的女人。这就是一个有爱的女人的无数分身。"

我以为，按照惯例，他会帮我脱掉衣服，然而，他自己迅速脱了个精光，然后躺下，两手枕在脑后。走廊上灯还亮着，屋子里半明半暗，什么都看得一清二楚。我为自己的乳房感到不好意思，不愿摘下乳罩。

当他翻云覆雨的时候，我提了一个就连我自己也不知道答案的问题：为什么我要和一个我根本不爱的人睡在一起？

我想起一则关于一个智者的寓言，他总是叫自己的同伴们做些令人难以理解的怪事。然而在他们的愚蠢行径中蕴藏着某种常人参不透的，只有智者清楚的深奥内涵。起先，他让人凿穿穷苦渔夫的船只，于是船沉了，然后吩咐人杀死迎面走来的路人，末了，他无偿修好了村子里一处损毁的围墙，此前当地居民曾拒绝向他提供食宿。最后他解释了这一系列行为的含义。小船沉了，是避免它被驱赶渔民且夺走所有船只的暴君抓到，路人此行是为了谋杀亲生儿子，那堵墙是一户孤儿家的，以后他们便能找到藏在那里的宝物。

我记得，有一天我在路上遇见了一个人提着一桶雪。我很奇怪，既然四周都是雪堆，拎着一桶雪还能去哪儿。但派他做这件事的智者，或许知道此事的缘由。这么说，我也是被那位智者派来躺在这张不怎么干净的床上的，只不过含义尚不明确。

占星师仍在云雨之间欲罢不能，大汗淋漓。

随后他仰面躺下，点上一根烟，满意地问道：

"怎么样？"

我答：

"就像唐娜·埃尔维拉 [1]，认出来人是莱波雷洛 [2]。"

"什么？"

他甚至没听懂。

他娴熟地将安全套打了个结，然后才丢进污水桶。他打了个大哈欠，心满意足地笑道：

"只要一茶匙这种液体就能随意摆布男人，迫使他完成她的意志！毫无尊严的奴隶制！"

不一会儿他就打起了呼噜。

我试图入睡，然而无果。床不舒服，躺在上面过于柔软，就像

---

[1] 唐娜·埃尔维拉是一名曾受唐·乔万尼（唐璜）骗婚的贵妇。

[2] 莱波雷洛是唐·乔万尼（唐璜）的侍从，剧中他向埃尔维拉唱出被唐·乔万尼勾引过的两千多位女子的名录，使她了解唐·乔万尼的真面目。

陷入羽毛褥子中。这算什么床单被套？在我之前睡在这里的人是谁？

脑海里不断浮现出镜子前那嘲讽的眼神。那个女孩儿的目光一遍又一遍回放，就算我再怎么摆弄发型也无济于事。倘若在别人看来我是这般不堪，也就说明我诚然如此。

蛾子在窗户玻璃上撞了整整一夜。

清晨看见这个人时，我吓了一跳。更惊悚的是，看见自己和他在一起。我默默穿上衣服，从地上捡起他的物品，裤子、衬衫，轻轻放在椅子上，然后离开。

天色微凉。这座城市安静又空旷，走在路上还有阵阵回响，甚至连杨絮也在人行道旁凝作一团。

我穿过车站，那里电车排列成队，休整了一夜。

在我快要走到动物园时，出现了寓言故事中的一幕。有人正牵着我的大象沿着电车轨道行进。它不急不缓地走向某个地方，摇摇晃晃，不时扇动一双大耳，伸长鼻子嗅闻路面和钢轨，掀起一团团杨絮，纷纷扬扬。智者清楚，它的目的地和使命。

我回到家中，极度想要冲洗。先是洗了淋浴，然后给浴缸加满水。躺下来泡澡。

我躺在水中，看着肥皂泡逐渐覆盖每一寸肌肤、每一根汗毛。

忽然很想连着头部一起彻底浸在水下，变成水猴子。

我从小柜子里取出一根潜泳呼吸管，已经不记得是什么时候买的了，但还一次都没用过。浸入水中，屏气凝息。

水下有着不同寻常的宁静，更像是一种噪声。可以听到一切声音，甚至包括平常听不见的。只不过声音在传播过程中经过了某种致密的薄膜。脉搏跳动的声音高过了一切。

我心想，也许，在妈妈腹中就是这般景象。

我不知道，我衔着呼吸管在水下待了多久，或许十分钟，或许一个钟头，直到水温变凉。我完全冻僵了。

从浴缸中爬出来，穿上浴袍，走到镜子前，久久地注视着自己。

然后我吐了整整一个早上。

萨申卡！

目的地已被占领。

我刚刚才完成汇报。

我方有一百五十人阵亡，伤者有三倍之多。我们的旅长，陆军少将斯特塞尔，也受了轻伤，经过包扎已返回司令部。

最高兴的，也许是那些化作我笔下成串字符和数目的人吧。

这都是昨天的事，今天我们出发查看被占领的城市。

城里的大火整整烧了一夜，如今废墟上青烟四起。甚至不敢相信，这曾是一座拥有百万人口的城市。满目皆是损毁的板车、手推车、人力车，人畜尸横遍野。空气中弥漫着烟尘和油脂烧焦的味道。

每走一步就能遇见好几具死尸，有的还穿着衣服，但不知为何，大部分都赤身裸体。地上还躺着一位老妇人，她的乳房下垂至两侧腋窝。有的地方将尸体积聚成堆，再集中运走。苍蝇成群，肆虐成灾，死人和活人一个也不放过。

我不得不在废墟间上下穿行。脚下忽然踩到什么东西，差点摔倒，定睛一看，瓦砾之下有一张脸，焦黑且扭曲。

一条狗冲着所有过路人咆哮。它的两条前腿尚且无恙，后腿双双折断，侧面的伤口上蠕虫滋生，苍蝇打转。它已经声嘶力竭了，只有前腿还能勉强挪动。看到我们还发出几声嘶哑的吠叫。

所有人走过之后，我停下脚步，给了它一枪。

萨申卡，这是我的第一次杀戮。我不是个好兵。

火灾现场有几头猪在冒着烟的梁柱和椽架下拱来拱去，浑身上下沾满灰烬。它们不断在木柴和炭火块中翻刨，过了好一会儿我才意识到，这些是已经炭化的尸体。地上还有一根黑色的断肢，我目睹那几根手指如何被碾成粉末。脑海中闪过一个念头，我所看到的是烧焦的人被猪啃食，为什么我要目睹这一切？

其中一具炭化的尸体尤其令我震惊——这个人要么是被火烧得蜷作一团，要么就是个小孩儿。

我重又读了一遍，不禁自问：我何必要记录这些惨状？

事实上，我唯一渴望的，就是尽快摆脱这些记忆，但我无论如何都要将这里发生的一切记录下来，这一切理应被人记录在案。也许，我身在此处，就是为了见证并记录这一切。

倘若我没有写下今日所见，便不会留下任何记载。仿佛从未发生过一样。

也许，无须任何记载。何必呢？谁会用得着呢？

我现在头疼得厉害，四分五裂。

萨申卡，我已经不知道，我是谁，我在这里做什么。

梦了一场。我和爸爸妈妈在海边，沙滩。妈妈去游泳。她戴上橡胶泳帽，把头发掖进帽子里。我忽然意识到，她浑身赤裸，于是大喊道：

"妈妈！"

她笑着说：

"这儿没别人！"

我环顾四周，确实，沙滩上空荡荡的，除了我们以外，再无他人。她走进海里，唤我们跟她一起游向远处。我和爸爸留在海岸边。她泳姿矫健，灵动自如，在水中优哉游哉，只见白色的泳帽在海浪中起起伏伏。

一阵干巴巴的怪响吵醒了我。我躺在床上，半梦半醒，无法理解那是什么。原来是玻璃球从干枯的圣诞树上掉落下来。

意识逐渐清晰，我才想起来——妈妈已经过世了。

夜里，万籁俱寂，甚至就连松针枯萎脱落掉在地板上的声音都能听得到。

喉咙发痒。我生病了。吞咽疼痛，鼻塞，什么也感觉不到。脑袋里乱作一团糨糊。

这个冬天已经是第三次生病了。

天还没亮，我累得下不了床。

实在太累了。

那次妈妈庆祝生日，我只是上门转了一圈，家里来了不少客人，我无意久留。最后几年她每天晚上都去歌剧院工作，兜售节目单，结交了一些新朋友，我不认识她们。她要我陪她进浴室。

"你瞧，我这儿长了个什么！摸到结节了没？萨申卡，女儿，我好担心！"

她的乳房中有个硬块。

"妈妈，谁身上还没几个结节呢。"

"一开始还很小，像个疖子。现在已经开始变大了。或者是我多虑啦？两侧腋下也有腺体肿胀。你摸到凸瘤了没？还有头上，耳朵背后也有。"

"妈妈，我们每个人自打生下来就长了各种各样的小瘤子。没什么好害怕的！所有女人都有结节。你只需要检查一下。疼吗？"

"好像不疼。"

"别担心，会好起来的！"

没有好转。结果表明，她患有恶性肿瘤并且压迫卵巢。总之，病来如山倒。

妈妈开始住院，准备手术。

我每天都坐车去看她。

她在医院待得很煎熬，总想回家，她说，病房里的墙壁沾满了病菌，就像厨房里到处都是油烟。

在第一家医院时，妈妈的邻床是位瘦骨嶙峋的老太太。头顶上竖着几绺头发。时时刻刻都往脸上涂涂抹抹。身体状况越是差劲，老太太的妆容就越是浓艳。她几乎已经没有嘴唇了，还用鲜红的唇膏在凹陷的嘴巴周围勾勒出丰满的弧形。她的呻吟折磨得妈妈彻夜难眠。我去看望她的时候，她央求道：

"萨申卡！快带我离开这里吧！我一刻也睡不着。我坚持不住了！"

"妈咪啊！你再忍一忍吧！还得在这里把病治好呢！"

她开始冲我吼叫，说我不在乎她并且无视她的感受，她在这里已经快要发疯。从前妈妈一直是个沉着内敛的人，但是疾病彻底改变了她。一会儿觉得医生全部都不够专业，一会儿又说给她判定化验不科学、饮食不合理。最遭殃的就是护士了。妈妈抱怨道，总是叫不动她们，还说她们个个都很粗鲁，并且漠视病人的痛苦。她愤怒地控诉，声音之大，响彻走廊：

"他们只会收钱什么活儿也不干！一心想着，尽早回家享受生活！"

护士们也向我抱怨妈妈的不是，说她搅得她们无法工作，前脚刚出病房，我母亲就又按响呼叫器喊她们过去，等她们踏进病房，她已经忘了自己想干什么，反而责骂她们一刻也不让她清静。

每次听到这些话，我都觉得又心痛又惭愧。

她的愤怒和怨恨压得我喘不过气。她仿佛等着我的到来，然后大肆宣泄所有苦闷和委屈，为什么得癌症的人是她，不是护士，不是窗外的路人，也不是我本人，仿佛一切都是我的错。

她慢慢平静下来，我默默地坐在她身旁，抚摩着她的手，她忽然哭了起来：

"我躺在这儿心想，那里有个女清洁工在擦地板，她有点年纪，身材干瘦且结实，还要再干上二十年擦地板的活儿。为什么病的是我，为什么不是她？就连我自己也吃了一惊：我脑子里怎么会有这样的想法？原谅我！有时我会觉得，我——已经不是我自己了。我在这儿已经变了一个人。"

剧烈的疼痛让妈妈饱受折磨，她总是要人给她打止痛针：

"连个止痛针都不会打！还让不让人活了！"

还让我看她千疮百孔的手部和足部。

我亲手给她打了一针，她平静下来。

"萨申卡，你扎得真好，一点也不痛。"

然后就陷入昏睡。

我已经精疲力竭——下班后坐车赶过来照顾妈妈，替她擦洗、梳头、剪指甲，帮她按摩脊背以免生褥疮，往她的腿上涂抹乳膏，把床挪到窗边，好让她看看窗外的树木。但最让我感到疲劳的不是这些杂事——我总是难以跟上她的思想，不知如何应对她的话语，或是沉默，还有她对大限将至的恐惧。

第一次手术过后外科大夫告诉我：

"我们没能将肿瘤完全切除。"

我却向妈妈保证说，她的病情正在好转。

有时我不去医院陪护妈妈，而是去看扬卡的孩子，寻找排解苦闷的出口。妈妈的癌症掏空了我的精力，似乎只有和孩子们待在一起，我才能慢慢回过神来，恢复元气。

我称呼他们为——扬卡的孩子。他们很喜欢这种叫法。

他们成长的速度之快，不止一次令我咋舌。科斯蒂克不久前还要扶着椅子腿站立，后来就整天吵着要去铁路桥上看咻咻，如今他已经开始上小学了！了不得！我给他买了练习簿、文具盒、钢笔、铅笔、背包。扬卡很开心，总算摆脱所有这些杂事。

他们很爱我。有一次，科斯蒂克送给我一个火柴盒：

"开的时候要小心！"

"里面是什么？"

他把盒子递到我耳边，里面有东西在扑棱。他抓了一只甲虫给我。

"萨沙阿姨，你把它带回家，让它跟你一起生活，这样你一个人就不会无聊了！"

我的宝贝！担心我自己一个人孤独。

和他们在一起时，我把一切都抛在脑后，不去想妈妈的病，医院的事，以及世界上还有癌症存在。我从包里掏出吃的喝的放在桌上，里面有牛奶、果汁、饼干，他们尖叫道：

"哇！牛奶！哇，果汁！哇，饼干。"

我也同他们一起尖叫：

"哇！熟酸乳！哇！炼乳！哇！小面包圈！"

随便什么小事都能让我们兴奋不已，就是这么简单。

之前，为了让老大不用再对着罐子小便，我在厕所里装了一把小板凳。他踮脚站着，像大人一样对着马桶小便，为此他自豪极了，虽然偶尔还会溅湿地板。现在这个小板凳已经被传给了小弟。他除了得过常见的儿科疾病以外，还有包茎。大家一直希望可以不动手术等他自然长好，但又不忍心看孩子每次都吃苦头。

我很喜欢给他们洗澡，尤其是在夏天，当他们从外面跑回家，浑身是汗，脏兮兮的。我让他们坐在浴缸里，用丝瓜络擦干净脚上的污垢——脚丫子晒得黑乎乎的，还有白色的凉鞋印儿。他们在浴室里嬉笑玩闹，拍打泡沫，溅出水花。我浑身湿透。我们哈哈大笑。我用香波给他们洗头的时候，他们不住尖叫，指尖感受到发丝的柔顺光滑。我洗了淋浴。

从浴缸出来后我拿毛巾帮他们擦干，听干净清爽的头发在手指揉搓下发出吱吱声，一起笑个不停。

我有点累了，躺下来休息。伊戈廖克坐在旁边，拿玩具车在我身上开来开去，像是在走山路。嘴上还咕噜咕噜，模仿汽车马达声。真舒坦！

争吵、哭闹、叫喊自然也是不可避免的。他们常常因为各种小事吵嘴甚至动手推搡。每次都以老大胜利告终。有一天他们又争了起来，互不相让，我让老大把玩具给弟弟玩，一会儿工夫老二就哭着向我跑来。

"伊戈廖克，怎么啦？"

他抽抽噎噎，一句话也说不完整。

我喊来科斯蒂克，他一脸惊讶地摊开双手，说道：

"你让我把玩具给他，我都给了！"

而伊戈廖克说：

"给是给了，但是你在马桶水里蘸过！"

有一次，我还撞见他们扮医生玩——互相把手指伸进屁股里测体温。真拿他们没办法！

那时，扬卡又怀孕了，尽管此前已经不愿再多生，她抱怨道：

"这还算什么胸啊？就跟溏心蛋似的！以前还是全熟鸡蛋呢！

还有腿上的血管看着就像一幅地图！你瞧，凸起来一条条蜿蜒的小河。"

我看了看她的胸部，白皙透亮，遍布青色的静脉，还有深褐色的乳头，充满活力，乳汁充沛，哺育生命。我心生羡慕。

扬卡认真地考虑了输卵管结扎的事：

"我还能怎么办呢？"

我回忆起扬卡曾说起过，当他们告诉科斯蒂克，弟弟马上就要出生了，他爆发了孩童式的惊恐，生怕自己不再是宇宙中心，家里人不再围着他转：

"为什么是男孩儿？你们已经有一个男孩儿了！"

等到伊戈廖克出生后，科斯蒂克对于家中出现一个小婴儿感到非常满意，一点也没表现出嫉妒之意。有一天，他让我给他包上毯子，像抱新生儿那样抱他。我把他裹得严严实实抱了起来，在屋子里走来走去。他把大拇指塞进嘴里，还闭上了眼睛。然后他突然哈哈大笑，脚上踢个不停：

"放开我！放开我！"

可我不愿意放手。

扬卡的家庭已经开始分崩离析，我曾以为，这个孩子能让他们重归于好。

扬卡这次怀孕之前我曾硬着头皮听她倾诉：

"他面朝墙壁静静躺着，然后起身，来到厨房，把晚饭一股脑掀翻在地！"

她控诉丈夫的不是，说他是家里的独生子，从小跟妈妈一起生活，直到现在做起事来还像一个被宠坏了的孩子——先是吹毛求疵，大呼小叫，再是请求原谅，还动不动就歇斯底里。

"他一次也没有刷过锅碗！"

我安慰她：

"可是你还有这么可爱的孩子呀！"

她答道：

"萨申卡，相信我，孩子不是爱情的替代品。"

不知怎的，她凄凉地说道：

"我终于真正明白，家庭，就是学会生活在地狱中，并且为了孩子掩盖这一切。"

他们很久以前就开始吵架。有一次，扬卡和他大吵一架后，带着两个孩子来我这里过夜。第二天，丈夫一大早就坐车赶来请求原谅，打电话，敲门，威胁说要砸门。扬卡不愿意让他进来，可孩子们号啕大哭起来。我把门打开，他勃然大怒，责怪我们把他挡在门外。又开始大吼大叫。可怜的两个孩子！他们的小拳头攥得紧紧的，一会儿扑向爸爸，一会儿又冲向妈妈。最终，一切像轻松喜剧一样和和美美地收尾，一家人打道回府，而我独自躺在家中，忍受偏头痛的折磨。

然后扬卡反倒开始心疼起我来：

"萨申卡！我给你找个对象吧！你得嫁人才行！"

"为了什么？"

"你难道不知道为什么要嫁人吗？"

"不知道。"

"为了填补空虚。你看，我们吵吵闹闹，甚至当众撕破了脸，动不动就大喊大叫，摔门而去，砸盘子摔碗，他攥紧了拳头，我则满眼是泪。可是随后，等这阵子疏离过去以后，我们又重新相亲相爱。恐怕我的生活中不能没有愤怒。"

如今，扬卡又开始在家待产，他们俩的关系似乎也有所缓和。每当我去他们家做客，他都搂着妻子，把手放在她隆起的小腹上，露出孩子般的笑容：

"现在好了，我终于有闺女了。为此我们尽力了，不是吗？"

扬卡站在镜子前，掀起上衣，盯着自己的肚子看来看去，我们所有人，包括扬卡的丈夫，两个孩子，都看着她的肚子，每个人都想摸一摸那条褐色的竖长的疤痕，再按一按突起的肚脐，就像按电铃那样。于是大家依次按下：

"嘀！嘀！我们在等你！"

第一场雪覆盖整座城的时候，我们来到院子里滚起大大的雪球，准备堆雪人。等雪人堆好了，伊戈廖克走近它，隔着手套抚摩着雪人圆溜溜的肚子，说道：

"就像妈妈一样！"

我的妈妈在第二次手术前，在家待了一个月，我不得不请假在家照顾她。

我为她准备了花草茶和营养好消化的羹汤。

我察觉到自己竟对她喝剩的汤心存防备，尽管我很清楚，癌症是不会传染的。于是故意拿起她的勺子喝了一口。

妈妈不知不觉地变成了一个病恹恹的老太太。她从床上起身，打着赤脚，在床下摸索好久才找到拖鞋穿上，然后慢慢地，颤颤巍巍地，拖着脚走进卫生间，还得用手扶着墙才行。每当看到这一幕我都无比心痛。她足部有些畸形，手臂也干瘦如柴，就连说话的声音也干巴巴的，了无生气。

我记得，她对着镜子梳完头，把脱落的头发从刷子上一根根扯了下来，叹了口气，说道：

"我现在都成什么样子啦？"

我帮她在浴室里擦洗的时候，不禁诧异道——这还是我的妈妈吗？

她有一阵子没有染过头发了。表面上看是栗色的，而发根已经全白了。乳房不再，取而代之的是巨大且丑陋的伤疤。往下，两股之间，了无生气。双腿静脉曲张，青紫的血管蜿蜒起伏。

如今她时常回忆自己的童年和青春，长久以来我还是头一次听她讲起那些往事。

她说，她还是个小姑娘的时候，非常渴望拥有一双舞会上戴的白色的长筒手套。

"就是那种修长的细软皮革材质的连肘手套，你能想象得到吗？"

然而她却未能如愿以偿。

爸爸追求她的时候，他们一起在街上逛到很晚。返程的电车到站了，他们一次又一次互相提议：

"不如我们等下一班吧？"

如此一来错过了最后一趟列车，于是他们不得不步行穿过大半个城市。

妈妈叹了口气说道：

"那时候谁能想得到，日子就这样一晃而过，哪像错过了电车，还能留在原地不是？"

过去她也不曾提起过自己的双亲，如今她开始聊起他们的事，嘴上说着"你的外公"或者"你的外婆"，尽管我跟他们素未谋面，我出生的时候，他们已经去世很久了。

妈妈开始回忆起自己的第一个孩子，我的长兄。她的小桌子上出现了一张我此前从未见过的照片——一个大胖小子，屁股圆嘟嘟的，咧嘴笑着，露出光秃秃的牙床。

有一天她在半梦半醒中唤道：

"萨沙！萨申卡！"

我来到床前：

"妈妈，我在这儿。"

她睁开眼睛，看到是我，忽然愣住了。

我明白，她并非在唤我。

对她而言，日子开始变得紧凑，往事逐渐清晰透明，回忆接踵而至。

沐浴后我帮她擦干身上的水，妈妈回忆起，当我还在玩洋娃娃的时候，曾对她说过：

"等我长大成人，就会变成大高个，到那时候，你——就是小小的一个。"

她仿佛有点抱歉地笑了笑：

"说的不就是我们现在。两个人位置颠倒。"

我必须时不时从她的疾病中挣脱出来，妈妈也能理解我，自己也主动赶我出门散心，免得我总是待在家中陪她。

"可是，妈妈你一个人会寂寞。你打算怎么打发时间？"

"你可知道，我有多少事要做！还有回忆！"

晚上我常去扬卡家做客。看她的丈夫把手放在她隆起的肚子上，眨眨眼说道：

"这次肯定是闺女！我的孩子我最清楚！"

而我知道他不知道的事。

我和扬卡是无话不谈的知己。我知道她所有的秘密，尽管有时还是不知道为好。

扬卡本来以为，自己怀孕了，于是趁着丈夫外出，她和情夫没有采取任何保护措施。然后她意识到，自己算错了时间，受孕的日期恰好在丈夫离家那时。

几乎从一开始，扬卡就背叛了自己的丈夫。通常，当我和孩子们在一起时，她都不知在谁的床上，如果她的丈夫问起，我就得编个什么谎话替她打掩护。他一次也不曾问过。

扬卡结交第二任情夫，是为了将第一任遗忘。结交第三任，是为了将第二任遗忘。

在我看来，她一直都是这样，从少年时代开始，她就谁也不爱。但她喜欢别人对自己一见倾心，神魂颠倒，然后静静看着他们气急败坏，为了她而大打出手。

最近一任情夫是位音乐家。除了秘密约会以外，他们时不时会在共同好友家做客时撞见彼此。

"你能想象，我们并排坐在沙发上，我聊天聊得忘乎所以，习惯性地伸手去揪他的头发！幸好没有人注意！"

她嘲弄地说道，情夫完全像个孩子一样为了她和丈夫而吃醋。

有一天，她留我照看孩子，准备去见自己的音乐家，一边对着镜子涂口红，一边说道：

"我丈夫一点也不了解我的身体。可是他懂！"

那时她患了伤风，嘴唇上火，还咳嗽。

我问道：

"扬卡，你都鼻涕直淌了，还着急上哪儿去？先把病养好吧！"

她哈哈大笑，说道：

"他恰好喜欢，他在我身上的时候我咳嗽。他说，我一咳嗽，那里面就会剧烈地收紧。"

我问扬卡，她是怎么做到在一天之内面对两个不同的男人。她回答说，这个问题曾经困扰过她，直到她学会区分这两人，就好比画出一条象征性的界线——仔仔细细地冲澡，换一种香波洗净头发，剃掉腿毛，再喷上另一种香水。

"我不知道，该如何解释。萨申卡，你要知道，家庭只需要靠这一点维持。我从情夫那里心平气和地回到家。因为出轨，重又对丈夫温柔起来。重新获得力量操持家务，照料孩子，做一道他最爱吃的灯笼椒肉酿。然后丈夫心想：'她真是个好女人哪！'"

我从一开始就不看好她那位音乐家。我不明白，扬卡到底中意他哪一点——他身上总是散发出一股腐臭的汗味儿。他看我的眼神同样令我不悦。有一次，那时还是夏天，他们大晚上来到我家，两个人都饿坏了，可桌上没有一点吃的。扬卡进了厨房准备做饭，可他倒好，放了一首自己的音乐，然后纠缠不休地让我和他跳舞。紧贴，磨蹭，动手动脚，时不时瞥一眼厨房——看她出来了没有。

我拽着他来到阳台上，黑暗中环住他的脖颈然后吻上他的唇。而他喘着粗气，吮吸着我，并且时刻保持警觉——扬卡在哪儿？我们没被她看见吧？

我一把将他推开，哈哈大笑起来。

他吓了一跳：

"你什么情况？"

"没什么，我只是喜欢所有令人愉悦的、快乐的、美味的和漂亮的事物。我就是为此而生的。但是你的鼻子太长，瞳距太近，牙齿稀疏，肚子上还有赘肉。"

至于气味我避而不提。

他如今，也许，很讨厌我吧。

从扬卡家出来，我回到妈妈身边，回到她的癌症病房。

我犹豫了好久，终于开口问道：

"妈妈，为什么你背叛了父亲？"

"你就不能原谅我吗？"

"问题不在于此。很久以前我就意识到，我无权怪罪你的任何行为。因此，也谈不上原谅。我只是觉得，这对你来说该有多难，毕竟为此需要不断撒谎、圆谎。"

"我没有撒谎。这不是谎言。其实只是回到家中，忘掉一个真相，记起另一个。从一个女人变成另一个。"

"你爱上他们了吗？就像爱上爸爸那样？"

"在嫁给他之前我曾坠入爱河，再后来——这与婚姻并无任何关联。有时，你只是爱了一夜。一觉醒来你就会明白，沉睡的时候你爱过一场。但你对丈夫的爱则完全是另一回事。"

"你隐瞒了一切？"

"何必要伤害他，让他受折磨？他毕竟是我的亲人。为什么要让最亲近的人受苦？"

后来她有好几次想继续这段对话。我本以为，她想要向我辩白，于是打断她说：

"妈妈，你什么都不需要向我解释。"

"不，你听着。男人会使女人变得不同。我用他们的眼睛审视自己，用他们的感受感知自己。和某个人在一起时，我满面倦容，无精打采，还不中用；和另一个人在一起，我真实又迷人。女人需要保持慷慨大方——倘若她缺少施展的机会，那么这种慷慨便会自寻出路。"

有一次，长久的沉默之后，妈妈开了口。我以为她打了个盹儿，其实她回到了过去。她说道：

"你知道吗，你爸的头发一直都是我自己动手理的。后来，直到我第一次帮另一个男人剪头发的那一刻，我才真正觉得，我背叛了自己的丈夫。"

她等着我说点什么，却迟迟没有等到我开口。

总之，"背叛"这个词真是奇蠢无比。你并未从任何人那里夺取任何东西。这不过是另一件，同样必要的事。这件事没有占据任何人的位置。生活中本不存在这件事，它本身为无法填补的空虚所填满。离了它你会觉得，好像你自身以及这个世界都缺了一角，不再健全。这件事有助于感受自身的完整、真实与活力。和其他人在一起，我体会到作为女人的幸福，你明白吗？他们向我说起那些你父亲从未说过的话。

她面露窘色，又补了一句：

"我这个女人，又老又蠢？是吧？我最好闭嘴是吧？"

"妈妈，跟我说说这一切吧。要知道你以前从未跟我提起过。不必害羞！"

"我不是羞于启齿。也不是为自己辩白，我没什么好害臊的，也无须证明什么。这件事的存在本身并不可怕，真正可怕的是，不能向最亲的人——丈夫和女儿——说出内心深处最隐秘的事，说出痛苦忧愁，以及幸福。"

随后，她无缘无故地开始讲起一些非常重要的事，例如，小时候在乡下小屋时，她从朋友那里偷偷拿走了洋娃娃的漂亮小上衣。小姑娘哇哇大哭，妈妈也被吓了一跳，她本想还回去，然而已经为时过晚，只好装作和她一同寻找，暗地里将上衣藏进自己的内裤，然后再趁着没人注意，丢进了荨麻丛中。

"妈妈，这些年来你一直惦记着这件事，就是为了现在讲给我听吗？"

"除此以外，我这一生再也没有拿过别人的任何东西。"

"妈咪啊，我真的好爱你！"

这一刻，我与她的相处重又变得轻松、惬意，一如很久很久以前一样，我们盘腿坐在沙发上，喁喁私语，畅所欲言。

倘若不是妈妈的癌症，我恐怕再也没有机会同她如此亲密。

妈妈躺在家中，扬卡却在秋末时节住进了医院。课间休息时，她正走在学校的走廊上，周围的低年级学生窜来窜去，其中一个在跑动中一头撞在了她的肚子上。起初她受了惊吓，不过随后又觉得，没什么大不了。

过了一段时间，扬卡对我说，她一点也感觉不到肚子里的动静了。丈夫陪她去了医院，我则留下来照顾孩子。回来时却只有他一人，神情颓丧地说：

"我问医生：'情况严重吗？'他回答说：'如果胎儿还活着，就不严重，如果胎儿死亡并且已经分解，那可就麻烦了。不过你们别担心！'"

他仍然无法理解，他盼望已久的闺女怎么突然就被说成了已分解的胎儿。

扬卡流产了，且伴有并发症，不得不住院治疗。

那些日子，我在妈妈和扬卡以及她的孩子们之间来回奔波。妈妈知道，他们更需要我。为了照顾两个孩子，我不得不搬到扬卡家中，还向单位提出无薪休假。

我住在他们家那段时间，日子过得又艰难又美妙。因为感觉自己必不可缺而美妙。我睡在儿童房的折叠床上。我每天早早起来，打理好自己，免得被人撞见自己睡眼惺忪、头发蓬乱的模样。然后准备早餐。扬卡的丈夫出门去上班。我分别将老大和老二送去小学和幼儿园，再去商店采购。回到家里打扫卫生、洗衣做饭。所有在自己家讨厌做的事，在这里都干得心甘情愿。然后接孩子放学，准备饭菜，带他们学习，检查科斯蒂克的功课。等扬卡的丈夫回来，再招呼他吃饭。他对我做饭的手艺赞不绝口。我乐意之至。

扬卡的丈夫看我的眼神开始不同于以往。我感觉到这种变化。过去他好像完全注意不到我的存在。如今，他开始帮忙做家务，顺便刷一刷锅碗。有一次，他见我坐在那里弯腰弓背，便给我做了背部按摩。他的双手格外柔软。还有一次，无缘无故送花给我。他抱住我，吻了吻，难为情地说道：

"谢谢你！要是没有你，我该如何是好？"

我仿佛是在玩角色扮演的游戏。这儿是我的家，他是我的丈夫，他们是我的孩子。他们全部都在配合我演出。

我们几乎每天都抽空去看望扬卡——医院挨得很近。

我们四个人一起，手牵着手走在街上，在旁人眼里，我们共同生活，彼此相依。

扬卡气色很差，两颊凹陷，眼睛红红的，看起来刚刚哭过。她还在发高烧。

她对丈夫说：

"别看我，免得吓着你！"

她的样子的确有些骇人，门牙突出，咬合不正，一对招风耳，头发许久没洗，油腻成一绺一绺的。

她对我说：

"萨申卡，你真是容光焕发！"

他们向她解释说，她再也不能生小孩了。

我不知道对此该说些什么。

"这不就是你以前想要的吗？"

"对，是我想要的。"

扬卡又大哭起来。

我们坐在她床边，她注意到，孩子们躲着她，觉得她泪流满面、病恹恹的样子很吓人，还看到他们喜欢亲近我，紧紧依偎着我。有一次，她苦笑着问道：

"怎么，离了我你们过得还挺好哇？"

然后扬卡出院了，游戏随之结束，我回到了自己家中。

妈妈做了第二次手术。

我记得，和医生的那次对话抹杀了我最后一丝希望。

我问道：

"您知道她还能活多久吗？一年？"

"不，她时日不多了。癌细胞已经迅速扩散至全身。"

"什么办法也没有了吗？"

"我们已经尽力了。"

他很抱歉地说自己该走了，还有别的事要忙，又补了一句：

"请务必转告她。我一直都觉得，比起医生，还是由亲人来说最合适。"

回病房的路上，我已经猜到，妈妈还在等着结果，她一定会问我：

"怎么样？医生怎么说？"

进病房之前，我先下楼在院子待了一会儿，整理思绪，强迫自己打起精神。我想要远离医院，呼吸几口新鲜空气。外面下起了小雪，守门人把雪铲在一起，积攒成堆。一只猫蹿过院子，一瞬间我竟以为，这是我的小图钉，我呼唤它的名字，那不过是换了一身皮毛的小图钉。

我记得，那时我是如何看待告知我这个消息的那位医生。

信息和信使。

他本可以请我坐下，换一种语气说出同样的话，哪怕让我感觉到一丝同情也好。

也许，冷淡且干巴巴的语调，是他在面对类似信息时的护盾。

守门人朝我笑了笑，然后擤了一把鼻涕。

老两口从旁经过，嘴上说着：

"在这一层面上肝癌要好过其他……"

我不知道，为何所有这些都刻在了我的记忆中。

当我回到病房，妈妈问道：

"怎么样？医生怎么说？"

"一切都会好起来的。"

打了一针止痛药之后，妈妈打起盹儿来。

我坐在一旁，望着窗外，明亮的天幕映衬出雪花的阴郁。妈妈才刚睡着，就是一阵痉挛，她睁开眼睛。目光缓缓扫过病房，看见了我，她说道：

"我一直都相信，会有奇迹发生。你也知道，似乎，奇迹已经发生了。我已经准备好了。我什么都不害怕。"

她的病好像发展到了一个新阶段。妈妈突然获得了内在的宁静与安详。过去她总是害怕独自一人留下，如今恰恰相反，她仿佛对孤独翘首以待。过去她央人读报给她，好帮她分散注意力。如今她仿佛不愿任何外物涉入她自己狭小的国度。过去她让我打电话给她的朋友，叫他们常来医院探望，还抱怨说，人一生病了，别人就开始回避：

"一旦你不能带给他人任何价值，他们便离你而去。"

如今，她要求尽可能不要让别人来看望。要是有谁来了，她也默不作声，静静等客人离开。

最后的日子里我和她沉默相对，只是偶尔说上几句无足轻重的话。

有一次，她递给我一个封口的信封，说道，有关葬礼的一切她都已经考虑好了，需要我做的，信里面也都交代清楚了。

"你只要答应我，别花那些冤枉钱。没必要为我花钱，答应我好吗？"

我点了点头。

妈妈的外表变化很大。癌症吞噬了她。她的身体已经干涸、枯萎。帮她翻身也变得容易了许多。眼睑乌青，眼皮耷拉。

饥饿折磨着她，可她已经无法吃下任何食物，每次进食后，身体都会原原本本地反刍出来。起初，她为一次又一次的呕吐感到很难为情，不愿让我看到她这副模样，后来，她已经虚弱到没有力气羞愧。我坐在她身旁，抚摩她的肩膀，呕吐引起的胃部痉挛尚未平息，她不住地呻吟，还担心着，很快又要再吐一次。

我不断地给她希望，让她相信，很快就会好起来，我以为，这份希望能够给她支撑。然而，她的一位女伴，在医院走廊上遇见我时，说道：

"萨沙,你妈妈心里很清楚自己的状况,她知道自己时日不多了,她叫我不要告诉你,免得你伤心难过。"

她忍不住大哭起来:

"可怜人哪,她可真是活受罪呀!还不如赶紧了断!"

妈妈抱怨说:

"如果死亡终将会降临到每个人身上,那遭罪的人为何偏偏是我?为什么我就得受这般折磨?我想要体面地度过最后的日子,可我现在疼成这样,哪还有半点尊严可言!最可怕的不是一个人形容俱毁,而是他开始变得对此毫不在乎。"

她害怕夜晚,还要求止痛药的剂量加倍。有时,半个小时前才刚打过一针,她就要拿止痛药吃。

我很想为她做点什么,可我除了不断整理靠枕、替她加热冰凉的便器这类琐事以外,什么也做不了。

晚上,我回到家中,留她一人住在医院。

有一天,快要结束的时候,妈妈要我留下陪她住一晚。她听到走廊里有人交谈,她觉得,他们聊的是她,说她活不过今晚。妈妈开始惊慌失措。她让我和值班医生商量一下,留宿在医院,尽管我第二天一大早就要起来去上班。他们给我安排了一张空床,床板被压弯了,一动就嘎吱作响,别说病人了,就连正常人躺在上面也无法入睡。

妈妈不安地躺着,我不断打湿毛巾替她冷敷。

妈妈痛苦极了,我紧紧攥住她的手,回忆起我们曾经送走了她的猫。猫病了好久,我们大老远带它去看病,兽医检查一番后说道:

"你们何必为了一只宠物劳心劳神？"

痊愈的希望几近渺茫，我们决定实施安乐死。妈妈握住它的爪子，兽医给它打了一针。猫蜷作一团，发出呼噜呼噜的声音。看得出来，躺在心爱的主人怀里，它睡得那样安详，那样舒适。

那时我还在思考——奇怪的是，我们心疼猫儿，于是帮助它们尽快结束痛苦，可轮到心爱的人的时候，我们竭尽全力，好让他们的痛苦得到延续。

似乎，在这样的夜晚我应当和妈妈互诉衷肠，然后我们的对话一如往常，平平淡淡。

我太想睡觉了。

那一夜我们什么重要的话也没有向彼此交代。

她们给妈妈打了一针镇静剂，然而注射剂对她来说已经不起作用了。

她几乎已经失声，只喃喃说道：

"疼成这样的时候，我已经没有人样了。"

我看见，护士们弯下腰，试图听清楚妈妈的话，不过又远远避开她呼出的气体，好像癌症会被吸入一样。

妈妈越来越频繁地念叨着：

"快点结束吧。"

上一次，我见到她的时候，她病得很重，不住呻吟，嘴巴里干得厉害，额头上直冒虚汗。一口茶咽下去没多久就会吐出来。连呼吸都变得困难，还伴有嘶哑的声响。肿瘤占据了她的身体，试图将她驱赶。

电话打到了我的工作单位，说妈妈生命垂危，让我赶紧过去。我拨通了父亲的电话。

他迟迟未接。电话终于打通了，我立马意识到，他喝醉了，尽管正值晌午。

"兔兔！你猜，我昨儿弄到了什么！"

"爸爸，你听我说，我有要事要讲！"

"一双毡靴！还带了橡胶套鞋！就跟新的一样！"

"爸爸，妈妈快不行了。"

我让他尽快去医院。他好像嘟囔了几句。

电车迟迟不来，我等了又等，终于挤进了人满为患的车厢。

经停车站时，父亲也上车了，他没有注意到我。我刚准备喊他，他却已经和人吵了起来。我羞愧难当。不愿让其他人知道，这个人是我的父亲。

我们通过电话以后，他好像又喝了不少。

许久不见，我惊异于他的变化，他老得厉害，并且还变得邋里邋遢。胡子也没刮，灰白的胡须爬满脸颊，形容憔悴。戴一顶傻里傻气的毛线帽，穿一件脏兮兮的大衣，还缺了一颗纽扣。与此同时，他不住地在车厢内大声嚷嚷，仿佛站在舞台上一般：

"你们瞧见了吗？她快要不行了！而我们，也就是说，还不会死？我们正坐在电车上呢！我们坐车去哪儿？我们也是去那儿！你想想，她快要死了！兔子呀，可能游啦！"

然后他揪住一个人不放。

"您干吗用这副眼神看我？毡靴配套鞋怎么着了？再实用不过

了！当然，旧是旧了点，但是天再冷也没有臭气熏天。"

他又叨叨起了橡胶套鞋和巧克力一类的事。

我最终也没有靠近他。直到我们走到医院附近，他才注意到我。他朝我跑了过来，想要亲吻我。我一把推开他：

"瞧瞧你的样子！"

他拖着步子跟在我后面，生着闷气，还自顾自嘟囔。

我们来晚了，妈妈已经撒手人寰。

我有一种感觉，就像一件无法挽回的事情发生了。但不是因为妈妈离世，在她生病期间，我就已经准备接受这个事实。

这几个月以来，每当我面对她的时候，总有一种负罪感，就连我自己也说不上为何，也许，是因为她就要走了，而我还活着。我总觉得，倘若死亡降临的那一刻我在她身旁，这种负罪感便会消失。我本想伴她左右并紧握她的手。可我来晚了。

她生病时一直有我的陪伴，死去的时候却孤苦伶仃。正是因为这一点，我才痛心不已。

长久以来，她的面容头一次变得如此安详，平和。痛苦不再。

父亲站在她面前，掩面哭泣。可我还注意到，他的手臂上老年斑密密麻麻，我想，他的肝脏恐怕不太好。

好在，我不得不自己上手处理各式文件、筹备葬礼——所有和死亡相关的事情都帮我转移了注意力。

晚上我坐在电话机旁，手上翻着妈妈的记事簿，给她的朋友们逐一拨去电话，告知妈妈的死讯。我心里生出一种奇怪感觉，每一次当我拨通另一个人的电话，妈妈都好像又活了一次，等我说出这几个字后，重又死去：

"妈妈去世了。"

一切都如此诡异。花环、绦带、棺材。曾经给予我生命的这副躯体，如今已经一动不动。曾经我在她体内，此外我再无他处。如今她在我心中，此外她亦再无他处。

我替妈妈整理遗容时，给她喷了点她的香水，再把瓶子放进了棺材。

原来，妈妈早已提前结清了钱款。她在公墓里已经有了一处位置。那是她母亲的坟墓，墓穴里还葬着她的第一个孩子。不知为何，她从未带我来过墓地。如今，她想跟他们躺在一起。她选了一张很久以前的照片作为遗像贴在墓碑上，照片上的她年轻又美丽。做父母的好处在于，离开的时候，他们只记得自己孩子年轻的容颜。妈妈永远也不会见到我如今这副涕泗横流、暴躁易怒的老女人模样，如同我眼中曾经的她。

我还回忆起从前和她吵架的情形，那时我还是一个暴戾无情的小女生，对她讨厌至极，甚至曾经巴不得她去死。现在这真实地发生了。

葬礼当天，从早上开始就大雪纷飞，把墓地变成了冰雪世界。树木、草丛、篱笆、墓碑统统不再是它们原本的样子。

每个人都得时不时地将外套和帽子上潮湿的雪片掸去，爸爸拿起围巾的一角，擦了擦成撮的眉毛。

在通往入口的路上，我们遇上了另一支送葬队伍，于是不得不稍做等候。棺材里那人胡子撅着，上面落满了雪。随即也不再是胡须的样子，而是变成了一座小小的雪雕。那场葬礼还请了礼乐。乐师们抖掉乐器上的积雪，从管乐器乐嘴里倒出"口水"，不满地蜷缩着身子，冒着大雪交替踏步。有人偷偷地灌了一小瓶白兰地。

为了升温，墓地里燃起了好几处篝火。透过潮湿的、纷飞的大雪，飘来阵阵烟雾。

我产生了一种奇怪的感觉，好像我们埋葬的不是我妈妈，而是其他人。

我知道，这不是她，棺材里的躯体是一副空壳，妈妈不会躺在一个满是积雪的令人不适的冰冷的盒子里，也不会光着青紫的双手，交叉叠放在塌陷的胸口。但躺在棺材里的这个死去的女人和我妈妈的相似之处在某个时刻变得令人难以忍受，我开始泪如泉涌。雪花落在她的手上和脸上，丝毫没有融化的迹象，我不得不用手套将它掸去。

在棺盖合上之前，我向她鞠了一躬，最后一次嗅闻她的气息——香水的芬芳混合着棺材覆料、积雪、篝火、鲜花、死尸的气味。但这一切都不是妈妈的味道。

父亲俯下身，额头轻触她的额头。然后走到我身边，他的鼻毛上还悬着液滴。他想说点什么，但只是晃了晃脑袋，好像游泳时耳朵进水了一样。我掏出手帕替他擦去鼻涕，拥抱了他，脸庞贴住他湿漉漉的头发。

"爸爸，戴上帽子吧，小心着凉！"

工匠伸出一根绳子，为了方便把妈妈降入墓穴——这一刻好像所有人都想要相互拥抱，而他抱住了棺材。

令我惊讶的是，除了她的好友以外，葬礼上还出现了一些对我来说完全陌生的面孔。有个女人，吻了吻我的脸颊，开口说道：

"萨沙！你跟你妈妈长得可真像啊！"

我们返回时，小路两旁既有不少早已荒废的死寂的坟冢，也有我们这些新近修葺的墓地。我的脑海中浮现出这样一个念头，从此以后我再也无法拥抱妈妈，而任意一棵树却可以，树根相拥，紧紧依偎。

扬卡始终没有出席葬礼，尽管我等了又等。总之那次她生病住院，我住在她家之后，我和她之间起了微妙的变化。我们曾经是最要好的闺密，如今她电话不打，人也不来，也不叫我去看孩子。新年夜我拖了一个枞树回家，装饰了一番，还给两个男孩儿准备了礼物，我想邀请他们来做客，与我一同庆祝节日，然而扬卡不愿让孩子们到我家来，还说他们俩都感冒了。可我已经听到，他俩冲着话筒吵嚷着要去萨沙阿姨家。

母亲去世后，我打点了她的个人物品、文件和照片，和父亲见了一面，将一部分遗物转交给他。他说他已经在着手撰写一部回忆录，所有这些他都用得到。我让他拿给我看看，他拒绝了：

"时候还早。"

我们聊起了妈妈，说起她死的时候有多么遭罪。

"兔兔，你还小，人这一辈子你还什么都不懂！疾病是不可或缺的，而且还是有帮助的！当一个人经历过这些痛苦折磨，离开便不再是一件非常可怕的事。"

他又喝了两口，很快就醉了，开始变得愤世嫉俗：

"他们往死者嘴里塞上破布，好让脸颊像婴儿一般圆润饱满，然后施以粉黛，涂抹香膏，塑造出幸福的笑容。我一想到自己死后也要化上这副小丑妆容，就恶心得要命！总之我甚至都不能想象自己躺在地底下。我不愿意！我想像个水手一样——扑通一声投向汪洋大海！"

"爸爸，你应该再结一次婚！"

医院的疲惫之旅终于结束，没有了癌症、打针、便壶、呕吐、呻吟、人体的腐败气息，日子本应该轻松起来，然而我却发现，我已经习惯了每天乘车去探望妈妈，路上琢磨着，等晚上到了她那儿，要跟她讲一讲我今天过得怎么样，无论开心与否，我在工作中遇上了哪些事情，我是如何咬牙坚持，为之吃尽苦头，我经历了多少困难，以及最终达成何种结果。

我逐一翻检妈妈的遗物，梳子、香粉奁、小镜子、乳霜、古龙水、发夹、瓶瓶罐罐、软膏、小镊子、小剪子、小刷子，所有离了女人就失去存在价值的东西，统统装进垃圾袋。

我在衣柜里发现了她的那几条连衣裙。一边挑拣，一边回忆，我还记得哪次的聚会上她穿的是这条裙子，要么就是那条。有时我一点也想不起来，有时脑海中会突然浮现那时的场景：妈妈身着蓝色的天鹅绒礼服，正准备出发去剧院，她站在镜子前，一边细细梳理头发，一边打电话，她对听筒那头的人肯定地说道，这种眉形现在已经过时了。然后我找到了她那件睡袍，我紧紧攥着它，把脸埋向柔滑的丝缎，然而却只有衣服陈旧的味道。

还有一些纸质信封，上面全部标注得一清二楚："萨申卡的第一颗牙齿。"

心生疑问，这是我的还是他的？

"萨沙的头发丝儿————岁零三个月"

我还是不明白——是我的吗？

我还找到了一把用硬纸板自制的扇子，还是我小时候在乡下度假时为了方便她驱赶黄蜂手工做的。不知为何被她保存至今。

我细细浏览过这些相片，惊讶地发现，妈妈年轻的时候跟我就像从一个模子里刻出来的一样。难道，等我老了以后，也会变成她生病时的模样？

一些照片的背面有妈妈亲手写下的日期。其中一张是在雪堆里拍的，爸爸紧紧抱着妈妈。奇怪的是，十月份就已经有了这么多积雪。他们俩都穿着老式的滑雪服，但却不见滑雪板的踪影。我又看了一眼日期，掐指一算，他们拍照的日子恰好是怀上我的那段时间。妈妈面带微笑，眼中却有些许严肃。爸爸咧着大嘴，笑得没心没肺——那时他什么也不懂，不了解自己，不了解妈妈，不了解我的存在。总之老照片上的每个人都对自己一无所知。

妈妈曾向我讲起过，他们过去如何采取安全措施：在金属小帽上涂满凡士林，然后戴在宫颈处，到了月经期再取下来。妈妈并非总是戴着金属帽，也用酸性棉塞预防——每次和父亲睡觉之前，她把一些柠檬酸溶解在水中，打湿一团棉花，再置入体内。

那一夜他们决定要我。

不知为何，属于我的那一夜，清晰地浮现在我的脑海。

那天他们很晚才回到家，外面大雪纷飞，如同她下葬那天一般，妈妈把自己那件黑色的卡拉库尔羊羔皮大衣挂起来晾干。

我看见，爸爸想要帮妈妈脱下长裤，而妈妈悄声说道：

"慢点！你钩住线头啦！"

妈妈讲起，车站那边有一家工坊，专门修补脱线的长裤——门口总有一群女人在排队。

也许，爸爸有点急不可待地吻了吻她，而她却依然仔细地将袜子卷成一团，塞进床垫和床头靠板之间的缝隙。然后还得仰面躺下，拱起腰背，从身上解下一条松紧腰带。又或者，做爱的时候，她已经顾不上像平常这样细致入微？

我对她的了解几乎为零。

我只知道，完事之后，当我开始在她体内酝酿的时候，爸爸会起身打开窗户，抽一根烟。马上入冬了，窗户很快就要被糊上了。

"你瞧，雪又开始飘了！快过来！"

妈妈光着身子披上那件卡拉库尔羊羔皮大衣，一手拽紧衣领，赤脚走了过去。探出头去，缠绵之后，她的身体仍旧燥热。从窗台上掬一捧湿漉漉的雪花，放进嘴里咀嚼。

黑暗中，他们站在大开的窗户跟前，望着落雪。

爸爸一只手搂住她，另一只手夹着香烟，朝远处挪了挪，一股烟雾自他的嘴角缓缓飘向一旁。妈妈披着潮湿的皮大衣，靠在爸爸怀里，拿一小撮雪滑过他滚烫的脖颈，她裸露的手掌和小臂在窗外皑皑白雪的映射下，肤如凝脂，宛如戴着舞会专用的连肘手套。

我的萨申卡！

这里阴雨连绵。一连几天都下个不停。

我们回到了营地。此时，头顶上的帐篷被雨点敲打得噼啪作响。我望见，黄土小径上烂泥涌动。水洼上还冒出一个个小气泡。

帐篷里的所有东西都湿透了，污浊不堪。从外面看起来刚好相反，白色的油布被冲洗得干干净净，一尘不染。

起初，刚下第一场雨的时候，所有人都兴高采烈，他们拿来锅碗瓢盆接水，脱光衣服冲澡，赤裸身体奔跑，清洗制服、衬衫。这里的雨是南方的雨，潮湿，连绵不绝。

洗是洗了，却无处可晾。如今在帐篷里四处悬挂，散发出一股子霉味儿。

雨点敲击帆布的声音听得我脑袋沉闷。

一早上就浑身发冷。我好像害上了疟疾。有一种奇怪的感觉。似乎我看得见也听得到一切，但不知为何却是从旁观者的角度。

有时也会突然断了弦，我是说，我忽然无法理解显而易见的事物。比方说，我不明白，周围这些人都是从哪儿突然出现在我的生活中。为何我现在要和他们一起待在这个潮湿并且烟雾缭绕的帐篷里——他们解下武装佩带，发出粗犷的笑声，浑身酒气，一个人从鼻孔里喷出两股烟雾，另一个人额头上还有制帽压出的一道红印，还有一个人是个秃瓢，脑袋顶上锃光瓦亮，就像一张薄薄的卷烟纸。这会儿他们正因为讨论麦宁炸药的威力而互相叫骂。

又或者，这只是我烧糊涂了？想必我病得不轻，就连生命长河也化作一团糟。

炊事员发着牢骚，由于缺少黄油，不管煎什么都只能用植物油。

我从海军将官的行军灶旁经过，那里的鸡关在笼子里，被雨水浇了个透。难以理解。

这有什么难以理解的？鸡群，铁笼，雨水，海军上将，然而我横竖都无法理解。

难以理解的是，我们是谁，我们在哪儿，我们为什么要待在一起。我们无法解释这场雨，无法解释那遥远的枪声。这些让我不得不抄写了一遍又一遍的文件简直难以想象。给你写下一封又一封情书的这只手，竟可能在另一段时间，誊抄了一篇又一篇通知单，向他人家中带去一份苦涩，仿佛我是传递悲惨信息的信使。我不是信使。

我和他又吵架了。甚至更加难以理解。

士兵永远也不会读莎士比亚，并且永远也读不完，但他们知道，上战场之前不能吃太多，否则一旦腹部受伤，情况便会很棘手。他们知道，尿液可以用来清洗肮脏的伤口，或可采用灼烧消毒——极端情况下可取用炸药包中的火药。他们用得着丹麦王子的独白吗？生存还是死亡？可笑。同样无法理解。

帐篷顶上积起了好几摊水，基里尔拿来一根长竹竿，捅了捅被雨水压得下垂的油布，让水倾洒下来。我写这个做什么？难以理解。

城里的浩劫仍在持续，他们贪得无厌、无法遏止、掠夺一切。

我拟好那两名士兵的文件。济明·瓦西里·亚历山大罗维奇和洛克杰夫·亚历山大·米哈伊洛维奇。其中一人二十岁，另一人二十一岁。三天前，恰好刚满。

我看见行刑队如何用昂贵的丝织品清洁步枪。总之，一切都令人无法理解。

这雨快要把人逼疯了。

那个洛克杰夫我是认识的。他瞳色很浅，一头银发，眉毛很淡，几乎看不出来。

刚才我写信的时候，基里尔·格拉泽纳普冒雨跑出去打开水，回来的路上滑倒在烂泥中，烫伤了自己的左手。他坐在那里低声哀号，皮肤被烫得起了一片红色水疱。每个人都一个劲儿地给他出主意。他忙往医务所跑去。

我很难做到聚精会神。我的胃病越发严重。当我没有进食的时候，倒也还将就，一旦我吃下去点什么，立马就会上吐下泻。医疗所给我开了些药粉，不过没什么疗效。

我一直处于饥饿状态。

还好你现在看不到我，我如今胡子拉碴、形容枯槁。这里所有人都是这副模样。身上还溅满污泥。所有帐篷都搭在黄色黏土地上，行军床也是，衣物大都已经污秽不堪。虽然，我好像早就给你写过这些了。我不明白，到底写没写过？重点是，图什么呢？

何必要写信呢？如果一个人还能写信，就说明，他还活着。当你读完了这些段落，死亡亦随之推迟。我比雪赫拉莎德和她的故事[1]

---

[1] 雪赫拉莎德是波斯地区民间故事集《一千零一夜》中的虚构人物。为拯救无辜的女子，她自愿嫁给仇视女性的国王山鲁亚尔。雪赫拉莎德的故事一直讲到一千零一夜，最终感动了国王。

差在哪里？比起我来她简直富有得多。想想看，一千个夜晚——堪称一段永恒！而我还剩下多少个夜晚？这个数字就在某处，它真实存在，就像尚未被发现的美洲大陆，等待着我。

有时我无法展现真实的自己。亲爱的，我需要你，这样我才能重新找到自己，获得自我，重建自我。人应当抓住某个真实的存在，我紧紧握住你的手。

既然我正写信给你，就能说明，一切皆好，我还健在。我写，故我在。很奇怪，毕竟这本是我想逃避的事实，然，无果。

有时，眼前发生的一切就像一场梦，其间一切皆难以名状、不合常理，然而一切又真实到足以感知疼痛、声色、气息。也许，应当清醒地面对现实，然而，听着雨水在帐篷上时断时续地敲打，嗅着潮湿衣物上霉腐的味道，还能向何处清醒振作？

我试过反其道而行之，倘若无法清醒，不如顺势睡去。然，无果。头脑沉闷，思绪混乱。

几口水灌下去，沙砾在齿缝间咯吱作响。

基里尔·格拉泽纳普回来了，手上缠着绷带。他往床边上一坐，欣赏着干净洁白的绷带，若有所思地道出：

"毕竟，世间万物都是某种符号。任何事情都有意义，且能传递某种信息。也许，它正在向我示意，将会好转？"

幸好，他的话，除了我，谁也没听见。

那就相信上一次痴傻的格拉泽纳普，相信人睡去以后，会在别的空间和时间维度中醒来，继续生活，忘却从前，仿佛噩梦一场。

于是最终，彻底无法理解，死亡为何物。并且，也许，永远也不会理解。

永远也不会有半点理解！

也许，我仍是在睡觉做梦。不知哪天我将会醒来。我将会醒来，只要醒来就好！

我快要坚持不住了。

此刻我周围有几个人正在喝茶。

我不知道，周遭这些人是谁。我不明白他们在对我说些什么。

我不明白，我在这里做什么，为什么我没有在你身边？

我的萨申卡！我觉得，所有我应当懂得的，我已经懂了。我受够了。我想回家。我想去找你。

我们沿着泥泞不堪的道路艰难行进，不知被赶往何处。

萨沙，我脚下所走的每一步，其意义仅仅在于，离你更近一步。亲爱的，无论我去往何处，我都要去找你。

听着雨点噼里啪啦打在脑袋上的声音，我回忆起，那时在乡下，雨水淅淅沥沥打在屋顶上。乡下的雨，多么动听，一早上便在凉台顶上窃窃私语！

此刻，令我惊讶的是，那个夏天我并未觉得自己幸福。

当然，那时我是幸福的，只是浑然不知。我曾以为，自己什么都知道，什么都懂得。

我记得，我在《哈姆雷特》中读到："这是一个礼崩乐坏的时代[1]。"

---

[1] 原文为"The time is out of joint"，俄语译本为"Распалась связь времен"。

306

我曾以为，我对这一切了然于胸。并且觉得，这有什么不明白的？

然而，直到我置身此地，才真正称得上理解。如今，我懂得了他的言中之意。

你知道，莎士比亚实际上写的是什么吗？其实就是，当我们再次见面，当我把头枕在你腿上，这崩坏的时代才得以重建。

我亲爱的，我的唯一！

许久不曾写信给你。

我一切都好。

只是太累了。

别多想，我不是在抱怨。我很坚强。准确地说，是她，我的姐妹，她很坚强，而我还会无缘无故放声大哭。你是知道的。对我来说这算不了什么。

这不，我又开始信口胡诌了，什么姐妹。

我仍然无法适应自己。我一生都尽力磨合，但却做不到。对生活亦是同样无法适应，尽管早已是时候了。

在"死刑不得赦免"一句间点上逗号实在非常令人难以决断。我什么都知道，什么都了解，可还是很困难。

每天早晨天还没亮就要起床。到了晚上还得一个人摸黑回家。

可她完全不是这样，她总能轻松应付一切。看待事物的眼光，以及感知力也全然不同。我无法向任何人解释这一点，可你会懂。比方说，早上我坐车去上班。等电车的时候，迎着冷风两眼泪流不断，面颊发烫。站台上聚着一群冻僵的乘客，个个阴沉着脸，默不作声，不知是人还是黑影。电车迟迟不来，也许，根本就不会来。有人在严寒中不住跺脚，有人咳痰，还有人站着补觉。我也闭上了眼睛，免得看见此间种种。

可她会看，只不过看到的是另一幅景象。

风绞着雪，斜斜地抛洒。雪地上反射出星星点点的光亮。一夜之间，树梢上、电线上都结满了雾凇，还有垃圾桶，就连它也裹上了银装。

站台上熙熙攘攘，站台周围也有其他人，三三两两，任思绪漫无目的自由抛洒。电车哐啷哐啷地向站台驶来，车身倾斜，发出丁零声。碳刷在架空电线上擦出电火花。

车站上的黑影一哄而上，争先恐后地往车厢里涌。

我夹在人群中，被强挤了进去。女售票员嘴上骂骂咧咧，摇晃着装满零钱的小包。她的眼镜起雾了。

我抓住吊环，随着车厢颠簸而晃动。皮质搭手散发出一股酸味。电车驶过岔道，车厢内的人被搅和成一锅馅儿。

在昏暗灯光的映照下，昨日的《晚报》看起来就像在水里泡过一样。第一版报道的是战争，最后一版是填字游戏。神父伊万的王国背信弃义，向我们发动了进攻，透视图上线条交会的结点，宇宙的肚脐，一小撮字母。

还是那些消息。有的人被宰杀，有的人被践踏。人在生前陵墓就被洗劫一空。哺乳动物新生的幼崽宣示着冬季告终。你们向右手边，我们向左手边[1]。此时，就在这一刻，威尼斯船夫抬起腿，往滑溜溜的，生满霉斑、水藻的墙根上蹬了一脚。

科学家宣称，我们——温血动物，会使空气窒闷，因此车厢内逐渐变得温暖潮湿。但是每停一站，寒气就会涌进车门溜过裙角。

---

[1] 古词雅意，转意指代天堂（向右）和地狱（向左）。

研究者仍为了探索时间焦头烂额。毕竟很久以前实验结果就已表明，时间占据空间的方式，并非如同稀粥一样注满填平，而是浓稠的，隆起一座山尖。不过，现在又出现了如何保存的问题。根据最新资料，只有编年史编纂者[1]才能将其保存，并且要按照次序，一个接一个地，连接成线，线条通向电车轨道延伸的方向，并在那里和轨道交会。不过，为了方便起见，这条时间线就像一根无穷无尽的通心粉那样，被切成一段又一段。

读者来信。有一种小婴孩玩的游戏——在一张木板上刻下一个圆形木块、一个方形木块、一座小房子，以及各类物体，需要将这些图形准确地拼回原位。一个木块丢失了，留下无可填补的空缺。小房子原本所在的地方，只剩通透的孔洞。现在我真切地感觉到，我的生活，就是这种孔洞的集合：家庭、丈夫、爱情，今日的夜——无可填补。宇宙中的各种孔洞，其间通透。年复一年，这些孔洞越来越大，人也一个接着一个离开。

海外的天气：日头当空，温暖。

根据占星术，明天马马虎虎。

我不断寻找。

她孤独，尽管两眼疼痛、红肿，夜里辗转难眠，因为鼻塞一直喘不上气，只好张着嘴巴睡觉。在自己的呼噜声中醒来，整日头昏脑涨，鼻涕横流，擤得鼻翼红肿开裂。把头巾晾在暖气片上，每次烘干过后，头巾就变得比之前更硬一些，拿在手上，还发出嘎巴声。

---

[1] 原文"зимописцы"为作者根据编年史编纂者"летописец"造词。

她把一切都看在眼里，也了解所有人的一切。她得到了自己那份幸福，并且要求再加上点儿。

幸运的是，我已经挤在窗边了，用牙齿咬住手套，拽了下来，对着玻璃呼气，伸出手指在霜花上擦出一个小圆圈。

车厢在道岔上猛地一拐。驶上桥面，一路哐当作响。

把眼睛凑近小圆圈，望着黎明时分白蒙蒙的河面，上面遍布着滑雪板碾出的一道道辙痕。我们也曾在这里上过体育课。我想起那种奇怪的感觉，当我踩着自己那副老式滑板穿过桥洞时，头顶上是桥梁锈色的铁质结构，只听见电车轰隆隆驶来的声音，我滑行在空洞之上，而滑橇之下，深不可测。手杖开合，笨拙地在水面上行进，多么奇妙。

每一次，当我们轰隆隆驶过这座桥，我就会想起，冰面上那个哭哭啼啼的布袋。也许，这就是那条河流？

我看向小圆圈，一轮弯月挂在空中。工厂上空冬日的雾气凝聚成一颗硕大的头颅的形状。气罐车一辆接着一辆缓缓驶过，贮气罐上信号灯不停闪烁，下一站就是学校——那里已经上起了第一堂课，教室里的窗户玻璃上结了一层霜花，讲台下孩子们睡眼蒙眬、哈欠连天，老师教导他们，不能长时间看着月亮，否则就会患上梦游症，还说道，男孩子是未来的军人，女孩子是卫生员，以及，"我"在毛虫形态和"我"在蝴蝶形态，完全不同，但其实是一回事。

我几乎要坐到终点站才到，车厢里已经空了，寒气又铆足了劲儿。

我走下车，灌木丛上挂着细密的霜花，沿路篱笆旁的积雪上有黄色的液体痕迹。是狗的，还是人的？我不禁诧异，我脑袋里究竟在想些什么？

从医院台阶上下来了一位瘸腿的女人，穿着一只矫形靴，每走一步腿都会朝内拧一下。她在图书馆工作，很讨厌读者把书借去还回来的时候书页零落、破烂，上面还沾满油渍，于是，作为报复，她用铅笔在侦探小说的第一页写上凶手是谁。

看不清是谁坐在挂号处的小窗口没完没了地说着琐事，仿佛在咀嚼文字，就像兔子啃胡萝卜。

我爬上二楼，拐向右侧，在那里，办公室的门上有一张标牌：如此的，生命的女主人，妇女的女主事 [1]。而那些坐在长椅上等候的女人，就像秋播作物，即将越过冬季，诞下新生。她们谈的无非是尿液中的浑浊物，或是孩子生得越多，牙齿掉得越厉害。再就是甜瓜形的肚子——怀的准是小子，西瓜形的——准是闺女。

而我了解所有人的一切。

比如在这个女人身旁，长夜漫漫，度日如年。生活就像削不尽的土豆皮一样，没完没了。

那个女人希望，丈夫、孩子，所有人都能通情达理，希望早上可以一起用餐，却没能够。去年她拿到了沿河巡游的许可证并决定，得了，既然退也无处可退，不如就独自踏上游船，还要高高兴兴地回来。最后一天晚上，她坐在甲板上，看着一只海鸥，而那只海鸥站在扶手上，也看着她。海鸥心想：要知道我们是一对姐妹。你、我，还有这个谁也不会停靠的码头。

---

[1] 此处指的是妇科和妇产科的铭牌，但作者并未直书。

而这边这个——双眼沉重，绵羊式的——无能的女画师，每当有熟人过生日就把自己的画作送给人家，收到礼物的人却总是为了该把画挂到哪里而大伤脑筋。比如去年那一对，男的是个大糊涂虫兼幸运儿，每当遇到有人问他：藏在哪只手里？总能猜中，女的在宠物沙龙工作，负责给狗洗澡、剪毛，高温环境，门窗紧闭，因为洗完澡后狗可能会感冒，因此她跑到门外抽烟的时候，汗流浃背，浑身沾满狗毛。如此一对，他们当着女画师的面把礼物挂在餐厅墙上，过后又摘了下来，等她再次上门的时候又忘了再挂回去。她走进门，发现原本属于静物画的位置，挂着一只钟表。如今她正坐在靠窗的软凳上，一副若有所思的样子，不知掐指计算着什么。

我走进门，脱掉衣服，挂在门后的衣架上，穿上窸窣作响的罩袍。并开始工作。

"下一位。"

她拉下针织裤，扯下内裤，抬起手腕抹了把鼻涕，爬上冰冷的检查椅。纤瘦的大腿冻得发青，起了一层鸡皮疙瘩，臀部还有松紧带勒出的几道红印儿。一头鬈曲的红发。

死刑不得赦免。

今天早晨，下着雪，天蒙蒙亮的时候，电车站上有个少女得了伤寒感冒，不停地吸鼻涕。

我站在旁边。电车一直不来。

然后有人舒了一口气：

"车来了！"

站台上，人们开始来回踱步，眼睛眯成一条缝。

"五路，还是十二路？"

"是五路！"

电车越来越近，少女突然逆着人流，冲回站台，上气不接下气，弯下腰呕吐不止。她祖母做的腌黄瓜还有各种碎渣、杂烩得以重见天日。

她歇了口气，啐了口唾沫，电车已没了踪影。

我留了下来。

我没乘上电车，也留在了站台上。

呕吐的秽物上冒着热气。飞来一只寒鸦，斜着翅膀逼近，啄食热乎的渣滓。

我靠得很近，我们呼出的气团交织在一起，凝成一团。我问道：

"一切还好吗？"

她抓起一把雪擦净嘴唇，斜着眼睛盯住我，说了句，走开。

我：

"你多大啦？"

她：

"关您什么事儿？"

我：

"没什么事儿。只不过我曾经有过一个女儿。我看着你的时候，忽然就想道，如果她健在，应该像你这么大了。"

她：

"您到底想干什么？您是什么人？"

我：

"有什么分别。我只是在等电车。简言之，我——生命的女主人。信息和信使。这不重要。你不用怕我。"

她：

"我本来也没怕。"

我：

"我全都知道。"

她：

"您什么也不知道。"

我：

"你受圣灵感化而孕，然而谁也不相信？"

她：

"跟您无关！"

我：

"当初是怎么回事儿？你进入水塘沐浴，然后就有了，还是？"

她：

"但我从来没有做过任何这样的事！我说的是实话！"

我：

"我的好姑娘，世事无常。往那里，一根手指头就可以。至于鸟类，居然能够在飞行中射精。"

她：

"这跟鸟类有什么关系？"

我：

"这和鸟类无关。至于人，你还不知道，都是独身者。人只有在一种情况下，才能真正摆脱独身——那就是妇女怀有身孕。傻孩子，高兴点吧！你以为，只有你一个人是这样？这才不是什么稀罕事！什么事也没发生过。你不是第一个，也不是最后一个。孩子不是从精液里出生的。想想看，圣灵感孕。"

她：

"我很担心。"

我：

"一切都会好起来的。等着瞧。别太担心！你又健康又美丽，肯定能应付过去！而且生下的孩子健康又美丽。"

她：

"我不愿意。我早已决定，我就不生。"

我：

"这事可由不得你，不管你愿意不愿意。谁会问你的意思？你现在好好想象自己的肚子。如果形状像西瓜——准是小子，如果是甜瓜——准是闺女。总之，就是这个理。"

她：

"不！"

我：

"别激动，学聪明点！快去感谢水塘的馈赠，并像潭边的阿廖努什卡[1]那样请求它，让它保佑孩子顺利降生，保佑孩子的眼睛长得

---

[1] 出自俄罗斯巡回展览派画家维克多·瓦斯涅佐夫的代表作《阿廖努什卡》。

尽可能大，而且身体健健康康——四肢健全、头脑正常。毕竟世事无常！"

她：

"不管怎样我都不会生！"

我：

"你会的！"

她：

"不！"

我：

"你会的！请你冷静！喏，拿上这个手帕，快擦擦鼻涕。仔细听着。从前有一个姑娘，跟你的情况一模一样，她同样患了伤风，同样不停地吸鼻子，同样也受圣灵感化而孕。谁也不相信她。在那小女生的脑袋里也有着和你一样的想法。正是水面上开始漂起浮冰的时候。夜里她来到河边，把一个布袋放在冰面上。小婴孩顺着水流而去。她痛哭起来，离开河岸向自己的"非家"走去。可她心里清楚，那里只会有"非人的生活"。她游荡在街头直至清晨。她的乳房充溢泛滥，只因造就女人的时候，忘记装上龙头。婴儿的啼哭声不断在她耳中回响。终于她承受不住了，掉头向河边走去。啼哭声越发响亮。她走向岸边。孩子的哭声越来越近。这时，她看见一块冰在河的另一边缓缓向下漂游，上面放着的自己的那个布袋。她冲进河里，跃过冰面，落入水中，抓起了孩子，耗尽气力终于走上了岸。她坐在雪堆上，掏出滚烫的乳头塞了进去。孩子吸住奶头，开始咂吧起来。于是一个大嗓门儿，喷喷香的，不朽的生命，开始了。"

我的萨申卡!

我们已经连续行军好几天了。

脑袋里只有些零星碎片的记忆,所以就写些片段给你好了。

现在雨停了,勉强生起了营火。夜色浓稠,什么也看不清,只有人脸有些许光亮。

夜里所有人都有些异样,陌生。所有人都疲惫,凶狠。

营火偶尔会忽然蹿起来——马儿的脸和班车也忽然清晰可见,然后又淹没在四面八方的黑暗之中。

我的疟疾还是没好。而且脑袋里忽而一道亮光,忽而一片漆黑。要么就会浮现出一些无比遥远的想法。

我记得,你曾经问过,我对蒙娜丽莎有什么看法。如今我清楚地知道她的微笑有什么含义。她在微笑,因为她已经置身于那里,而我们仍在此处。她从那里对着我们微笑,而且这根本不是微笑。她已经知道了我们所未知的一切。我们总是希望,万一那里有某些存在,可她已经知道,那里什么也没有,于是这般嘲笑我们,我们这群傻瓜。

我发着高烧,脑袋里乱成一团糨糊。一天结束了,雨又在下,还起了风。狠狠地拍打一切,吹得帐篷帘布啪啪直响。脑袋滚烫,双脚冰凉。

一天下来所有人都浑身湿透,然而却无处可晾干。

我有些不太对劲。一次又一次失去理智,我在哪里,发生了什么?

这是我吗?

时而四周一片漆黑,时而突然爆裂。

潮湿的油布翻腾个不停,我却没有一点力气做些修缮。

雨后蚊子又成群结队地出现。我的脸和手被叮得整个儿肿了起来。而我现在必须要写信,只得眯起眼睛,不断摇头。

雨水冲毁道路,轨道上水深及膝。黏稠的污泥沾在腿上,像挂着秤砣一般,还糊住了车轮,马匹十分吃力。

我极度想要喝水。好几次喝了地上的积水,尽管我很清楚,这样只会让我的老胃病进一步加剧,但实在难以忍受口渴的折磨。

田里灌满了水,水里生满了蛇。蛇群在水面上蜿蜒游动,那痕迹久久驻留在水中。

走动的时候,总觉得道旁草叶摇曳,还能听到簌簌声。

昨天安排了午间休息,所有人都疲惫至极,就势瘫在原地。然后一个步兵拿起一条死蛇给大家看,原来他刚才就睡在蛇身上:

"我还觉着,哪儿来的一条绳子在身子底下碍事!"

整个乱套了。个别人员滞后,融合在一起。出于恐惧,互相朝对方开枪。

今天天气炎热,一丝风也没有。尽管为了防止河水灌入农田,路堤被抬高了不少,但路上还是泥泞不堪。烂泥坑和臭水洼满地皆是,恶臭从四面八方袭来。病变肠胃的喷射排遗痕迹四处可见。

人人都害怕遭遇伏击。时不时就有枪声从灌木丛中传来。农作物密密麻麻,难以通行,极利于藏身,甚至连骑手也可以找到掩护。有时士兵甚至会精神崩溃,径自对着树丛一通扫射,时刻觉得,有人埋伏在那里。

我又逮着机会写了几句。村庄还是那些村庄，农作物还是那些农作物。灌木丛如此繁密茂盛，刚走几步人就没了影儿。士兵们不得闯入树丛解手。已经多次发现，有人在林子里被开膛破肚。

抱歉，我亲爱的萨申卡，我已经好长时间没能坐下来认真写封信给你。只有在途中歇息时随手记上几笔。

现在，由于这里发生的一切，我渴望藏匿起来，但我无论如何都要写作——万一有一天我的手稿会对某个人有用呢？

也许，有人会想要了解我们的某些信息。比如，我今日所见所闻。比如，我们是如何行军至深夜，到了后半夜连帐篷也不扎，直接睡在潮湿的地面上。所有人都就势瘫倒在地。雨水把黏土地化成了一摊烂泥。辎重车还有炮兵运弹药和挂炮的车轮轮毂整个儿陷了进去，士兵们只得上手将车拖了出来。今天我好不容易从黏稠的泥浆里拔出脚来，鞋子却留在了里面。

不过又有谁会对我的一只鞋感兴趣呢？

但我无论如何都要写下来。

夜幕再次降临。我们住进了一片破败的房子。内衣和外套都是湿的，甚至能拧出水来。包脚布也没有办法晾干。

白天不是极端高温，致使数人中暑晕厥，就是热带暴雨，不出一小时就能淹没整个地区。雨水不会深入黏土地，而是在凹地上汇聚成连绵不断的湖泊，沟槽和渠道也跟着水位大涨，成了难以涉水通过的小河。

人们因为精疲力竭而栽倒，然后被拖到一旁没水的高地上，否则他们将会在水洼和淤泥中窒息。

现在前哨长官安排本中队作为警卫散兵线。雨点噼里啪啦，哨兵不得不站在没过脚踝的水潭之中。哨岗专门设在洼地之中，夜里自下而上看得更清楚。

上方有许多树冠形黑影。远处不知是墓地，还是村庄。

露天宿营。人们三五成群，充满警惕。农作物摇曳的簌簌声就像有人悄悄接近时脚下的沙沙声。

一到短暂停歇的时候，队伍瞬间倾倒。所有人都疲乏至极，在光秃秃的地面上睡得东倒西歪。

我们走了一夜，周围临近的村庄燃着大火。火光映红了天空，一切都看得清楚。然后雨又开始落下，然而火光穿透了雨帘。头一回见到了这般暗红色的雨幕。

道路依旧泥泞不堪、难以通行，马车时不时就陷入泥淖里动弹不得，只得人亲自上手拖曳出来。

我厌倦如此一般瘫倒在地、不省人事——衣服也不脱，脚上还穿着肮脏的靴子，就这么睡了过去。士兵们挤在一间破房子里，席地而睡，枕在彼此身上。每个人身上都散发出一股子霉味儿、汗味儿，还有顽固污渍的气味。

我甚至无法忍受自己身上的味道。

起先外面很安静，后来从田野里忽而传来几声啼叫，忽而又是几声呻吟。基里尔问道：

"这是鸟叫吗？"

"不是。应该是没人救助的伤员吧。"

睡不着觉。天快亮的时候，哨兵错觉雾中有人走来，遂开枪射击。原来是一条狗。整个神经不堪重负，任何原因都能让人崩溃，厉声斥责彼此。

所有人都凶狠至极，野性毕露，四处施暴。

萨申卡，我累了，累得要死。

只有想到你还在等我，我才能重获气力。

现在该写第二天发生的事了。基里尔被杀了。

是这样一回事。我方几名士兵被派去邻近的一个村庄，基里尔随他们同去。他们去了很久都没回来。于是又增派了几个人，那些人回来后说道，村子里有伏兵。我们连忙赶去。

我一瞬间竟无法理解我所目睹的一切。

确切地说，我已经明白了，但我不愿明白。

所有人都被杀了。我不愿意描述我所看到的场景。

这一天过得有什么意义呢？多么愚蠢的问题。我这一生都在不断提出愚蠢的问题。

也许，如果这一天非要有点什么意义，其意义就在于，这一天过去了。

一天又结束了，离我们相聚的日子又近了一天。

瓦洛津卡！

我特别需要你，只有和你在一起的我，才是真实的。

你懂得我的一切，甚至还有就连我自己也搞不懂的那些。

我渴望只分享好消息给你，但与你分享一切对我来说具有莫大的意义！

我根本不打算抱怨，相反，我需要与你分享幸福。

那一刻，在其他人经历痛苦的时候，我感觉到自己是幸福的。

我无法向任何人解释这一点。只有你。你一定会懂。

如今我了解了，什么叫作似曾相识。似乎，不久前才刚刚拿到妈妈的死亡证明，然后又办好了父亲的各项文件。同样的文件，同样的辞藻。同样的葬礼上的奔忙，以及古怪冗杂的礼节，空洞虚假的仪式，与真实的爸爸妈妈绝没有半点关系。

爸爸在家中过世。如他所愿。

葬礼也有点让人摸不着头脑。

电梯空间逼仄，楼梯过道狭窄，搬运工人吃尽了苦头，才把爸爸抬下五楼。棺材的边缘时不时磕在墙上或是栏杆上。劳工们互相喊话。叫嚷声引得邻居们纷纷推开门查看。几个女人站在大门口，伸手掩住口鼻。

男孩儿们在院子里踢足球，大喊大叫，然后争相跑去观看葬礼。足球弹了起来，直直砸在棺材上。

车往火葬场开去。

爸爸躺在棺材里，两手交叉在胸前，像个听话的孩子。我抚摩着他平静的胸膛，那里不再剧烈地颤抖，就像他生前最后一刻。

我拨开他额前的一绺碎发，看见泪珠落在被我刮得不太平整的脸颊上——是我的眼泪。

高温酷暑，苍蝇落在爸爸身上，我挥手将它们赶走。

坐在火葬场的椅子上等候的时候，我只能看手指关节。因为吃药，爸爸的腹部隆了起来，比棺材边缘高出一点。我不由自主地盯着他胸前交叉的双臂，和他背后的窗户插销做起比较，忽然间我觉得，爸爸还在呼吸。

来参加葬礼的人群中，有一些我不认识的女人。情妇？姘头？心上人？前任？我一无所知。

最后一次亲吻爸爸的时候，我注意到，他的肩膀上趴着一只瓢虫。我挥手掸去，否则会连上它一起烧掉。

顺耳听到，有人在询问炉膛内温度如何。

合上棺盖的那一刻，我看见，爸爸微微笑了一笑。

现在我坐在桌前浏览他的记事簿，上面有他在弥留之际所做的记录，并且未曾给任何人看过。

父亲早前说过，打算写一部回忆录。也许，他确有此意。不过，只留下了这么薄薄一本，何况撕掉的纸张比有所记录的要多得多。

他还开玩笑说，自己正在写一本生命之书。

"兔兔，这是我的人生手册。我要写尽人这一生，直到画上最后一个句点，那时候再让你读。"

他中风以后，我常常陪伴在他的床边。他右侧肢体瘫痪。嘴角和眼睑均有不同程度的扭曲，话也含含糊糊说不清楚，但我逐渐学会了理解他的意思。他还没起床，就已经再次用左手拿起笔在记事簿上涂涂改改。我提议帮他做笔录——他拒绝了。

总的来说，他恢复得相当之快。总共也没在医院待多久，何况他也不愿住在那里。他常说，护士长得都不漂亮，也不勤于探病，只完成那些必须为重症患者做的事。

出院后，那位来到家中协助他做康复性训练的家庭保健护士，愤愤地向我谴责他，说他用那只还能活动的手把她浑身上下抓了个遍。

我回答道：

"嗯，这就说明，病情正在好转。"

"可是我什么也做不了，因为您父亲抓住我的胸部不放！"

"给他手上来一下！那可是只健康的手。"

我对父亲说道：

"你搞的是些什么事儿呀？你就不能把持住自己？"

他张了张歪嘴嘟嘟囔了几句。

如今我翻阅他的笔记，上面什么也没有。确切地说，没有任何我想要找的东西。几乎没有一句提到我，提到我的童年。实际上仅仅是在一段话中将我一笔带过：

人有时会觉得自己这辈子：一事无成。而有时又觉得：并非如此，至少我创造了萨申卡。我也将为她所拯救，或许，正是因为她的存在，我这糟糕的一生才有了被原谅的理由？

也许，我所期待的，是对自己有所了解，对那段掩藏在孩提记忆中的人生时光有所了解。然而实际上只是些关于这世上一切的零碎记录和不知所云。

留心时钟在夜里的嘀嗒，听听指针如何走过这一生。孤独，指的就是当一个人似乎已经拥有使他免于孤单的一切，然而事实上却一无所有。因此失眠时你站在浴室中，赤身裸体，老态龙钟，直面着镜子。你望着那具躯体，它早已背叛了你。无神的眼眸之下是肿胀的眼袋，几绺蓬乱的长发翘在耳后。你拿起牙刷搔一搔后背心。心里想道，马上就会死去。怎么就走到了这一步？

对待死亡应当云淡风轻：就跟菜畦里的胡萝卜一样，熟透了——就被拔了出来。迟早会来，躲不过的。

又调了一次时间。好像不久前才刚调过。我必须赶紧写下点什么，否则，转瞬之间，时间就已被废止。

我年轻的时候曾经想过，等我哪天老了，就写一部回忆录，因此，我把那些以后有可能用得上的东西都写进了日记里。如今，多年以后，站在生命的另一端，我回想起，年少的我在日记中如何记下那些将有助于我此时追溯过去的重要事件和人生经历。然而事实证明，当初我以为重要的事，如今已经不值一提。反倒是那些真正有意义的事，我却未曾留意。结果，我现在不得不替自己写下满纸荒唐言。

我记得，小时候父亲在宠物店里给我买了一只乌龟。我高兴极了。那时还是冬天，天气很冷，我匆匆忙忙赶回家，就怕我的乌龟在路上冻坏了。现在，半个世纪以后，那家宠物商店仍开在同一个地方。路过时我走了进去。我想干什么？找回那个快乐的自己吗？那时，男孩儿的父亲试图使他理解，为什么阿喀琉斯[1]永远也无法超越鞋盒里缓慢爬动的乌龟[2]，那个他和现在这位脸色阴沉、头脑不甚清醒的路人可有什么共同之处？全然不同！

我在书中读到了轮回，然后决定修一修门面。我望着自己灰白的鬓角，意识到灵魂的迁移一直在继续，我们只是转移到另一个自己身上。过去的男孩儿，成为一位老人，他的灵魂在躯体之间迁移，无穷无尽，日日清晨如此。每个夜晚，躯体都在潜移默化之中变得不同。

我记得父亲年轻力壮时的模样，记得他是如何锻炼的。我们玩过荡秋千的游戏——他伸直双臂，我抓住他的手腕，摇摇摆摆。可如今，中风以后他的样子令人难以直视。嘴里说着含混不清的字句，右手动弹不得，日渐消瘦，脖颈上皮肤松弛。

爸爸之前也病过几次，但他从未告诉过我。也许，他担心在我面前表露自己虚弱的一面。有一回，他因为胃溃疡住进医院，还动了手术，甚至连这种事都对我只字不提。电话也不打。直到康复以后，才说起自己得过一场病。

而这一次，他不得不向自己的虚弱低头。

最初那段日子是最艰难的。不久前才送走病卧在床的妈妈，结束了一段痛苦，结果又不得不天天坐车去照顾父亲。

---

[1] 阿喀琉斯，也常译作阿基里斯、阿基琉斯等，是古希腊神话和文学中的英雄人物，参与了特洛伊战争，被称为"希腊第一勇士"，也是典故"阿喀琉斯之踵"的主人公。
[2] 指古希腊数学家芝诺提出的一个悖论：阿喀琉斯追不上乌龟（阿喀琉斯是希腊传说中的力大无穷、擅于跑步的英雄）。芝诺提出，如果让乌龟先跑一段路程，阿喀琉斯将永远追不上乌龟。

他生活习惯很差，日子过得邋遢极了。没有垫板，就把煎锅放在烟灰缸上。窗帘可以直接拽起来擦手。我不得不重新购置家用，再从自己屋里搬过来一些。

又一次操持起便器、按摩、褥疮、勺子喂食。中风之后紧接着就开始大小便失禁。我在他身下铺上尿布，就像对待婴儿那样。

然后，情况朝着相反的方向发展，他开始便秘，不得不定期给他灌肠。

有一次，我帮他清理遗留在床上的排泄物，更换床单，因为臭气皱起了眉头，他口齿不清地说了些什么。我听不明白。

"爸爸，什么？你想说什么？"

原来他这是在请求原谅。

"爸爸，你这是说什么傻话！你不是还替我擦过屁股吗？"

他还表现得像个孩子。我帮他擦洗，他却总使性子，一会儿嫌水烫，一会儿又嫌水凉。我在海绵上打满婴儿沐浴皂，他不住抱怨，说皮肤被海绵擦疼了。我不得不把肥皂打在手掌上。皮肤松弛，下垂，仿佛要从身体上滑脱。我细细擦洗过他身上每一道褶子和皱纹。

我一边按摩他患病的胳膊，一边想道，那只强健有力的，曾让我像小猴子一样挂在上面荡来荡去的手臂，到哪儿去啦？或许，手臂也存在轮回，假使灵魂转世迁入这根瘫痪无力的胳臂，哪怕它的表面遍布褐色斑点，而且静脉萎缩曲张。

我帮他理发、修剪指甲。我把他的双脚浸在热水中，泡软了脚底的老茧，脚趾上黄色的嵌甲，还有他粗糙脚后跟上疙瘩不平的增生。他上了年纪以后，左脚脚趾交叉在了一起——中指叠在食指上。

他开玩笑比出了"祝福的手势"。

我替他通体擦洗，瘦弱的大腿和松垂的臀部，以及腹股沟。难道我曾经来过这里，这个蓬乱的，长满褶皱的，失落在灰白体毛之下的地方？

他害怕自己也得了癌症——前列腺癌。我摸了摸他前列腺所在部位。

"爸爸！你很快就会好起来，还能给我再生几个弟弟妹妹呢！"

父亲开始阅读医学书籍，同医生争论，跟他们讲解，如何正确治疗他的病。

医生禁止他吸烟，他却继续吞云吐雾，当作什么也没发生一样。我只得摊手作罢。

我给他煮粥，他不满意，耷拉着脸拿起勺子敲敲打打，抽了抽鼻子，快快地在碗里来回翻搅，蹙着眉头哼哼唧唧。

"还不如鲱鱼配洋葱丝儿呢！"

"赶紧吃，不然我就把这碗粥扣在你头上！"

他回忆起，自己从前把酸牛奶浇在我头上的情形，于是开始乖乖咀嚼麦糁。

我坐在他床边，愉快地和他一起回忆童年。令人奇怪的是，那些给我留下强烈印象的事情，他却一丁点儿也想不起来。

好在我们回想起了夏威夷舞——两只手要插在兜里。

我是如何学会打领带并替代了妈妈的工作，我总是亲手为他系好领带。

有一次他给我带了一幅日式版画作为礼物，我甚至还没来得及仔细看上几眼，就被妈妈瞅见，她激动地从我手里抢了过去。我到底也没看清上面刻画了什么。

我回想起那股奇妙的皮革气味，在他担任极地飞行员时，总喜欢把飞行帽和大号护目镜往我头上套，还有他的高筒靴，我还把两只脚伸进一个靴筒里。

后来我看了爸爸参演的电影，吃了一惊，确切地讲，是失望至极。不是因为电影拍成一部烂片，而是因为头一回认识到，爸爸是个差劲的演员。太过失真。

当他把包头绑在脑袋上，盘腿坐着，他的四周，目光所及之处，绵延着的是神父伊万的王国。那个时候他是真实的。

这些白色的和赤色的狮子，格里芬狮身鹰头兽，拉米亚人首蛇身怪，独角犀都是打哪儿弄来的？

我还想起来一些他无从得知的事，并讲给他听：

"我走进你们的房间，你正在睡觉。蜷缩成一团，像个孩子。我那时诧异极了，原来我爸爸睡觉的时候像个孩子一样！"

我请求他原谅我从前那些年的疯狂举动，对他大加贬低，肆无忌惮地伤害他，仿佛报复什么似的。我到底在报复什么？报复他，就因为他不是智者之王，不是所有领主的头领，也不是一切统治者的主宰？因为他没有居住在万都之都，没有生活在聚居区和无人区所有土地中央的城市之中？因为他没有在自己的领地间到处巡游，也没有母象驮着轿子载他？

我何必要说，自己看不起他和妈妈？难不成是真的看不起？

"爸爸，原谅我，我为自己当初的所作所为向你道歉！为我所说过的那些让你伤心的话道歉。如果妈妈在天有灵，我还想求得她的原谅，只可惜在她生前我尚未开化，如今人都已经不在了。"

爸爸答道：

"萨申卡，你说的这叫什么话！我早就已经原谅你了。这不过是每个人都会经历的成长阶段。"

我从架子上拿了本书打算随手翻翻，刚一摊开，里页夹着的几缕发楂就映入眼帘。我脑海里浮现出早些年间妈妈替他剪发的场景，他坐在那里捧着本书读得津津有味，也许，剪断的发楂就这样被夹在了书中。

我在柜子里的一堆破烂之中找到了一盒象棋。

"你想不想一起玩，就像从前那样？要说我们已经几百年没下过棋了！"

对弈开始，我突然就赢了。

"你让着我啦？"

他笑了笑，可我知道，他并没有让我，他就是输了。他象棋也下得不好。

其实，很久以前我就已经认识到自己身上有着父亲的影子。我感觉得到他的一举一动、一颦一笑。他如何渗透到我的身体之中？从前这世界上我最不愿变成的人就是他，结果倒好，他巧计胜过了我，而我彻底败给他了[1]。

爸爸从未告诉过我任何有关他父母双亲的消息。他只是说，他

---

[1] 引号中的内容源自萨沙父亲笔记中的独白片段。

们去了很远的地方并且死在了那里。我是在没有爷爷奶奶的情况下被抚养长大的。

有一天他开口说道：

"当一件事发生的时候，谁也不清楚实际上到底发生了什么。事件只有被作者写进了回忆录，才能称之为事件。你知道，回忆录中最重要的是什么吗？跳脱修辞！"

他扬言要报复他那些仇敌和欺压者，绝不在自己的作品里提到他们分毫：

"一个字也不能写！仿佛他们不存在一样！把他们从自己的生活中一笔勾销！萨申卡，难道你不觉得，这就是最完美的谋杀吗？"

那一天，他第一次与我一同出门，我们慢腾腾地，一步一个脚印地绕着住宅楼散步，他在自己的记事簿上写下：

我已是这般瑟缩！衬衫领子对乌龟脖子来说实在太高。那时我怎么也理解不了关于阿喀琉斯和乌龟的悖论。如今我懂了。乌龟，即是我，阿喀琉斯永远也追不上的是我。

还有一些过去的笔记：

时间阅历理应累积为人生智慧。可我，一个年长的笨蛋，积攒了什么？积攒了一堆答案，用以回答那些曾经意义重大、如今早已无关紧要的问题。甚至就连我即将离开人世这种不可避免的自然趋势，不知怎的，我竟也有些不清不楚。

广播里播报着各种濒危的植物和鸟类。个别不幸的物种即将从这个世界消失。说的就是我，我，就是那个即将消失的生物！

这一条，是他开始独自出门后记下的：

傍晚我下楼在院子里四处走动。独自一人散步的感觉真好！突发中风，人一下就学聪明了，开始懂得区分好坏。我停下来歇息，忽然看见，有个东西在柏油路上一闪而过，反射出一道灯光。当鼻涕虫爬过，会在生命中留下自己的痕迹，并且不是在它们自己的生命中，而是我的生命。甚至还出现在这张纸上。并且它永远也不会知道。这让我莫名有些欣喜。我想要跃上长椅，跳一段踢踏舞，如同当初。我多大年纪了，糊涂蛋？

我本想在他的笔记本里找到关于妈妈的记录，然而他却对她只字未提。关于我们家只找到了这么一句，还不知道他是从哪儿抄来的：

家庭，是一群人的仇恨，这群人彼此牵绊、难舍难分。

有一次我问他，是否会为当初离开妈妈而感到后悔。

爸爸回答说：

"不会。不然我们还要继续绑在一起，像野兽一样互相撕咬。一旦失掉了尊严就必须分开。想象一下，有一次吵完架之后，她俯身趴在窗口透气，我准备去厨房时恰好从她身旁经过，心中竟萌生出抓起她的双脚、将她扔出窗外的念头！"

有一回父亲问道：

"你想知道我和你妈妈分开的原因吗？"

"不想。"

另有一回，他自顾自地开始讲起了他们的过去，他曾经百般向母亲保证，自己和另一个女人已经了断清楚，她相信了，然而根本不存在什么了断，背地里仍在继续。

"我望着她的眼睛，感觉自己糟糕极了，简直就是畜生，就是刽子手！"

"你跟我说这些有什么用？你早就该把一切都告诉妈妈。"

"就是因为没能告诉她，我才要都说给你听。"

"你想要什么？"

"我也不知道。想求得她的原谅？"

"就为这一件事？"

"既有这件事情，也有些其他的。但最最重要的，没错，就是这件事。"

"行吧。都行吧。如果她还在的话，会原谅你这件事的。其他事情也是。我怎么摊上你们俩这么一对糊里糊涂的父母，甚至连老了以后还要通过我才能彼此达成和解！"

"我早晨醒来，忘记了，准备做什么。过一会儿又记起了。我开始思考，死亡究竟是什么模样？总该不是手持镰刀的骷髅吧？我曾经问父亲，他为什么要说谎。他回答说：'等你长大成人了，我们再讨论这个问题。'我早已长大，如今甚至还有些长倒退了，如果可以，我一定会问他一个完全不同的问题：'父亲，死亡看起来是什么样的？快告诉我，你肯定知道！'也许，死亡的样貌简单至极，如同天花板或窗户，又如墙纸上的图案。脸庞，即是你最后看到的那样。"

他和我开玩笑，尽力表现出愉快的一面，同时又在笔记本上自言自语。

人死以后，也许，只是走上归途，逐渐成为他一直以来的样子，什么也不是。

我不知在何处读过这样一段描述，据说印度人会将逝者置于熊熊燃烧的葬礼篝火之中，最终头骨会像栗子一般爆裂。我不太相信。但是有个熟人曾经讲过，他的母亲是在一家新开不久的火葬厂里火化的，也是该厂接纳的第一批死者之一。那时候还允许亲属透过玻璃观看尸体燃烧的过程。只不过令人费解的是，何必要这样做——为了证明不存在偷换尸体的问题，还是怎样？他也因此目睹了自己母亲在大火中欠起身子的场景。

　　爸爸常常说道，他不愿死了以后被埋进土里。

　　"如果得知一个人没有彻底消失，而是躺在两米深的沙土下面慢慢腐烂，又有什么可高兴的？而且还在石头底下！石头被堆砌在坟墓上，目的就是让死者无法爬出来。"

　　他从来不曾和我一同去妈妈的坟上祭拜，还说自己受不了墓地那种地方。翻过他的笔记本我才得知，原来，他去过那里，还是在春天的时候。

　　我想着要给我的兔儿买一束花，四处都在兜售郁金香。在她生前，我没有送过花给她。然后我转念一想，放在坟前迟早要被人偷走。蠢笨的石碑是女儿订的，而聪慧的，恐怕，都不会在放坟头上。我坐了下来，为她祈祷安息。天气不错，四下寂静无声，笼罩着一层愁绪。雪几乎都已化没了。空气里弥漫着隔年枯叶的味道。本应该砌上篱笆，然而时下这笔开销实在是太大。我去得比较晚，并且又是最后一个离开，紧跟着大门就被人关上了。我沿着围墙走去，望见不少老头儿和老太太爬过墙头。墓地逃亡者——还真有点儿意思。

　　他要求死后将他火化，再把骨头抛洒至郊外随便哪个地方。

"爸爸，你说的这叫什么话！"

"这怎么啦？我又不是要求像诺斯特拉达姆士[1]那样站着下葬！只不过要求火化，再让骨灰随风飘散。我想要消失，泯灭！随便往哪儿的田间地头上撒一撒就成。答应我行吗？"

"我答应你。"

是哪个自作聪明的人说的，苦难使人高尚。鬼话连篇。苦难只会损害人的尊严。

他常常对我说，他不愿像妈妈一样受尽折磨。他想主动离开。

此前我就已经多次考虑过这件事了。这有什么难的？只要不在家里就行，别人还得在屋子里住呢，这对他们来说可不是什么好事。只要选一个风和日丽的好日子，跟邻居打声招呼，就说自己要出门休假——然后就彻底消失。阻止得了我的只有一个念头——应该跟女儿有所交代。你会跟女儿说点什么呢？

他对我放心不下，可我连着好几个月都不愿打一通电话给他。

中风以后他请求我说：

"萨申卡，如果我的情况变得很差，答应我，给我带些东西过来好吗？你也清楚我都需要些什么。"

"你没吃错药吧？"

知道自己大限将至，他又开始喝酒，对此我已经无能为力。我不在的时候，他喝得烂醉，然后浑身难受，还说自己因为胃灼热猛灌了几大杯苏打水。我试着劝了他好几次，然而他只是一扬手把床

---

[1] 诺斯特拉达姆士，又译作诺查丹玛斯，原名米歇尔·德·诺特达姆，法国籍犹太裔预言家，精通希伯来文和希腊文，留下以四行体诗写成的预言集《百诗集》一部。

头柜上所有药瓶、药盒都打翻在地。

五月底时，他又一次突发中风，这一次俨然已经无法康复。

他在笔记本上写下这样一段话：

遗憾的是，在我的忌日那天什么也不会改变，什么也不会发生，车站仍将照常售卖炒瓜子，从袋子里舀起满满一小杯，再把口袋里塞得鼓鼓囊囊。街角照常有人在大口喝着啤酒，时不时再舔舔胡子上的泡沫。窗口照常站着一个女人，对着玻璃窗扇擦擦洗洗。最有意思的是，这一天俨然已经存在，每一年都如期到来，这一天也可以被庆祝。它早已存在，只是尚未向我呈现，如同某一部法律或是某座岛屿那样呈现在我面前。

此刻我读完这段话，心里想爸爸于六月初离世，那天是五号，从此六月五号就是他的忌日。可是这个五号，实际上，过去也是他的忌日，始终都是。这一天还在，而死亡已经不再。只是我想不起来，去年的这一天发生了什么。一如往常，自始至终的——瓜子，啤酒，窗口擦玻璃的女人。

我抚摩着他的双手，肤色蜡黄，了无生气，指甲发黑。

最后的日子里我们鲜有交流，只是偶尔说上几句无足轻重的话，如同当初和妈妈一起那样。

我从厨房走了过来。他喃喃问道：

"你喝咖啡啦？"

他闻到了味道。

我用指甲掐住倒刺拔掉，他不乐意了：

"快别拔了！"

他忽然想吃柿子，我坐车去了趟市场才买到，切成两半，拿勺子喂给他，他又不吃了。

"我不想吃。"

天气炎热，一旦打开窗户，就会有更多暑气涌进屋来。他要我把冰凉的手掌放在他滚烫的额头和脸颊上。为了给手掌降温，我把手放在水龙头下不断用冰水冲洗。

前一天的夜里，他全部都感受到了。我隐约听到他说：

"女儿，我快要不行了。"

"快要不行的是他！我们还行吧？乘电车走吧？"

他撇撇嘴，做了个鬼脸。这是微笑的表情。喃喃说道：

"萨申卡，我真的好爱你！"

妈妈走的时候没有我陪在她身旁，我解释不上来原因，但这对我来说极其重要。在一切就要发生的那一刻，我必须要紧紧握住爸爸的手：

我请求他道：

"爸爸，等你离开的时候，我想紧紧握住你的手。答应我一定要让我陪在你身边好吗？"

他眯上了眼。

他走到了生命的尽头。爸爸开始呼吸困难、急促，他身底下的床铺也跟着剧烈震颤。他已经说不出一个字了，只是渴求的目光一刻也不曾从我身上挪开。我知道，他需要什么。

我渴望给他一个拥抱，于是侧身在床边躺下，紧紧依偎着他，久久凝视着他的眼睛。他的目光变了个样。依然注视着我，只是眼里已经不再有所企求。其间流露出些许意外。

他离开了。他仍躺在我身旁，只是双眼已经瞥向了那里。他停了下来，在生死线上稍做驻留。他看见，我已经从这间屋子里消失了。

爸爸挣扎着想要对我说点什么。

"你想说什么，爸爸，我在听！什么？"

他的喉咙里发出呼哧呼哧的响声。

我忽然懂了，他往那里看了一眼后，想要告诉我。他想要告诉我，那里的的确确居住着不朽之人和喑哑之蝉。

爸爸不止一次跟我提过，说他已经想好了，将要用哪一段话为自己的回忆录作结。他不知在何处找到了一句旧时常被抄写员记在尾页的结束语——有关船舶以及大洋深渊[1]。然而他笔记本上的最后一段却完全是另一回事。

原来，根据最新资料，逝者在死后片刻仍能够听到声音——所有感官中最后一个失效的就是听觉。萨沙，女儿，跟我说点什么吧！

我写下这一切，为的就是解释这种不同寻常的感觉：在最后的时刻，也许是人一生中最重要的时刻，我紧紧握住他的手，并且感受到自己是幸福的。

---

[1] 此处为伏笔，与本书结尾相呼应。

萨申卡！

我亲爱的！

你说，有没有一种可能，就是周围这一切其实并不存在呢？

雨又在下，整日地下。

难不成这一切都是客观实际，而且我还身处其间？不，当然不是。

嗯，好吧，雨，不过这也完全有可能是另一场雨。管他下不下雨。毕竟不是每个下雨天都是真实的。

也许，这是那场，乡下的雨。一早就开始连绵不绝，而且那里一切都是真实的。凉台上回响着蚊子嗡嗡的叫声。雨水从屋顶的窟窿里滴滴答答落入盆中。玻璃上雨点密布。透过半开的窗户从园子里传来沙沙声。湿漉漉的丁香散发出特别的气息，透着雨的气味。台阶前小径上的水洼恣意流淌，连绵成泊。

我窝在沙发上，腿上放着一卷莎士比亚的巨著，在本子上写写画画，我在创作。创作的感觉真好！关于爱情，死亡，以及这世上的一切。写下的一切随后都可以一把火烧掉。真是奇妙无比！

刚刚才拿着本子躺下，就陷入了沉思，嘴里咬着铅笔，看了一眼表，竟然已经两点差十分了！你还在等我！现在我套上胶鞋，披上旧雨衣，立刻出发——沿着我们的那条小径。先走到拐角处的邻居家，那里的篱笆后面种着大片月季，然后穿过树林，走过山沟里的那座桥，远远望见你们家的小屋掩映在树丛中。每当我念出每种植物的名字时，你都惊叹不已，那模样真惹人喜欢。这有什么好惊讶的？每个人都可以做到。

我心爱的！再等一会儿！

我马上就来！

我亲爱的，心爱的唯一！

我早早醒来，躺在床上想念你。

亲爱的，这会是一封十分愉快的信。

不过还是要按照顺序挨个说起。首先应当提到的是，整座城市终于被白雪覆盖。

半夜醒来，我突然记起，今天不用去上班，可以舒舒服服赖在被窝里。直到这一刻我才真切感觉到，这些日子以及这几个星期以来我是多么的疲惫。窗外泛着亮光。我起身向外面望去，白雪茫茫。重新躺下，把自己裹成"茧形"，正如你喜欢的样子，再透过小孔望着窗外纷纷扬扬的雪。没过多久就再次进入梦乡，睡得那样酣甜！

习惯了一大早就醒来——天还没亮，我听见窗外传来铁锨铲地的声音，想起来，雪下了一夜，再次聚积起莫大的幸福！我又睡着了，并且一觉睡到了中午，把平时没睡够的觉补了个痛快！

坐在窗前用早餐，望着外面纷飞的大雪。

然后就这么一直坐着，仿佛直面舞台，欣赏潮湿的飞絮碰撞在玻璃上，随后缓缓滑落。

我给自己沏了一杯浓茶。待在家里，不必四处奔波。这感觉真棒！

杯中的茶汤似乎也因为窗外的冬日景象而显得格外橙红透亮。

忍不住走出门外。迎着漫天大雪。

漫步街头，新鲜纯净的气息让我几近失去理智。

这一天也因为这种气息而变得癫癫傻傻，仿佛忘记了自己的职责，并开始恣意妄为。

似乎整座城市都犯起了迷糊。

十字路口的嘴巴里塞满了雪花粥，含混不清地嘟囔着什么。

雕塑上原本的黑发男人如今成了白化病患儿。

人们猜测，雪人住在哪里，可它就在这儿，在小公园里。

树枝被厚重的积雪压弯了腰，纷纷铆足了劲儿扒住树干，鞠起躬来。

冬日和白雪，多么美妙的组合！尤其是雪！它的到来重塑了一切。

半个冬季以来，公园里都空荡荡的，稀疏寥落，如今化身为冰雪覆盖的殿堂、拱门、塔楼、圆顶，无不精美绝伦。树木在路面上空架起拱梁，车辆驶入，仿佛钻进冰雪世界的大门。

总之，大雪将一切连为一体。曾经万事万物皆孑然独立，如今，每一条长凳、每一根石柱，更别提每一个邮箱，都懂得了它们的存在是个严丝合缝的统一体。

有个路人躲在伞下抵御风雪。只他一人这般聪明。其他人只是抖动身体，拿手套在自己身上拍拍打打，而肩头和帽檐上不一会儿就积起厚厚一层雪片。

每家院子里都有一群孩子在滚雪球，堆雪人。

雪花湿润、有黏性，握在手里，被捏成一团，让人忍不住咬了一口。

大雪铺天盖地，纷纷扬扬，轻盈曼妙，感染了整座城市，但最为洒脱的还属男孩儿们和狗儿。学校操场上高年级学生打起了雪仗，捧起一团雪扣在彼此脸上，或是塞进衣领。围巾、帽子四处散落。家犬吠叫着冲向雪地，呼哧呼哧地喘着气，啃食地上的积雪。

我站在一旁，看着狗儿兴奋地来回撒欢，口水飞溅。忽然它在我面前停住，惊讶地看着我，好像在说，你在这儿站着干啥，快来加入我们！然后它打了个大大的哈欠，颌骨碰撞发出清脆的声响，继续向远处跑去，尾巴扑打着雪花，快活地叫个不停。

我继续漫无目的地闲逛。既然下着漫天大雪，走去哪里又有什么分别？

人行道上留下了一溜足迹，好似杉针形的花纹。

地道口周围留出了一块黑色的空地。

路牌上的街道名称也被糊住了。

雪花并非均匀飘落，而是带有一定的斜度，落在窗台上时也不均匀，反而积攒成一定斜角。

整列树木只沿着一个特定角度粘上了湿润的雪片，宛如镶上了白色的条带。

迎着旋转飘舞的雪花，我碰见了一种长着紫红色枝条的灌木。你一定叫得上它的名字。

不远处有人正在骑自行车，顶着冬日的冷风。车轮上面粘上了不少雪。那人跳了下来推着车走。

我经过一片建筑工地，穿过临时搭建的通道，顶棚下的木制踏板潮湿、肮脏，走在上面弹力十足，每踩一步都会上下颠簸。

女发型师跑到路边抽烟，用点燃的烟头去够纷飞的雪，而她的头发上已落下一层白絮。有人走了出来，透过门缝飘来一股理发店香甜的混合气味。这味道谁能闻上一整天？

然后我走过一所幼儿园，还往窗户里看了看。

我停下脚步，看着妈妈和奶奶们掏出一件又一件戏服套在孩子们身上，其中有小兔子、小雪花，还有狐狸和棕熊。一个小男孩儿戴着大灰狼面具，还到处吓唬人。有个小姑娘穿上白色齐膝长袜然后单腿跳着走来走去。

另一扇窗户里有一棵装饰华美的巨型枞树，树上的彩灯忽明忽暗。墙角的袋子里塞满了礼物。

透过最后一扇窗户，严冬老人正在帮雪姑娘固定礼服背后的别扣。雪姑娘对着小镜子在嘴唇上涂涂抹抹。她活力十足，尽管白茫茫的雪光简直将人晃瞎了眼。没有人表现出一丝诧异。

打道回府。

逐一翻阅手稿，陷入沉思。一不留神把一沓纸扬到了嘴上。纸张边缘割破了嘴唇，简直愚蠢至极。伤口特别痛，令人格外不悦。

昨天晚上决定去听音乐会。虽然我不怎么喜欢斯堪的纳维亚人，但反正就那样了。

没有音乐我就无法生活。所有非固有的、非必需的肤浅事物终会逝去，只有真实得以留存。

可是这次我不知为何却无法集中精神，周遭的一切都令我分心、受到干扰。

人们在衣帽寄存处跺脚踏步，抖落身上的积雪，擦干镜片上的水雾。

我走进女士洗手间，那里有不少人在梳妆打扮、涂脂抹粉，聒噪的水流声不绝于耳。我来到了音乐厅中，而噪声仍在脑海中挥之不去。

我试图进入状态，仿佛偌大的厅中只有我一人，但却做不到。似乎连音乐都搅得人心神不宁。

我坐在那儿看着剧场剥脱的镀金层和破旧的天鹅绒。

有人把糖果包装纸弄出窸窸窣窣的声音，还有人把衣帽间的号码牌掉在地上。街上一会儿传来一阵消防车的警报声，一会儿又是救护车的汽笛声。

我忍不住一直用舌尖舔嘴唇上的伤口。

听着音乐，心里却一个劲儿地琢磨着伤口。

莫名回忆起我们在乡下的情景，你把自行车车轮朝上倒放在凉台中央，悉心修理。摊开的报纸上放着各种工具。我从旁经过时一不留神撞到踏板，轮子转了起来，发出微弱的沙沙声。

音乐会第一部分节目演奏期间，前面那个女人都在整理自己脖子上的珊瑚项链，等到幕间休息时，她站起身来，座椅却把持不住了，企图掀起她的裙摆。

第二场开始前，我起身离席。

雪越来越大，越下越猛，仿佛没完没了。

车辆迎着降雪静悄悄地滑过，在广场上兜了一圈——完成了一场安静的回旋。

每一盏路灯下，雪花纷飞。可以看见白絮的阴影。

就算没亮着灯，到处也被白雪映得透亮。

走到十字路口，也可以借着雪光穿过马路。

我在商店前停下脚步——玻璃橱窗里摆放着毛茸茸的卡通大象棉拖鞋。我望着它们，它们也盯着我看。

坐车回家。

我已经躺下了，而后又一次起身，穿上衣服，出门来到院子里。

宁静，空旷，只有皑皑白雪。呼吸因此变得轻松，舒适。

我决定给自己做一个雪姑娘。

她会是我的女儿。

捧起一抔雪——灵巧的轻柔的雪，捏出小胳膊小腿儿——整个儿栩栩如生。

我的手指头快要冻僵了，赶紧揣进口袋里暖和一会儿，然后再接着创作。

小脸蛋、小鼻子、小耳朵、小手指，紧实的小屁股蛋儿光溜溜的，肚脐眼儿。

一个美丽动人的小姑娘诞生了！

我小心翼翼地带着她回到家。

把她放在床上，裹好被子。

摸了摸她的腿——双脚冰凉，我把它们焐在温暖的手心里，对着它们哈气，不断摩擦，亲吻。

我把茶壶放在炉子上，准备煮上一壶悬钩子汤剂，让她喝下去发发汗。

我一边帮她暖脚，一边向她讲起有这样一个国度，那里的居民只有一条腿，他们蹦跳起来比两条腿的人还要行动迅速，他们的脚掌如此之大，甚至可以躲在下面乘凉躲避酷暑，还有的人仅仅靠果实的气味活着，当他们出远门的时候，就带上这些果实不断嗅闻。

我一边讲述，一边摩挲她的脚后跟，一边望着镜子，镜子里投映着窗户，透过窗户可以看见外面雪落纷纷。

小脚儿暖和起来了，我感觉，她已经睡着了。

我俯下身子，给她一个晚安吻，她开口道：

"妈妈，你嘴怎么啦？"

"被纸张割伤了，没什么大碍，快睡吧！"

我帮她裹紧被子，把被角掖得严严实实，准备离开，她又一次叫道：

"妈妈！"

"又怎么啦？"

"你给我买那双卡通小象的棉拖鞋好不好？"

"好好好，买！快睡觉吧！"

萨申卡！

我亲爱的！

这里什么也没有。

火烧兰在哪儿？酢浆草在哪儿？

没有毛茛，没有龙胆，没有苦苣。既没有欧当归，也没有艾菊。

鼠李在哪儿？红门兰在哪儿？川续断在哪儿？

为什么没有柳兰？

北极果在哪儿？荆豆在哪儿？

鸟儿呢？鸟儿飞去哪儿啦？

燕麦粒在哪儿？黑啄木鸟去哪儿啦？鳁鸟去哪儿啦？

柳莺呢？柳莺去哪儿啦？

亲爱的！

我的瓦洛津卡！

每一日我与你的距离都更近一步。

一天又一天，平平淡淡。

我唤她醒来，她却使起了小性子。把头蒙进被窝里。

"兔兔，到点儿啦！该起床啦！"

她嘴里嘟囔着：

"哪里到点儿了！天还黑着呢。你正出现在我的梦里呢。"

你还能拿她怎么办！每次都是这样。

我很晚才躺下，刚一挨着枕头就睡着了。有时候我觉得自己走在路上都能睡着，因此，起床时总是百般不愿。但不管怎样，我还是把闹钟上得提早了一些。提早起床对我来说非常重要，因为只有早起，我才能匀出几分钟时间给自己。

窗外——一片漆黑。漫长的冬季。天寒地冻。

我给自己煮了一杯咖啡，心里惦记着即将开始的这一天。想念着你，惦念着这世上的一切。

我着急去浴室，一面奔忙一面唤我的小兔儿起床。一整套晨起仪式。我开始和她玩起睡美人的游戏，裹在被子里的她就是森林和山脉，王子策马奔腾，沿着她的身体寻找自己的心上人，而我，就是他的扮演者——疾驰而来，深情一吻。她心满意足地呼噜了几声，显然已经醒了，却还在装睡。她的小脑袋有一种沁人的芳香，在白日里各种其他气味附着在她身上之前。

等到王子叫也不起作用的时候，她的被窝里就会迁入一只小刺猬。我的小兔儿兴奋地尖叫着从床上跳了起来，投入我的怀抱。新的一天开始了。

我从浴室里出来，她仍没穿上衣服。把连裤袜套在脚跟往上拽，却拽不起来。她冻坏了，浑身哆嗦，但却一点也不急着穿上衣服——情愿坐着不动使小性子。

她的牙齿开始活动，总是拿手指头去碰触。我一把拍在她手上，她不满地皱起眉头。

我在厨房里煮粥。我们俩都喜欢看燕麦在小锅里咕嘟咕嘟冒泡。我唤道：

"开饭啦，你又上哪儿去啦？"

她走到我跟前，费劲地套上一件毛衣，拿一条空荡荡的袖管在空中来回挥舞，扮成独臂人的模样，嘿嘿嘿地傻笑个不停。

"淘够了没！赶紧坐下来吃饭！"

又开始了新的一轮游戏——拿粥在盘子上涂涂抹抹，画这画那。

"小兔儿，你看看时间还够不够！"

她理直气壮地表示：

"现在才刚刚早上，时间怎么就不够了？"

她费劲地吃着自己那碗粥，而我则盯着窗户玻璃上的冰花看得出神，刚一陷入沉思，就不自觉地把手伸进嘴里。

"妈妈！不许咬手指头！要跟你重复多少遍才管用！"

我走进房间，匆匆忙忙地套上裙子，再出来时，看到她刚从硬硬的面包头上揪下来一块瓤，并高兴地宣布道：

"妈妈，你瞧，面包头打了个大哈欠！"

各种撒欢儿。

我们马上要迟到了，飞快地穿上衣服，昨天晚上就收拾、整理好的东西，现在倒玩起了捉迷藏。手套、帽子、围巾、室内换的鞋子，统统都不知道躲哪儿去了。我把她包严实了，然后一边下楼一边扣好自己的外套。走到楼门口时就已经冻得喘不过气来。我们坠入冰冷的黑暗之中。

紧赶慢赶着向公交站台走去。天色晦暗、朦胧。人行道冻住了，踩在上面发出巨大的声音，还伴有阵阵回响。到处都结了冰——可千万别摔跟头！

我们路过了一座垃圾堆，平时走到这儿都要加快脚步，不过现在就连气味也跟着一块儿冻上了。

小兔儿一路上都想解决几个重要的问题，然而我压根儿听不清。她在小声念叨着些什么，只见一朵又一朵白色的云从她口中飘出。

天空中仍繁星点点，由于寒冷两眼泪流不止，就连星星也看起来毛茸茸的。

我们赶上了电车。更幸运的是，旁边还有两个空位。就在我们赶车的这会儿工夫，就足以冻坏脸颊——似乎已经失去知觉。

小兔儿一坐下就开始对着蒙上霜的窗户哈气，在玻璃上擦出一个小孔。

电车就是电车。叮当作响，还擦出电火花。乘客们都昏昏欲睡，把围巾裹得严严实实的，愁眉苦脸的。

车上的女售票员是个温暖的人。

“怎么样，温血动物，路上冻坏了 吧？没关系，呼着气车上就热起来了！”

旁边站着的人在看报纸。我一仰头就看到第一版是战争，最后一版是填字游戏。

“妈妈，妈妈，大象！”

“什么大象？”

“那儿有头大象！我们已经超过大象啦！”

“冬天是不会有大象的。”

她噘起小嘴，转过头去背对着我。眼睛又凑在了小孔上。

“可是那里就是有一头大象嘛！我亲眼看见了！”

她不依不饶：

“真的！它不知被人牵到哪儿去，我们刚刚超过了它。”

我取下她的兜帽，吻了吻她的后脑勺。

估摸着，她今天该洗澡了。对我来说这一直是件乐事。她也喜欢浴室，可以一连在里面玩上几个小时。各种游戏的点子层出不穷，比方说，在起雾的瓷砖壁上画画。或者拿肥皂盒当成小船在水上漂流。或是把露在水面上的膝盖想象成无人居住的荒岛。

我喜欢和她待在水汽蒸腾的浴室里，每次进出都要迅速关上门，防止冷气进入。热水器嗡嗡作响，莲蓬头喷出细细的热水，像小针一样扎在她身上，她尖声叫着，把水溅得到处都是。

我把她的头发洗得干干净净，直到擦出吱吱声。

她总是亲手拔起活塞，打开排水口，然后用手指在漩涡上搅动，让水流加速流动。

我从暖气片上取下温暖的毛巾，裹紧她，自己在马桶盖上坐下，抱她坐在我腿上。擦拭她的背部、肚子还有双脚。我们俩特别喜欢听浴缸里最后一摊水呼呼噜噜地涌入下水槽，还伴着刺耳的尖叫——我们都期待着隆隆作响的这一刻。

指头在水里泡得皱巴巴的，她细细观察自己的手指，想要见识它们如何重新恢复光滑的过程。我还记得，从前她第一次注意到自己发皱的指头时，整个人都吓坏了，她不住地唉声叹气，说自己小小年纪就长了一双老太太的手。直到五分钟后指头恢复原样，她才终于放下心来。

有时我会在她身上发现自己小时候的影子。毕竟我曾经也像她这样一边啃着苹果，一边在地板上沿着窗帘缝隙投下的光影来回穿梭。也曾经如此喜欢妈妈给我做的面包渣汤，如今轮到我把面包切成小丁丢进碗中，加上热牛奶，然后再撒上一茶匙细砂糖。此外妈妈还教过我如何铺床。我曾向小兔儿演示过一次，怎样做才能让棉被下的枕头翘起小耳朵，如今床铺都是她自己整理的。

有些特点却是她自己独有的。比如，她会玩一个透明怪兽的游戏，除了她谁也无法一睹怪兽的真容。它住在她的大海螺里，就是我们的那只凤螺科的海螺，如今成为某个怪兽的家。

我特别喜欢看她和隐形怪物玩乐的场景，她喂它吃饭，还给它倒茶喝。我至今也不清楚怪兽究竟是什么模样。只见兔兔小心翼翼地对着它吹气，以免它烫着嘴。她没完没了地唠叨挑剔，告诉它喝茶的时候要直接咽下去，不可以含在嘴里漱口。她用唾液润湿手帕，擦掉它脸上的污点，还学着我的口气责骂它。当它生病的时候，她使用了一种特殊药物——巧克力气味，她的新年糖果盒里满是这种味道。

有时候我会忍不住一把将她拥进怀里，不住地亲吻，脸蛋、脖子、头顶，一处也不放过，她想要挣脱，嘴上喊着，够了，妈妈，放开我！

有天我抱她上床睡觉时，她忽然问道：

"妈妈，我是从哪儿来的？"

"你是我用雪捏出来的。"

"骗人！我知道孩子是怎么来的！"

她真是好笑。

经过车站时父亲挤上了车厢，人已经特别多了，我们坐在后面，可他却从前门走了进来，我冲他招手，可他没注意到我。只听见他扯着嗓子讲话，仿佛站在舞台上一样——一大早就喝多了——整个车厢都回荡着他的声音，听他小时候得到一双橡胶套鞋的故事：

"那可不单单是一双套鞋，简直就跟过节一样！里面还有深红色的厚绒布内衬！橡胶的味道闻起来可真香啊！忍不住立马穿上它上街，专门挑新鲜的积雪踩，要知道新套鞋留下的脚印挺别致，就跟一块块巧克力似的！我们玩起了造巧克力的游戏。摘下手套，用手指轻轻捏起一块，放进嘴里咀嚼。我们就这样大吃特吃雪巧克力！"

"妈妈，我们还要坐很久吗？"

"不会，马上就到了。"

女售票员的镜片起雾了，她把眼镜往前额上一推，继续清点包里的零钱，细细观察硬币上的乌得勒支无头浮雕。

"妈妈，我们还要坐很久吗？"

我把她搂进怀里。对着她的耳朵悄声说道：

"你听着，我有一件事要告诉你。等到了那里会有一个人，他会把头枕在我的腿上，到时候你不必大惊小怪。"

"为什么？他爱你吗？"

"嗯。"

"我也爱你。很爱很爱！"

说着她把头枕在了我的腿上。

萨申卡!

我心爱的!亲爱的!

我要去找你。路途所剩不多。

我身上发生了一件匪夷所思的事。

突然间我听见:

"来,给我瞧瞧你的肌肉!"

我一头雾水,于是问道:

"你是谁?"

而他答道:

"我是谁?你难道看不见吗?我——神父伊万,这周围皆是我的王国,大嗓门的,香喷喷的,永垂不朽的。我——所有领主的头领,一切统治者的主宰。在我的王国每个人都清楚自己的未来,自己的日子仍然照过不误。相恋的人在彼此认识、了解、交谈之前就是爱着对方的。所有河流白天朝一个方向流动,到了晚上又会变换成另一个流向。你累了吗?"

我:

"嗯。"

他:

"先坐一会儿吧。我去煮茶。"

我:

"不行。我必须要走。"

他：

"我懂的。"

我：

"我还得赶时间。问题在于，我……"

他：

"我懂，我全都懂。她已经等你很久了。"

我：

"我没时间了。我必须去找她。我这就走。"

他：

"等一下，没有我的帮助你是找不到她的。我带你去。你先坐下来，稍事歇息。我必须完成一件事——然后就上路。我很快就好。"

我：

"请问，墙上的这幅画……"

他：

"嗯，你说你的！不用在意我在写什么。我得把这个写完才行，就剩下一点儿了。我听着呢。"

我：

"这是从哪儿来的？"

他：

"什么？"

我：

"这幅航海船剖面图，是同一幅，锚上面的水手是后来画上去的，就是他，还拿着油漆桶和刷子。"

他：

"这个要随身带上。你把图钉拔下来，再把画卷成筒。对了，你怎么回事儿，难道不知道，锚是船身上唯一一个不必刷漆的物件吗？算了，这不重要。所有重要的东西都要随身携带，别丢三落四的。好好想想有什么要带的，赶紧收拾吧！"

我：

"可我什么也没有。我什么也不需要。"

他：

"你忘了吗？你自己不就说过，你明白了：不必要的东西，是如此必不可少。哎，听见了吗？"

我：

"细枝拍打格栅的噼啪声？"

他：

"对。只要愿意，每个人都能弄出噼啪声，有人用的是木棍，有人用的是雨伞。此刻，你听见了吗？有蝈蝈的叫声，仿佛有人在给手表上弦。而这一声则是远处的电车在道岔上哐啷作响。"

我：

"那这又是什么？"

他：

"什么什么？苍耳的小刺。你还朝她头发上丢过呢。然后自己再动手挨个摘下来，可苍耳却钩得紧紧的。所有这些也得带上。还有气味！难不成还能把气味给忘了！糖果店的甜蜜气味你还记得吗？香草、肉桂、巧克力，你最喜爱的沙糕。"

我：

"你瞧，植物标本集里的那张纸，上面写着"车前—Plantago"，笔迹虽稚嫩却格外工整。这个我们也要带吗？"

他：

"当然。还要带上你房间里成堆散落的书籍；还有妈妈的戒指，刚还在窗台上旋转，金色的中空的球体翩然跃动着、时不时叮咚作响；还有那件事，一个人曾经如何用领带擦拭眼镜片。"

我：

"还有贴在剃须时割破的伤口上的报纸碎片？"

他：

"嗯，当然了，毕竟每一个这样的碎片都拥有一个不同于他者的主人。而他伸出手指在缺了玻璃盖的表盘上摩挲着每一根指针。"

我：

"我们该动身了！"

他：

"好的，好的。我们马上就出发。再稍等片刻！"

我：

"那块名为永恒的浑圆的卵石在哪儿？"

他：

"被我扔掉了。我把它揣在兜里，然后出门散步。路上有一个水塘，永恒在水面上跳了几下就咕咚了，只留下几圈波纹，没过多久水波也消失了。"

我：

"赶紧走啦！"

他：

"马上！马上就好。本来还想跟你说个事，现在怎么也想不起来了。啊，对了，别听德谟克利特的！不仅身躯可以接触，灵魂之间也不存在任何间隙，而人们逐渐成为他们一直以来的样子——光和热。这就出发。到时间了。再看看，没落下什么吧？我即刻完工。好了。"

笔尖在纸上吱吱作响，就像洗干净的头发在指缝间擦出的声音。酸痛的手臂匆忙而缓慢地落下末尾一句："驶出大洋深渊的船舶乃是幸福的，完成记录册的抄写员亦如是。"

版权登记号：01-2021-2380

图书在版编目（CIP）数据

时空书信 / (俄罗斯) 米哈伊尔·希什金著；王笛
青译. -- 北京：现代出版社, 2021. 5
ISBN 978-7-5143-8968-5

Ⅰ. ①时… Ⅱ. ①米… ②王… Ⅲ. ①长篇小说—俄
罗斯—现代 Ⅳ. ①I512.45
中国版本图书馆 CIP 数据核字 (2020) 第 245507 号

© Mikhail Shishkin, 2010
The simplified Chinese translation rights arranged through Rightol
Media（本书中文简体版权经由锐拓传媒取得 Email: copyright
@ rightol. com）and Banke, Goumen & Smirnova Literary Agency
(www. bgs-agency. com)

时空书信

作　　者：［俄罗斯］米哈伊尔·希什金
译　　者：王笛青
策　　划：王传丽
责任编辑：张　瑾
出版发行：现代出版社
通信地址：北京市安定门外安华里 504 号
邮政编码：100011
电　　话：010-64267325　64245264（传真）
网　　址：www.1980xd.com
电子邮箱：xiandai@vip.sina.com
印　　刷：三河市宏盛印务有限公司
开　　本：880mm×1230mm　1/32
印　　张：11.5
字　　数：245 千字
版　　次：2021 年 5 月第 1 版　　印　　次：2021 年 5 月第 1 次印刷
书　　号：ISBN 978-7-5143-8968-5
定　　价：69.8 元